Feather Girl

Papel certificado por el Forest Stewardship Council®

Penguin
Random House
Grupo Editorial

Título original: *Feathervein*
Primera edición: abril de 2021

© 2021, Tonya Hurley
© 2021, Penguin Random House Grupo Editorial, S. A. U.
Travessera de Gràcia, 47-49. 08021 Barcelona
© 2021, Alicia Frieyro Gutiérrez, por la traducción
Diseño de cubierta: Penguin Random House Grupo Editorial / Judith Sendra
Ilustración de cubierta: © Siamés Escalante

Printed in Spain – Impreso en España

ISBN: 978-84-204-8637-6
Depósito legal: B-803-2021

Compuesto en Punktokomo S. L.
Impreso en Limpergraf
Barberà del Vallès (Barcelona)

AL 8 6 3 7 6

TONYA HURLEY

Feather Girl

La chica que tenía pájaros en la cabeza

Traducción de Alicia Frieyro Gutiérrez

ALFAGUARA

Para Isabelle Rose, mi preciosa niña nacida con alas

Pies, para qué os quiero si tengo alas para volar.
—Frida Kahlo

I

LA DAMA DEL LAGO

Una bruma salada se elevaba lentamente de la superficie del Larme, el lago de las Lágrimas, e invadía el aire espeso y húmedo, adhiriéndose con una pátina centelleante a los troncos podridos de los árboles, a la hiedra enmarañada, a las piedras musgosas y a la mujer que se encontraba arrodillada en la orilla. Dahlia, la sacerdotisa vudú a la que los lugareños solían referirse como la bruja de los pantanos, se incorporó en silencio; sus ojos hundidos brillaron con el mismo fulgor rojizo que los de los caimanes que se deslizaban sinuosos por las aguas cenagosas de los pantanos cercanos del bayou.

De forma gradual, como un eclipse lunar en miniatura, una sombra oscura barrió la superficie del lago y cubrió también a la sacerdotisa. Ella levantó la vista y divisó una criatura elegante y extrañamente grande, de amplia envergadura y plumas de un blanco puro, que la sobrevolaba formando círculos. A primera vista hubiera parecido un ave exótica de no ser por el torso y la cabeza, que resultaban inconfundiblemente humanos a la vista, aun hallándose a tan elevada altura. La especie no aparecía en ninguna guía de observadores de aves, pero el rostro expectante de Dahlia, lejos de expresar sorpresa, se mudó en un gesto de reconocimiento. Se quedó observando y aguardó a que se posara, cosa que hizo con gracilidad. El rápido batir de sus alas, que sonó como el restallar de unas toallas mojadas, aminoró la velocidad de la criatura, y sus patas se orientaron hacia el agua como un tren de aterrizaje. La hermosa cara y la larga cabellera de una mujer adquirieron una definición más clara.

—Hace tiempo que te esperaba —dijo la sacerdotisa Dahlia, extendiendo los brazos hacia ella—. Ahora eres mía, preciosa.

Se concentró para atraerla hacia sí, para alejarla de la brumosa superficie del lago, pero la testaruda criatura no se dejaba gobernar. La ignoró, transformándose por completo en un ave al mismo tiempo que introducía su boca mudada en pico en las aguas y empezaba a sumergirse.

—No —le advirtió Dahlia, con un susurro—. No, por favor. Oh no, te lo ruego. Ven a mí.

Entonces, de forma igual de repentina, el ave volvió a emerger, arrebatada, sacudiéndose y graznando. Enzarzada aparentemente en una lucha invisible, presa de las garras de alguna suerte de depredador implacable. El agua salpicaba con violencia en todas las direcciones, cubriendo al animal. La sacerdotisa contempló la escena horrorizada mientras la criatura se iba agarrotando, poco a poco. Primero fueron las alas, que trataba de batir, agitándolas con fiereza, en un denodado pero vano esfuerzo por alzar el vuelo y huir. Les siguieron el cuello y el cuerpo, que quedaron rígidos, como por efecto de una congelación instantánea, dejando al ave suspendida en pleno movimiento. Fue rápido. No como la muerte, pero sí algo muy parecido.

Dahlia se hincó de rodillas en el barro, apretando los puños. Aquello no debía de haber pasado. ¿Qué posibilidades tenía ahora ella?

Respiró hondo varias veces, llenando sus pulmones de aquel aire húmedo y, una vez recuperada la serenidad, se puso de pie, bien erguida.

Empezó a entonar un cántico en voz baja mientras extendía los brazos sobre las tranquilas y oscuras aguas hacia la majestuosa ave inmóvil, un cisne gris embadurnado de una resbaladiza y brillante pátina salada, que flotaba casi al alcance de su mano. Se deslizaba sin ton ni son, como un farolillo japonés de papel, arrastrada ora para un lado, ora para el otro por una brisa apenas perceptible.

La sacerdotisa se cubrió la cabeza con la capucha de su capa negra, sujetó en su mano un palo de salvia blanca envuelto en rosas y violetas secas, y lo agitó sobre las ondas hasta que estas se calmaron. Las puntas de su larga cabellera negra se esparcieron como tentáculos al entrar en contacto con el agua, que reflejó el remedo de su cara tensa e inexpresiva, haciéndola cimbrear sobre la leve corriente, mientras el humo del palo formaba un halo a su alrededor, confinándola en una suerte de gruta improvisada. Se inclinó hacia la criatura exánime, el reflejo oscuro e impreciso de su largo brazo y de sus dedos extendidos tan retorcido como las ramas de los árboles que se cernían sobre ella. Como si de un niño perdido se tratara, agarró al ave y tiró de ella hacia sí con suavidad, de una manera casi reverencial. Examinó el pájaro con atención, sosteniéndolo con firmeza, como si fuera una joya preciosa; la luz de la luna centelleó sobre su revestimiento cristalino, lanzando un millar de destellos.

Aplicó sobre el animal la presión justa para anclarlo con firmeza al lodo acuoso de la orilla del lago y suspiró acariciando sus plumas, ahora pétreas al tacto.

—Oh. Podrías haber sido tan hermosa...

Dahlia raspó la costra de sal gruesa que cubría el plumaje y recogió los cristales semejantes a escamas de caspa en un mortero de madera bastamente tallado. Extrajo varias sustancias del interior de una bolsa de arpillera que descansaba en el suelo, a su lado, y las fue juntando hasta obtener un puñado. Machacó los polvos, hierbas, muda de piel de serpiente y sal hasta obtener una pasta homogénea y la espolvoreó sobre las ascuas de una pequeña hoguera ceremonial que había encendido. Del fuego se elevó una única fumarada, que se dispersó en una nube perfumada mientras ella entraba en trance. Comenzó a golpear rítmicamente un pequeño altar de piedra que había erigido al mismo tiempo que se balanceaba siguiendo el compás.

Simbi,
loa de las aguas
guía de almas
guardiana de la puerta entre mundos,
soy yo, la sacerdotisa Dahlia, quien te conjura de las profundidades.
Escúchame y sal a la superficie.

Dahlia abrió de par en par sus brazos para dar la bienvenida al espíritu. Las mansas aguas empezaron a agitarse y, en el centro del lago, se apareció un espectro serpentino. La cabaña decrépita de la sacerdotisa, erigida sobre pilotes en el extremo más alejado del lago, con sus dos ventanas apenas iluminadas por sendos faroles de queroseno que parpadeaban en la noche como la llama de una vela en los ojos tallados de una calabaza de Halloween, fue testigo de su llegada. Se levantó un remolino de aire que disipó la bruma y la humedad como si fueran hojas de otoño. El aire tórrido y saturado se tornó frío de repente.

Un gruñido grave y altisonante, que pareció surgir del tremedal, se articuló en palabras.

—¿Qué deseas? —gorgoteó el espíritu.

—La he perdido —respondió Dahlia haciendo una reverencia—. Mi única posibilidad. Estoy desesperada. Ilumíname con tu sabiduría.

La ominosa voz volvió a tronar entre los árboles.

—El último híbrido vive aún.

A Dahlia le sorprendió la noticia.

—¿Es eso cierto?

—Sí. Es joven, tan solo una niña. Todavía no está formada del todo, así que se plegará con facilidad a tu voluntad. Vendrá. Vendrá por lo que has hecho. Deberás obrar con precaución.

La voz resonante se disipó, al igual que el espíritu, que se replegó bajo las aguas. Dahlia dejó caer otro puñado de la mezcla sobre el fuego en el mismo instante en que la luna llena se asomaba sobre las copas de los árboles. La pálida y fría luz incidió sobre ella y también sobre el lago, revelando cuantos secretos habían permanecido ocultos al amparo de la oscuridad. Fondeada a lo largo de su perímetro se hallaba una flota de aves, tiesas como estatuas, inmóviles como un millar de navíos naufragados centelleando bajo el resplandor de la luna. Había murciélagos colgados de ramas muertas, un velorio de buitres encorvados sobre un cadáver del que ya no quedaba rastro e imponentes garzas posadas para la eternidad en la orilla. El lago tenía todo el aspecto de un viejísimo jardín colgante asfixiado por la maleza a medianoche.

Dahlia inspeccionó el paisaje y su repertorio de animales petrificados con no poca satisfacción, como si fuera un guarda de zoológico o un coleccionista, y se arrodilló una vez más ante el lago. Volvió a hacer una reverencia en dirección al cisne sin vida, tan elegante y frágil, que ahora reposaba solitario en la diminuta isla del centro del lago.

—Ven —dijo dirigiéndose al cielo nocturno—. Tú, la que aún has de volar.

2
REMOVIENDO EL LODO

El sonido de un tableteo de huesos huecos y un revoloteo de suaves plumas golpeando contra el cristal de la ventana sacó a Wren Grayson de un profundo sueño. Unas pocas tórtolas se habían reunido sobre el alféizar y zureaban su triste lamento de cinco notas, tal y como venían haciendo un día tras otro desde que nació y las cuales se habían vuelto más numerosas y ruidosas desde que su madre no estaba. Wren estiró los brazos y se frotó los ojos color avellana hasta que los borrosos contornos de las tórtolas adquirieron total nitidez.

—Odio a los pájaros —gruñó irritada contra la almohada, entre una maraña de largos mechones rizados de color rubio oscuro—. ¡Los odio!

La fresca mañana de Maine y la aparición de las primeras pilas de hojas otoñales barridas por el viento tendrían que haberla aliviado, pues eran una clara señal de que las aves pronto volarían al sur para pasar allí el invierno y la dejarían en paz.

Pero la estación también traía a Wren recuerdos de su madre: hacía exactamente un año que había desaparecido durante una expedición ornitológica y la habían dado por muerta. Los pájaros regresarían, pero no así su madre. Se había marchado para siempre. Y era por culpa de las aves. En un primer momento este pensamiento la enfurecía pero luego dejaba paso al resentimiento. Era un círculo vicioso que no paraba de alimentar.

Sin embargo, y por alguna razón que Wren dudaba mucho poder llegar a entender jamás, aquellos pájaros la adoraban. Wren arrugó la nariz mientras abría un ojo y fijaba la vista en el alféizar. Como de costumbre habían acudido para hacerle entrega de sus presentes, fruto de las escarbaduras de la noche anterior: bridas de colores de esas con las que se cierran las bolsas de basura, anillos de baratija de los que se obtienen en las máquinas dispensadoras de bolas y que conseguían en los aparcamientos de los supermercados, tapones de botellas, pequeños peluches mugrientos hallados en las ferias ambulantes y parques de atracciones locales, siniestros restos de muñecas desmembradas y retales de tejidos exóticos procedentes de los mercadillos. En definitiva, cualquier objeto que pudieran recoger con sus avarientos piquitos. Wren debía reconocer que apreciaba la capacidad que tenían de transformar el alféizar de su ventana, así, como por ensalmo, en un museo de basura chic único en su especie, pero lo cierto era que, de un tiempo a esa parte, aquello se parecía cada vez más a un montón de desechos y las baratijas chillonas le recordaban ofrendas funerarias —o de penitencia.

—Lo siento, pero no —refunfuñó, rechazando sus ofrendas.

¿De verdad pensaban que iban a mejorar la situación regalándole basura? En ese caso no era la intención lo que contaba, y ella no estaba ni mucho menos en disposición de perdonarles su culpa. Tendrían que vivir con eso. Igual que ella.

No obstante, los pájaros prosiguieron con su tableteo, su revoloteo y su zurear. Tiró del edredón de pluma de ganso y se cubrió la cabeza para ahogar el ruido, pero el trío se quedó allí posado, entonando al unísono aquel triste canto suyo de cinco notas, como tres bardos de mal agüero. Sonaban más deprimentes y chillonas que de costumbre, claro que en ese momento de la vida de Wren todo se salía de lo acostumbrado.

Lo único que le resultaba más irreal que la desaparición de su madre era la insistencia de su padre en preservar un ambiente de normalidad en un claro intento por negar la realidad: se comportaba como si nada de aquello hubiese sucedido y conservaba las cosas de su madre por la casa, sin tocar, como si todavía estuviese de expedición.

—¡Arriba, Wren! ¡En marcha! —llamó Miles Grayson a la vez que golpeteaba repetida y rápidamente, como un pájaro carpintero, en la puerta de su dormitorio con la uña del dedo. Qué típico de él. Primero las tórtolas. Y ahora, esto. Puede que el mundo pajaril atrajera mucho al resto de los miembros del hogar Grayson, pero a ella no le interesaba lo más mínimo.

—Jo —protestó ella, con los ojos cerrados y todavía medio dormida—. ¡Ya estoy en marcha!

Aquello, obviamente, era una mentira y sabía de sobra que su padre era demasiado listo para tragársela. «El ave que madruga se lleva la oruga», le decía él siempre. Pero ella no era pájaro mañanero ni tenía nunca el menor deseo de atrapar una oruga. «¿Y si resulta que soy yo la oruga? —le contestaba siempre ella con brusquedad—. Se me comerían viva.» Hasta entonces había sido siempre su madre la encargada de despertarla.

Más pájaros. Era como si no pudiera escapar de ellos.

Su padre abrió la puerta una rendija y asomó la cabeza.

—¿Qué tal te encuentras hoy? —preguntó con tono alegre, aunque comedido.

Tocaba cumplir con las formalidades diarias, intercambiar con su padre las mismas frases de cortesía y fingir que todo marchaba como siempre, que era normal tener esa sensación de estar escalando una montaña resbaladiza en chanclas.

«¿Quieres que te diga la verdad, papá? Tengo ganas de vomitar. Los compañeros de Lincoln se me van a comer viva y a escupirme después. Gracias por preguntar», pensó.

Pero, en cambio, dijo:

—Bien.

Como siempre. Lo que de verdad quería era quejarse y recibir un poco de esa comprensión de la que estaba tan necesitada y unas palabras de ánimo. También quería decirle que la pérdida de su madre le provocaba una honda tristeza que brotaba de sus huesos y la reconcomía hasta la punta de sus uñas mordisqueadas. Pero ese no era un tema que a su padre le gustase abordar ni a esa ni a ninguna hora, y ella lo sabía. Miles, el avestruz.

Ese día, sin embargo, era distinto.

Era el aniversario.

Un año entero. Aunque no había sido su intención señalarla, la fecha parecía sobresalir del calendario, subrayada y destacada en rotulador fluorescente, aproximándose por momentos, sacudiendo sus cimientos como una estampida a punto de echárseles encima.

Lo que menos necesitaba él precisamente ese día es que ella lo atosigase con su particular drama escolar.

—¿Y qué tal estás tú, papá? —le preguntó—. ¿Cómo te encuentras?

La sonrisa del señor Grayson se desvaneció. No sin cierto nerviosismo, depositó su taza de café junto al banco empotrado bajo la ventana, desde donde se divisaba el mar de un color verde oscuro, y al hacerlo, derramó parte del líquido sobre los libros de la estantería que había debajo. Lo secó apresuradamente con la manga de la camisa, antes de abrir ligeramente la ventana.

No la miró a los ojos. Estaba atorado. Escogiendo las palabras. Wren deseó al instante no haberle preguntado nada. Inquieto, empezó a mesarse el alborotado remolino de pelo entrecano de la coronilla —su «cresta de gallo», como la llamaba su madre—, tratando de dar con una respuesta apropiada. Wren no estaba segura de si aquel peinado suyo era intencionado o si, por el contrario, era así como se levantaba de la cama cada mañana. Lo que sí tenía muy claro es que lo adoraba, y a su padre también.

En ese momento, una ráfaga de aire salado de Maine entremezclado con olor a pinos se coló por la ventana y alivió aquel ambiente asfixiante, algo que ambos agradecieron.

—Estoy bien, solo un poco nerviosillo con eso de que hayas cumplido ya los doce años y empieces hoy en el instituto —repuso—. Eso y que bebo demasiado café, claro.

«Vale. Buen despeje, papá.»

—Mamá siempre decía que tú puedes estar todo el día bebiendo café, que nunca tienes bastante —le dijo Wren.

Su intento solo obtuvo el silencio como respuesta. De modo que era así como pensaba salir del paso, ¿no? A mamá ese día ni mentarla, ni hablar. «Mamá sigue de viaje y todo va bien y estamos todos taaan contentos.»

Pero ella había leído el informe de la policía. Su padre era el rey del caos ordenado, así que a menudo se dejaba cosas por el medio que no quería que ella viera. Wren había visto las palabras «DESAPARECIDA, DADA POR MUERTA». E incluso su extravagante abuelo Hen, que vivía un poco en su mundo de fantasía, le había escrito una carta a su padre hacía tan solo dos meses, en la que le decía: «Creo que la hemos perdido para siempre». Otra cosa que seguramente se suponía que ella no tenía que haber visto.

Aquella carta era, no obstante, la última noticia que habían tenido de su abuelo, ese hombre que solía hacerla cabalgar sobre sus rodillas cuando no estaba contándole historias sobre criaturas fantásticas con forma de pájaro. Tenía cierto aire a científico loco, a lo

Albert Einstein, con aquella enmarañada y rebelde mata de pelo. También a él lo echaba de menos, casi tanto como a su madre.

Se había quedado allí para proseguir con la expedición o, por lo menos, eso es lo que él les había dicho. Fue como lo expresó en otra de sus cartas: «Sé que Margot hubiese querido que tomara el relevo y continuara con la expedición, así que lo haré, por ella».

Sí, probablemente fuera cierto. Tanto su padre como su madre habían sido profesores de ornitología en el campus de Brunswick, y a ambos les chiflaban las aves. Es más, ese era precisamente el motivo por el que su madre la había abandonado: los malditos pájaros.

—¿Sueñas con ella alguna vez? —le soltó, emergiendo lentamente de debajo del edredón.

Los hombros de su padre se hundieron en un gesto de derrota.

—¿De verdad tenemos que hablar de esto ahora, Wren? —preguntó él.

—Sí —dijo ella—. Hoy hace un año, así que sí, tenemos que hablar de esto ahora.

Wren se incorporó despacio y buscó a tientas, a su espalda, la almohada sobre la que había estado durmiendo. La almohada de su madre.

—Sueño con ella todas las noches —contestó él con solemnidad—. ¿Y tú?

Wren negó con la cabeza.

—Ojalá. Estoy empezando a olvidar cosas de ella. Pero no, yo sueño que vuelo.

Los ojos de él se ensancharon ligeramente.

—¿Es eso cierto?

—Constantemente y a todas horas. —Wren reparó en la expresión de su padre. Había reculado un poco, casi como si ella acabase de anunciarle su intención de unirse a un circo—. No sé

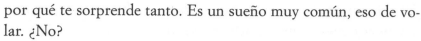

por qué te sorprende tanto. Es un sueño muy común, eso de volar. ¿No?

Él esbozó una sonrisa forzada.

—En efecto.

Lo que no le contó a su padre es que cuando algo llamaba su atención —un árbol, un edificio, un monumento interesante— siempre se preguntaba qué aspecto tendría desde lo alto. A vista de pájaro. Eso probablemente fuera un poco raro. Pero, bueno, es que nada en ella resultaba del todo normal. O eso decían los niños del colegio. Se abrazó a la almohada, estrechándola con fuerza contra sí; el estómago encogido de pavor ante la idea de su primer día en Lincoln. Al estrujarla, la tela desgastada se desgarró por las costuras dejando al descubierto una prieta corona de plumas blancas entretejidas en forma de remolino y con los cañones apuntando hacia el centro.

Miles se quedó mirando la plumosa espiral con los ojos muy abiertos.

—¿De dónde has sacado eso? —preguntó en tono de reproche, al mismo tiempo que alargaba la mano para arrebatarle la almohada igual que cuando intentaba quitarle las chocolatinas extras que, de pequeña, intentaba llevarse a hurtadillas.

—¿Qué ocurre, papá? —preguntó ella un tanto asustada por el tono grave de su padre, mientras se la entregaba.

Él palpó la almohada, buscó la hendidura que había dejado la cabeza de Wren y perfiló con los dedos la silueta del conjunto de plumas apelmazadas en el interior.

—Una corona de muerte —murmuró.

—¿Una corona de muerte? —preguntó ella.

—Olvídalo —dijo él, restándole importancia.

—Papá… —Wren le cogió la mano y la apretó—. ¿Qué es? Dímelo.

Su padre permaneció en silencio.

—Lo puedo buscar en Google, papá… —dijo ella.

Miles siguió sin responder, rehuyendo sus ojos una vez más.

—Alexa… ¿qué es una corona de muerte? —preguntó Wren.

«En el folclore de los indios apalaches…», arrancó el asistente digital.

—Alexa, B-A-S-T-A —ordenó Miles.

«… Un extraño fenómeno de coronas de plumas halladas en las almohadas de…», prosiguió Alexa, tornando la conversación más incómoda y dolorosa aún.

—¡ALEXA! ¡BASTA!

La situación devino en un verdadero caos mientras su padre, desesperado, trataba de detener el aparato pulsando botones y desenchufando todos los cables. Era obvio que aquello era algo que él deseaba que ella escuchara de sus labios y no de una voz incorpórea que nada sabía acerca de Wren, salvo qué series consumía compulsivamente y a qué hora quería que le apagaran las luces cada noche. Aun así, era una de esas veces en las que a ella le habría gustado que su padre le hablara como a una adulta y dejara de protegerla. Tenía doce años, no dos.

Miles resopló y volvió a pasarse los dedos entre su cresta enmarañada.

—En el folclore de los apalaches, una corona de muerte es un apelmazamiento circular de plumas que se forma en las almohadas de las personas enfermas o moribundas —explicó—. Hay quienes creen que es una señal de los de arriba para hacer saber a los miembros de una familia que su ser querido ha llegado al cielo sano y salvo, mientras que otras personas lo consideran…

—¿Qué, papá? —le presionó ella.

—Un augurio de muerte. Un presagio —dijo él.

La palabra «muerte» permaneció suspendida en el aire como un visitante no deseado. Wren tragó saliva.

—¿Significa eso que mamá ha recibido su corona eterna y nos lo intenta comunicar? —preguntó Wren, conteniendo las lágrimas—. ¿O acaso quiere decir que me voy a…?

Su padre la interrumpió.

—Son solo supersticiones. Una interpretación mágica de un hecho completamente corriente. Tanto como cuando miras al cielo y ves una nube que se parece a un caimán o…

—¿O a tu madre?

Miles hizo una pausa, esbozó una pequeña sonrisa y le acarició la mejilla.

—¿Te ha pasado eso?

Ella se encogió de hombros. Detestaba tener que reconocer que era lo único que hacía últimamente; escudriñar las nubes en busca de alguna señal de que su madre estaba en un lugar mejor y todo iba bien.

El señor Grayson tocó la almohada.

—Tu madre siempre insistía en que las almohadas y edredones tenían que ser de pluma de ganso. Sí o sí. Duermes con la cabeza sobre la almohada toda la noche. Das cabezadas, te remueves, pasas calor, sudas…

—¡Puaj! —intervino Wren.

—Las plumas se amoldan a la forma de tu cabeza, que sigue siendo redonda, por lo que veo —bromeó su padre, quien, a continuación, hizo una floritura sobre la almohada con una varita mágica invisible—. ¡Y, tachán, corona de muerte al canto!

—¿Y qué pasa si me lo creo?

—Wren, es un cuento chino. No hay datos que lo demuestren —zanjó—. Y ahora, venga, en marcha. Es hora de ir al instituto.

Wren se sacudió de una patada el edredón de encima y se levantó de la cama, sumida en sus pensamientos.

Se dirigió a la cómoda para buscar sus calcetines de lana preferidos. Eran verdes y estaban muy gastados, con algún que otro tomate en los talones. Con el rabillo del ojo, vio reflejado en el espejo a su padre, que estaba deshaciendo la corona de plumas de su almohada con suma diligencia, casi como si quisiera eliminar de la casa todo cuanto pudiera estar asociado con la muerte. Allí reflejados estaban también los pájaros, que los miraban a ambos, zureando su lastimera cantinela sin cesar.

—¿Vas a subir, papá? —preguntó Wren con cautela, esbozando de manera fugaz una sonrisa condescendiente.

Él le devolvió la sonrisa, limitándose a contestarle con sus tristes ojos.

Wren no necesitaba que él le respondiera. Sabía con exactitud adónde iba. A la galería de la planta superior, y de ahí al mirador del torreón, donde se sentaba cada día, sorbiendo su café, oteando el horizonte por encima del rocoso litoral de Christmas Cove, aguardando a que regresara su madre como si de una paloma mensajera se tratase. Era fiel a su cita cada amanecer y cada atardecer. Siempre ojo avizor, a la espera de su amada.

«Es todo de un romanticismo tan trágico...», pensó Wren. Una extravagante pero hermosa tradición abandonada tiempo atrás por las esposas de los marineros a los que se daba por perdidos en la mar. Aun cuando él se negaba a hablar sobre su madre, a Wren le resultaba reconfortante que hubiese recuperado aquella costumbre. La esperanza es lo que se pierde con más facilidad, y esto significaba que él no había perdido la suya.

3
UNA CHICA AFORTUNADA

—¡A desayunar! —llamó Miles Grayson desde la cocina, situada en la planta de abajo—. ¡Mueve las plumas del trasero o perderás el autobús el primer día!

Wren gruñó ante la mención de las plumas. Comprobó la hora en su teléfono móvil e inspiró el aroma de su desayuno predilecto cocinándose en la sartén: tortitas con arándanos, que ella misma recolectaba. Estaba perdiendo el tiempo, pero es que le costaba ponerse en marcha.

Había muchos motivos a los que achacar su flojera —el hecho de que fuera su primer día en el instituto, el madrugón, la corona de muerte, el primer aniversario del fallecimiento de su madre, los nervios de ir a un colegio nuevo y la expectativa de tener que revivir los mismos problemas de siempre con sus compañeros de clase—, pero fueron las palomas las que cargaron con la culpa.

—¿Seguís aquí, pajaritos? —susurró Wren y, sin quitarles el ojo de encima, alcanzó con la mano la pila de gomas elásticas de colores que guardaba en un tarro antiguo de farmacia sobre la mesilla de noche. Cogió una de color violeta y se la colocó entre los dedos pulgar e índice, estirándola. Cerró un ojo, apuntó y disparó. La goma elástica golpeó ruidosamente contra el viejo cristal emplomado de la ventana y las palomas, sobresaltadas, se escabulleron presas del pánico.

»¡Pum! —se regodeó, dispersando de un soplido el humo imaginario que se elevaba de la punta de su dedo al más puro estilo de un viejo pistolero del Salvaje Oeste. Se paró un momento para mirar por la ventana y admirar su hazaña. Las palomas se habían batido en retirada hasta una rama próxima al enorme pino que crecía en el jardincito lateral. Como siempre, se mantenían cerca pero sabiamente fuera de su alcance. Empezó a pasearse de un lado a otro por delante de la ventana como una leona enjaulada, dejándoles bien claro que ese día no estaba para bromas. Las desafiantes palomas no se movieron un ápice.

Wren retorció su melena de pelo rubio sucio en un moño suelto y se lo prendió con dos palillos para el cabello que su abuelo Hen le había tallado. Se enfundó su camiseta preferida: negra, desgastada y estampada con una enorme media luna, herencia de cuando su madre iba a la universidad.

Una vez embutida en sus *leggings*, se inspeccionó en el espejo, preguntándose lo que diría su madre de su apariencia y temiendo el momento en el que, más tarde, tendría que justificarse ante sus criticonas compañeras de clase. Todas ellas tenían la suerte de poder salir de compras para preparar la vuelta al cole, hacerse las uñas, teñirse el pelo de colores molones y escoger conjuntitos perfectos con sus mamis. Wren estaba sola. No es que esa fuera la única razón por la que le hubiese gustado tener allí a su madre, pero sí una de peso.

Corrió hasta el baño y domó su aliento de dragón con un buen cepillado y una generosa dosis de colutorio Tom's of Maine sabor menta intensa. Se enjuagó la boca, hizo gárgaras y escupió. Luego se secó la boca y estuvo mirándose al espejo un buen rato, reparando en todos sus defectos, tal y como ella los veía; ganándole por la mano a la camarilla de chicas de turno del instituto. Aquella era su realidad. El penacho de pelo aposentado en su coronilla como un nido, sus cejas espesas y pilosas, los ojos separados, los pómulos un poco chupados, la nariz alargada y la barbilla afilada. Lo cual, sumado a unas piernas flacuchas y un torso plano, al pecho ligeramente abultado y a sus largos brazos y dedos —su envergadura, como le decía siempre su abuelo—, le confería un aspecto aviar muy propio de la familia.

Él debió de reparar en las similitudes al nacer ella de forma prematura y por eso la llamó Wren, que es el nombre de uno de los pájaros más diminutos, pero con fama de ser también uno de los más poderosos: pueden volar hasta lo más alto a pesar de su pequeño tamaño.

Sí, los pájaros la habían rondado desde el momento en que nació.

Sin embargo, no todas las aves se consideran hermosas, y por mucho que sus padres insistieran en exaltar lo que en su opinión era una belleza natural y sin pulir, Wren tenía a veces la sensación de que sus rasgos no eran tanto heredados como producto de un ensamblaje. Un rompecabezas en el que, aunque lo intentara, no conseguía que acabaran de encajar algunas piezas.

—Una muñeca de trapo de baratillo —murmuró, levantando los pulgares con un gesto sarcástico y apagando la luz del baño, lista para enfrentarse al día y a los inevitables cloqueos despectivos de sus nuevas compañeras.

Wren se puso una cómoda y holgada chaqueta gris de punto y embutió sus delgados pies en un par de zapatillas Converse de color magenta para completar su atuendo. A punto estaba de salir de su dormitorio cuando recordó que todavía tenía que hacer limpieza de la remesa matutina de las palomas. Por mucho que lo intentara, era incapaz de escabullirse sin antes hacerlo. Se fue hasta la ventana, la abrió, inspiró hondo el aire mañanero de Maine y cribó la basura cual conservadora de un museo de desechos.

Había desarrollado un sexto sentido para distinguir lo que era importante de lo que no lo era; para diferenciar lo que brillaría en su frasco de baratijas de aquello que era solo porquería. Su madre siempre le decía que tenía una vista de halcón y, en efecto, justo cuando estaba a punto de cerrar la ventana, lo vio. Destellando a la luz del sol.

La cosa más preciosa que había visto jamás. Un anillo. Con una piedra exótica.

Parecía una especie de fósil, con una serie de círculos concéntricos de color blanco lechoso, rojo, gris y rosado, como un ojo, separados por fisuras de herrumbre.

Ese anillo no era de juguete como los que solían llevarle los pájaros, no, ese era auténtico. Lo cogió y, muy despacio, se lo acercó a la cara para examinarlo como había visto hacer por el escaparate al joyero del pueblo con su visera con luz. Le pareció fascinante, casi como un artefacto de una era lejana y pasada. Reparó en que la exquisita piedra estaba encajada en lo que parecían unas garras de plata. Wren sentía curiosidad y miedo, pero no podía apartar la vista del anillo. Con la mirada fija en la piedra se sintió inquietantemente atraída hacia ella, hacia sus misteriosas profundidades, como si se estuviera asomando a un pozo sin fondo y este le devolviera la mirada.

—¡Vamos, Wren! —la llamó su padre—. ¡Tengo que acercarme a Salem para investigar la misteriosa muerte de un puñado de cisnes trompeteros!

—Oh, ¡ya voy! —chilló ella, volviendo a la realidad de un sobresalto.

Agarró la mochila, se metió el anillo en el bolsillo y bajó corriendo las escaleras de madera oscura mientras imitaba a la perfección el canto de cinco notas de las palomas. Se detuvo en el distribuidor un segundo para ponerse la cazadora. Extrajo del bolsillo una mor-

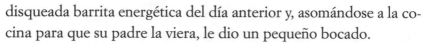

disqueada barrita energética del día anterior y, asomándose a la cocina para que su padre la viera, le dio un pequeño bocado.

—No quiero llegar tarde —farfulló con la boca llena a la vez que salía a toda velocidad por la puerta.

—Wren Grayson, ¡comes como un pajarito! —gritó él a su espalda con su taza (en la que podía leerse el mensaje «Al loro») en los labios mientras ella bajaba los escalones de piedra y desaparecía de la vista.

Su padre tenía en su haber todo un armamento no solo de chistes malos, sino de chistes malos de pájaros. O de *pajaderías,* como los llamaba él. Era un experto ornitólogo que sabía todo lo que había que saber sobre las aves y, sin embargo, hacía comentarios como aquel. Afirmaciones que eran descaradamente falsas. Porque era bien sabido que el colibrí come unas dos veces el equivalente a su peso todos los días.

El caso es que desde niña todo en su vida había estado relacionado con los pájaros.

Y quizá fuera esa la razón por la que le dolía tanto. Su padre quería fingir que no había sucedido, pero, ahora parecía que todo se confabulaba para recordarle día a día, minuto a minuto, que los pájaros le habían arrebatado lo más importante de su vida.

4
HUÉRFANA DE MADRE

Wren bajó por el serpenteante paseo de entrada, salpicado de esquirlas iridiscentes de conchas de ostra, y enfiló la calle mientras las olas rompían contra las enormes rocas que bordeaban la costa. Los salpicones de agua ascendían con fuerza y aguijoneaban su cara como la aguanieve. Secó la pantalla de su teléfono móvil con la manga del abrigo y se fijó en la hora que era. Al parecer su padre no se había puesto histérico sin motivo: en efecto, llegaba tarde.

Suspiró. Era normal. Desde lo de su madre parecía que se hubieran quedado «desconectados» y que no hubiese nada que los ayudara a volver a ponerse en marcha. Su madre había sido la pieza clave del engranaje sin la cual la máquina era incapaz de funcionar.

Se desvió de su ruta y tomó un atajo por el bosque, donde esquivó las bellotas y las cagadas de pájaro que caían desde los imponentes pinos como bombas sobre un campo de batalla, dejó atrás el lugar conocido por los lugareños como Las Entrañas de la Caleta —que era donde fondeaban los langosteros— y se dirigió hacia el viejo puente giratorio. Desde su infancia veía aquella estructura como una especie de atracción de feria a la que te subías y tenías que sujetarte con fuerza a la barandilla mientras oscilaba sobre el canal. Salió del bosque y tomó el paseo que conducía al puente, contenta de encontrarse con la primera cara amiga del día.

—¿Qué, Wren, te apetece subir? ¡Te doy una vuelta gratis! —le ofreció el anciano señor Green, el canoso y rubicundo operario del puente, con un acento de Maine tan cerrado como tupido era el musgo que se aferraba a las rocas que pisaba con sus botas de agua hasta el muslo.

—Hoy no puedo, pero ¿me reservas la invitación?

—Aquí estaré —convino, llevándose la mano a su inconfundible gorro impermeable de pesca.

El señor Green había estado allí, en las «entrañas» de Christmas Cove, día tras día, desde que Wren tenía uso de razón, pero en esa ocasión, por primera vez en su vida, ella no lo daba por sentado. Ahora sabía que las cosas no siempre estaban garantizadas. Ahora todo la llevaba a su madre. A echarla de menos. Esos pensamientos le provocaban una tristeza que le subía desde el estómago hasta la garganta, formando un nudo que había aprendido a tragarse hasta que se le formaba nuevamente.

Wren cruzó a toda velocidad hacia la parada y habría perdido el autobús sin remedio de no ser porque Gladys, la conductora, la vio acercarse y mantuvo la puerta abierta. Gladys era una veterana, curtida y sabia pero todavía jovial, incluso después de llevar muchos años transportando a niños revoltosos de un lado a otro del rocoso litoral de Maine. Una mujer flaca de pelo corto que vivía a base de café cargado, cigarrillos sin filtro y partidas de bingo. Wren la recordaba de su época de primaria como a una amiga y defensora.

«Hoy, al menos, tengo a una persona de mi lado», pensó mientras las puertas plegables se abrían con un chirrido. «Que haya más, por favor.»

—¡Cuánto tiempo, encanto! —dijo Gladys, sorprendida de lo mucho que había crecido Wren.

—¿Qué tal te va, Gladys? —preguntó Wren.

—No me quejo, y aunque lo hiciera ¿quién me iba a hacer caso?

Esta forma de menospreciarse a sí misma con un toque de cinismo era un rasgo que compartían las dos. Se sonrieron con complicidad.

—¿Y cómo estás tú, cielo? —preguntó Gladys con una mirada de preocupación.

Tanto Wren como la gente de su mundo poseían esa naturalidad tan propia de Nueva Inglaterra. Entre ellos no había necesidad de darse aires, fingir o embarcarse en largas explicaciones. Ella sabía que Gladys estaba enterada de lo de su madre. Todos lo estaban en el pueblo. Podían decir mucho con muy pocas palabras. Y eso la aliviaba, puesto que le ahorraba el pesar de tener que revivirlo cada vez que le preguntaban.

—Voy tirando, Gladys —respondió Wren.

—Eso es lo único que se puede hacer —repuso Gladys.

Los ojos de Wren se desviaron hacia las hileras de asientos. Y, en efecto, había un puñado de chicas que cuchicheaban y se reían a la vez que la miraban a ella.

«Ya estamos», pensó.

—Las mentes fuertes discuten ideas —dijo Gladys en un tono de voz lo bastante elevado como para que las chicas la oyesen—. Las mentes débiles discuten sobre las personas.

Dicho esto, las puertas se cerraron y Gladys puso el autobús en marcha, haciendo que este diera un pequeño tirón mientras Wren se dirigía rápidamente hacia la parte de atrás tratando de mantener el equilibrio. Tenía un poco oxidado el protocolo de actuación, pero poco importaba porque ni las normas sociales en los autobuses cambian ni lo hace tampoco la presión de decidir con quién sentarse. A esas alturas se había convertido en casi una experta leyendo caras. Conforme avanzaba por el pasillo, unos cuantos críos pusieron cara de estar oliendo algo apestoso y algunos de los chicos de los asientos de atrás se pusieron a aletear con las manos y a poner los ojos en blanco, burlándose de una versión anterior y más joven de Wren.

Ni siquiera en el colegio nuevo estaban dispuestos a pasar por alto sus extravagancias. Sus muchas extravagancias.

«Parece ser que la única buena noticia que puedo esperar hoy es la de toparme con una conductora de autobús maja», pensó mientras avanzaba lentamente por el pasillo, meciéndose con el movimiento del autobús. Su desayuno inexistente se le revolvió en el estómago. «Tendría que haberme quedado en la cama con mi corona de muerte.»

A punto estaba de perder toda esperanza cuando lo vio. El Santo Grial. Un par de plazas completamente libres tres filas más adelante. Wren soltó un suspiro de alivio y se dejó caer sobre el asiento.

Desde allí, observó en silencio las cabezas de sus compañeros, que se bamboleaban arriba y abajo como boyas en el mar, mientras se preguntaba cómo su vida había llegado a esto. «Ahora que las cosas han cambiado —escuchó en su mente que decía la voz de su padre recurriendo a su fórmula preferida para referirse a la desaparición de su madre en Moon Island—, lo mejor es que vayas al instituto público, porque queda más cerca. Incluso puede que hagas algunas nuevas amistades en el pueblo.»

«Nuevas amistades. Ja, ja. Muy gracioso, papá. ¿Y cuándo he tenido yo algo parecido a un amigo?»

Ella lo achacaba al ornitólogo que él llevaba dentro. A su tendencia instintiva a cuidar del nido y al deseo de mantener las cosas y a la gente cerca siempre que fuera posible. Se trataba del mismo impulso que le había empujado a oponerse a la expedición de su madre rumbo al sur con su abuelo Henderson. A oponerse con uñas y dientes, porque con sus discusiones casi habían tirado abajo los muros de la casa, algo nada habitual en su padre, de costumbre tan educado y sereno. Claro que, en esa ocasión, resultó que no se equivocaba al levantar la voz.

Wren apoyó la frente contra el cristal, contempló el cielo —de un azul como el del huevo de un petirrojo— y un suspiro de nostalgia escapó de sus labios. Ya conocía a la mayoría de aquellos chicos, y estos a ella, más o menos, pero hacía tiempo que sus padres habían decidido llevarla a una escuela de primaria privada. Tres años, para ser precisos. Le habían perdido la pista por completo. Y ahora, allí estaba de nuevo. Retomando la relación justo en el punto donde la habían dejado y temiendo que la volvieran a tomar con ella. Esa clase de rechazo constituía, precisamente, una de las razones por las que la habían cambiado de colegio. Y aunque se había quejado, negándose a volver a trasladarse de centro, lo cierto es que el colegio privado tampoco había resultado mucho mejor.

No tenía amigos. En ninguna parte. De ningún tipo. Una gallina en corral ajeno y sin remedio.

—¿Qué estás haciendo, Wren? —escuchó decir a una voz de repente—. ¿Estás bien?

Parpadeó y vio a Gladys, que la miraba a través de su enorme espejo retrovisor con un gesto de preocupación. De preocupación y… de leve grima.

Wren se miró los brazos, que reposaban tiesos contra sus costados.

Había estado batiéndolos otra vez.

Los niños se giraron y la miraron. Una nueva oleada de risitas recorrió el autobús.

Pero es que no podía evitarlo, aunque quisiera. Era un movimiento instintivo que se apoderaba de ella siempre que se sumía en sus ensoñaciones, que se había vuelto más acusado sobre todo en los últimos días. Una sensación de querer huir, de ahuecar el ala. Por supuesto que quería a su padre, pero a veces…

Una chica con el pelo rubio platino que parecía salida de la portada de una revista le echó una mirada por encima del hombro y luego giró la cabeza rápidamente cuando vio que Wren reparaba en ella. Podía sentir cómo iba creciendo el resentimiento en los ocupantes de los asientos de delante mientras el viejo vehículo reducía ruidosamente de marcha y avanzaba penoso cuesta arriba, expulsando un espeso humo negro por el tubo de escape. La odiaban. A ella y a toda su familia. Desde siempre. Para siempre.

«Somos unos marginados, con mayúscula», pensó, deseando una vez más poder llamar a su madre, como hacía siempre que necesitaba un poco de apoyo moral. Su madre la comprendía, sabía exactamente cómo animarla. «Tus diferencias te hacen especial, así que no permitas que las conviertan en algo malo», solía decirle.

En cambio, su mente se llenó de pensamientos negativos. «Las diferencias no te hacen especial, Wren. Hacen que apestes.»

Tan pronto se adentraron en el aparcamiento del colegio, Wren miró por la ventanilla y se percató de que la situación estaba a punto de empeorar.

5
PICOTAZOS A DISCRECIÓN

Aquello parecía el comedero para pájaros de su madre a la hora de la pitanza, pensó Wren al contemplar a través de la ventanilla el caos organizado que reinaba en el exterior del instituto Lincoln Academy. «El comportamiento típico de una panda de matones», se dijo mientras se detenía el autobús, sintiéndose igual que un canario al que estuvieran a punto de soltar en el interior de una mina de carbón.

En cuanto se apeó del vehículo empezaron a burlarse de ella. Críos que ella no conocía de nada comenzaron a cuchichear y a reírse, criticándola por todo, desde su pelo hasta sus zapatillas, echando mano a sus teléfonos móviles y abriendo aplicaciones para publicar su humillación. En vivo y en directo. Reconoció a dos antiguas compañeras del colegio, Audrey Rogers y Cleo Thrush, responsables de algunos de sus peores recuerdos de primaria. Un par de matonas implacables que no dejarían pasar la oportunidad de acosar a una paleta inadaptada de la Caleta; es más, su madre las llamaba «Los Cuervos» porque eran crueles y siempre andaban conspirando. Pero ese año Wren tenía la determinación de empezar con buen pie y eso conllevaba ser la primera en disparar.

—Buenos días, Abercrombie —le dijo Wren a Cleo, desplegando sensores y preparándose para recibir una oleada de malas ondas—. Buenos días, Fitch —saludó a Aubrey.

—Mira quién ha vuelto —espetó Audrey con desprecio, sacudiendo su perfecta cabellera rubia—. ¿Tú no te habías muerto en Facebook o algo así?

Cleo se carcajeó con un agudísimo cloqueo forzado. Las dos iban muy conjuntadas con vaqueros estrechos de marca, cinta de pelo y cola de caballo, brillo de labios rosa y sombra de ojos de purpurina. «Fijo que se han vestido la una a la otra», pensó Wren, que frenó en seco y respiró hondo antes de contestar.

—Ya veo que te has traído tu pista de risas enlatadas, Audrey —observó Wren mientras señalaba a Cleo—. ¿Cómo te sientes al ser la acompañante que le ríe todas las gracietas a su amiga, Cleo?

—Eh, gente, ¿sabéis que Wren es nombre de pájaro? También lo llaman chochín —soltó Cleo bien alto para que la oyese Wren, a la vez que provocaba un estallido de risas maliciosas entre Audrey y los demás alumnos que observaban la escena en el patio.

—Pues ya está. Ese será tu nuevo mote —decretó Audrey—. Te llamaremos *chochín.*

—Y yo a ti *petarda* —respondió Wren.

—Eso no es un pájaro —saltó Cleo.

—De *turdus,* el género de la familia de los tordos —explicó Wren—. O sea, TÚ, Thrush.

—Es tu apellido, te apellidas Tordo —le dijo Audrey a su amiga dándole un codazo y aguantándose la risa, lo que no hizo sino empeorar las cosas.

Cleo le clavó a Audrey una mirada. LA mirada. Luego agitó su brillante melena y fijó sus ojos en Wren.

—Por favor, anda y que te den —espetó Cleo—. Lo que digas me trae al fresco, cerebro de pájaro.

—Pues, mira por dónde, los científicos han descubierto que el tamaño del cerebro no es por fuerza un indicador del nivel de inteligencia, así que no tenéis nada que temer. Probablemente.

Cleo le lanzó una mirada furibunda.

—Te iba a preguntar si seguías yendo sola en el autobús, pero acabas de responder mi pregunta. Además, ¿para qué has vuelto, fracasada?

Wren se esforzó por ignorar los insultos y los comentarios socarrones mientras se dirigía a la entrada del instituto, pero Cleo y Audrey le bloquearon el paso. La miraron de arriba abajo, de la cabeza a los pies, y Wren tuvo la sensación de que estaban tomando buena nota en sus cabecitas de todos sus defectos.

Con toda la intención, procedió a apartarse los mechones de pelo que le caían sobre la cara y se estiró la camiseta hasta la cintura para alisarla. Ella no se pasaba horas delante del espejo con un secador y un set de maquillaje como ellas, no estaba hecha de la misma pasta que esas otras chicas y tampoco le importaba demasiado. Además, su aspecto simplón y un tanto desgarbado se ajustaba a su personalidad. Le gustaba ser como era. En general. Y, por lo que se veía, eso las reconcomía como un cáncer.

—¿Has dormido con esa ropa o es que hoy te ha vestido papá? —bromeó Audrey—. Seguro que ha sido eso, porque he oído que mamá sigue… ya sabes… sin dar señales de vida.

Wren se detuvo y se las quedó mirando. Ese comentario malicioso sobre su madre era un golpe bajo, incluso para aquellas dos. El pueblo entero estaba al tanto de que no había vuelto, pero nadie sabía realmente por qué, y habían circulado toda clase de rumores durante el verano. En el mejor de los casos, equivocados, y en el peor, malintencionados. Lo mismo daba.

—Tranqui, Audrey —se rio Cleo—, a ver si nos van a acusar de maltrato animal. Que nadie llame a los animalistas, ¿vale?

—Puajjj, ¿qué es eso? —la interrumpió Audrey.

—¿Qué es qué? —repuso Wren.

—¿Es MIERDA de pájaro? —preguntó Audrey antes de sucumbir a un ataque de risa.

Wren se miró la manga del abrigo y lo vio, allí, goteando, un diminuto riachuelo de excremento blanco, verde y gris.

Las carcajadas del grupo sonaron tan estridentes e irritantes como el quejumbroso reclamo de las palomas plañideras de esa mañana.

Wren necesitaba con desesperación algo de consuelo y, de repente, recordó dónde encontrarlo. Metió la mano en el bolsillo y se puso el anillo. El aire pareció estancarse a su alrededor al mismo tiempo que las burlas se apagaban. Al momento se sintió no solo reconfortada, sino empoderada. Envalentonada y vigorizada. Había intentado ser razonable, pero todo tenía un límite.

Se puso a batir los brazos y a su alrededor todos empezaron a imitarla. Sobrecarga sensorial; aquello era demasiado para ella. De pronto emitió un ruido que no había escuchado jamás.

Sonó como un reclamo. Salido del infierno.

Conforme el eco de aquella llamada resonaba en el aire, Wren se quedó paralizada, atónita. «Eso no acaba de salir de mi boca, ¿verdad?»

La respuesta a su pregunta la halló en la expresión de asombro de todas las chicas pimpollo que la rodeaban. El estupor de Audrey se metamorfoseó en miedo.

—¿Qué demonios…?

De repente, desde lo alto, unos cáusticos graznidos ensordecedores, que fueron aproximándose y ganando intensidad con cada segundo que pasaba, llenaron el firmamento. Del aciago cielo matutino de color azul oscuro surgió una bandada de gaviotas, dibujando círculos sobre la entrada del colegio.

En torno a ella, la gente había empezado a protegerse con los brazos, pero antes de que Wren tuviera tiempo de hacer otro tanto, los pájaros descendieron y se posaron sobre ella, una a una, saltando de su brazo izquierdo al derecho y otorgándole el aspecto de un espantapájaros.

Los ojos de Wren se convirtieron en dos finas rendijas y sus orificios nasales parecieron desaparecer en el momento en que abrió la boca y brotó de ella otro agudo chillido.

Los pájaros alzaron el vuelo y, reuniéndose como un enjambre, comenzaron a dejar caer una líquida sustancia blanca sobre las desprevenidas detractoras de Wren. Prácticamente llovía sobre ellas.

Las chicas se quedaron allí plantadas, paralizadas de incredulidad, chorreando excrementos, ambas al borde de las lágrimas. Su pelo brillante, sus camisetas de diseño y sus ajustados vaqueros estratégicamente rotos estaban totalmente cubiertos de excrementos de pájaro. Las gaviotas soltaron su última carga viscosa y se alejaron volando, dejando a las chicas boquiabiertas y gritando de asco.

—¡Bruja! —gritó Cleo mientras intentaba sacudirse de encima aquella porquería.

—Mírate, tú sí que das asco —respondió Wren, que ya había subido las escaleras de entrada y se encontraba traspasando la pesada puerta de color verde. Se dio la vuelta para plantarles cara una vez más, sonrió, rebañó con el dedo una pequeña cagada de pájaro que tenía en su cazadora y se acercó la mano a la cara. Las chicas no daban crédito a lo que estaban viendo.

—¡Ay, Dios! —gritó Cleo.

Sin perder la sonrisa, Wren miró a Cleo mientras se llevaba el dedo pringado de excremento a los labios.

—¡Asquerosa! —chilló Audrey, que sacaba toallitas de su pequeña mochila con frenesí.

Wren se embadurnó los labios con delicadeza, como si de un lujoso pintalabios se tratara.

—Creo que voy a vomitar —dijo Cleo al notar una arcada, al mismo tiempo que le arrancaba a Audrey las toallitas de la mano.

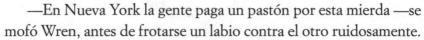

—En Nueva York la gente paga un pastón por esta mierda —se mofó Wren, antes de frotarse un labio contra el otro ruidosamente.

Se esfumó en el interior del centro, resoplando, no sin antes echar un último vistazo por encima del hombro a la estampa que presentaban las dos chicas allí plantadas, temblando de indignación.

6
NIDO DE CUERVOS

Sonó el timbre y la señora Cooney se puso a marcar al instante la hoja de asistencia con su lápiz color rojo cardenal recién afilado. Wren se sentó en la primera hilera e inclinó la cabeza, con el pelo tapándole la cara, para así poder observar su anillo. La señora Cooney se acercó y le dio unos suaves golpecitos en el hombro. Wren se encogió.

—¿Te encuentras mal? Pareces un poco nerviosa —preguntó la profesora.

—Estoy bien —contestó Wren.

—Lo superarás —susurró la señora Cooney, expresando sus condolencias por lo de su madre—. Y, ya sabes, no debes avergonzarte por pedir ayuda, si la necesitas.

—Entonces ¿por qué habla en voz baja? —repuso Wren, irguiéndose lentamente.

—Lo siento, lo he hecho sin querer —intentó explicarse la señora Cooney—. He pensado que quizá no querrías compartirlo con los demás. Debe de resultarte muy duro lidiar con ello.

Wren puso los ojos en blanco. La señora Cooney ya era bastante torpe en circunstancias normales, y la situación actual era todo menos eso. Además, ella detestaba la condescendencia.

—No se preocupe —dijo Wren, tratando de poner fin a la conversación—. Sé que lleva tiempo.

—Al menos puedes apoyarte en tu padre —dijo la señora Cooney.

—Al menos —sonrió Wren enseñando los dientes con la mandíbula apretada.

Pensó en lo feliz que sería si no volviera a escuchar la frase «al menos» nunca más, en lo que le quedaba de vida. «Al menos te queda alguien que todavía te quiere, pobre.» Era como el premio de consolación en la carrera de la vida.

La señora Cooney desvió su atención hacia el leve barullo que tenía lugar al fondo del aula.

Con el rabillo del ojo, Wren vio a Cleo y Audrey fracasar en su intento de entrar en clase sin llamar la atención, con el pelo apelmazado y la ropa manchada de cagarrutas de pájaro. Era obvio que su paso fugaz por el servicio había tenido escasos resultados.

—Llegáis tarde —se quejó la señora Cooney—. A ver si podemos empezar este curso con buen pie, ¿os parece, chicas?

—Sí, señora Cooney —trinaron las dos al unísono con aire inocente, lanzando miradas furibundas a Wren.

—Muy bien, elegid un sitio y tomad asiento. Luego nos iremos presentando uno a uno. Sé que la mayoría de vosotros ya os conocéis, pero necesito hacerme una idea de dónde estáis sentados cada uno, así que si me hacéis el favor…, gracias.

Todos los alumnos se dispersaron como cucarachas cuando se enciende una luz, desesperados por cambiarse de sitio para poder sentarse junto a sus amigos y distanciarse así de los llamados frikis. Wren se quedó donde estaba: en la primera hilera junto a la puerta, a tres filas de la cabecera de la clase.

Tal y como esperaba, los asientos más cercanos a ella fueron los últimos en ser ocupados.

Pronto reinó la calma y los alumnos empezaron a presentarse. A Wren le llegó el turno enseguida.

Respiró hondo, sintiendo todas las miradas posadas en ella. Alguien murmuró algo y un par de personas se rieron con sorna. Detestaba esta clase de ejercicios. Con toda su alma.

Empezó diciendo: «Wren Gray…», pero antes de que tuviera tiempo de pronunciar el «son», un fuerte golpe resonó en el aula. Los alumnos, sobresaltados, se levantaron de un salto de sus sillas, al mismo tiempo que la señora Cooney se llevaba una mano al pecho y dejaba escapar un grito ahogado.

—¡Tiroteo! —gritó un chaval medio en broma—. ¡Al suelo!

—No, idiota, ha sido la ventana —le corrigió otro.

Todo el mundo corrió hasta allí para ver qué había provocado el estruendo. Y allí estaba: una urraca sin vida yacía sobre el césped, al pie de la ventana. «Menuda conmoción por un pájaro muerto», pensó Wren.

Y, entonces, le vino una idea a la cabeza.

«¿Una urraca? Pero ¿qué demonios?» Si algo sabía por la profesión de su padre es que las urracas no eran aves autóctonas de la zona. Ella nunca había visto una en la vida real, aparte de la que su padre tenía disecada en su despacho, y, sin embargo, allí estaba, de un negro y blanco puros.

—Una víctima del celo con el que nuestro querido conserje, Mike, limpia las ventanas, me figuro —dijo la señorita Cooney tratando de quitarle hierro al asunto—. Está bien, todo el mundo a su sitio.

—¿Qué? ¿Otro de los tuyos en misión suicida? —susurró Cleo con malicia al oído de Wren cuando pasaba a su lado.

Mientras se restablecía la calma en el aula, la señora Cooney siguió pasando lista. Entonces, de nuevo, como salido de la nada, BUM. Wren vio un destello de color negro con el rabillo del ojo.

Otra urraca.

Una sombra de confusión e inquietud cruzó el rostro de la señora Cooney.

—*Un cuervo trae pesar; dos, carnaval.* ¿No es así, chicos? Buena señal.

Wren conocía aquella vieja canción de cuna. Su abuelo solía cantársela mientras la hacía saltar sobre sus rodillas, cuando ella todavía andaba a gatas. Y Urraca era el apodo de su madre, así que aquella rima siempre había sido muy especial para ella. Claro que nunca había pensado que acabaría recitándola en el colegio. A pesar de lo mucho que odiaba a los pájaros, se trataba del negocio familiar, al fin y al cabo. Empezó a hojear su vasto expediente mental acerca de las escandalosas criaturas que estaban asaltando su escuela y se repitió para sí la información. Entonces, buscando de nuevo algo de consuelo y seguridad, se encajó el anillo en el dedo y empezó a darle vueltas mientras se decía:

—Las urracas están consideradas aves protectoras y sanadoras. Son furtivas, agresivas, traen buena y mala suerte. Simbolizan el equilibrio entre la luz y la oscuridad, el amanecer y el ocaso. Un pájaro con muchos significados.

No creía haber hablado en voz alta, pero tan pronto acabó de pronunciar estas palabras, Audrey soltó un grito ahogado y la señaló con el dedo.

—¡Es un hechizo! ¡Una maldición! —exclamó—. ¿Lo veis? ¡Es una especie de bruja o algo así, os lo dije!

Los murmullos acusatorios de los demás alumnos se tornaron más audibles y afilados. De repente, todos los ojos estaban posados en Wren, a la vez que se instalaba en el aula un ambiente propio de un juicio por brujería de Salem.

—¡Silencio! —bramó con severidad la señora Cooney, alzando la única voz racional en la sala—. ¿Hay algo que quieras decir, Wren?

—Las urracas son aves proféticas, solo eso —murmuró, intentando descifrar cuál era el mensaje que los pájaros intentaban transmitir—. Mi padre es orni…

De súbito, otro golpe. Esta vez fueron dos pájaros al mismo tiempo. El cristal de la ventana comenzó a resquebrajarse y en el interior empezó a cundir el pánico. Una sucesión de urracas empezó a golpear la ventana, una tras otra, como pilotos kamikazes sacrificando sus vidas por… algo.

—*Tres, una chica. Cuatro, un chaval* —susurró Wren con el corazón desbocado. *¿Seré yo la chica? Y si es así, ¿quién es el chaval?*

—Vaya, esto sí que es raro —observó la señora Cooney.

Pero antes de que pudiera conjurar una explicación, otra urraca fue a estrellarse contra el cristal. Seguida de otra más.

—*Cinco traen plata. Seis, oro* —continuó Wren, haciendo girar el anillo mientras recitaba entre dientes el siniestro poema y asignaba a cada nuevo ataque de los pájaros el verso correspondiente—. Eso es —recordó Wren—, les atraen las cosas brillantes como los espejos o el cristal.

«Esa es la única razón. El cristal brillante. Nada más.»

Todas las miradas se giraron acusadoras hacia Wren. Después del episodio acaecido a la puerta de la escuela no podía culparlos.

—¡Esto es obra suya! —gritó Audrey señalando a Wren con el dedo—. Lo está haciendo a propósito.

La señora Cooney envió un mensaje de texto a secretaría y pulsó la alarma de incendios.

—Todos fuera, ¡ya! —ordenó.

Los alumnos echaron a correr hacia el pasillo, mientras Cleo, en la avanzadilla, sostenía un libro abierto sobre su cabeza para protegerse.

—¡Monstruo! —exclamó, lanzando una mirada envenenada en dirección a Wren.

En cuestión de segundos, el aula quedó desierta. Se fueron todos menos Wren, que estaba petrificada. Entonces, una última urraca solitaria se lanzó contra la ventana con más ímpetu que sus predecesoras.

Con un fuerte estrépito, traspasó el cristal y una lluvia de esquirlas voló en todas las direcciones. Wren dio un bote y soltó un pequeño grito.

La urraca, con las alas rotas y las plumas hechas trizas, cayó a los pies de Wren, retorciéndose y batiendo las alas de dolor. Emitiendo un leve gorgoteo. Muriéndose.

—*Siete, un secreto* —dijo Wren, contemplando el augurio que yacía en el suelo. Porque eso es lo que era, ¿no? Un augurio, justo igual que las otras cosas que había visto ese día.

«Esto no está pasando, ¿verdad? Es un sueño.»

Giró su anillo para despertarse al mismo tiempo que el ave daba un grito. Pero difícilmente podía saber ella si el animal pedía piedad o, en cambio, era una llamada de advertencia. La urraca agitó sus alas heridas, embadurnando de sangre el suelo.

Levantó la vista un instante, vio que se hallaba sola en el aula, y luego volvió a mirar a la pobre criatura. En el fondo sabía lo que había que hacer. Se trataba de algo que su madre le había enseñado cuando tropezaron con un cuervo moribundo en el bosque. Wren había chillado y suplicado a su madre que se apiadara del pájaro, y así lo hizo, poniendo fin a su suplicio.

Respiró hondo, se armó de valor y de forma instintiva levantó su Converse All-Star, dejándola suspendida en el aire. Contó mentalmente: uno, dos, tres…

Abatió la zapatilla con todas sus fuerzas y aplastó la cabeza del pájaro. Unas cuantas plumas negras y blancas se dispersaron por el aire.

Y, entonces, se hizo el silencio.

Recogió a la urraca muerta y la acunó entre los brazos. Su sangre empapó su camiseta preferida y goteó sobre el anillo, mientras Wren susurraba entre lágrimas el final del poema:

—*Que jamás puede ser revelado.*

7

AVES DE
PASO

De regreso a casa en el autobús, Wren se puso los auriculares y subió el volumen de la música en un intento por llenar el espacio que en su mente todavía ocupaban las urracas suicidas. Se mecía adelante y atrás en su asiento, impaciente, siguiendo el ritmo y combatiendo los pensamientos obsesivos que la acechaban desde lo ocurrido en el aula. Por el camino, inspeccionó el bosque a través de la ventanilla en busca de una urraca. No halló ninguna a la vista.

Iba sentada en la parte de delante para poder ser la primera en bajarse y miraba nerviosa más allá del parabrisas, por encima del hombro de Gladys. Detrás de ella, los niños chillaban y reían, amortiguando el sonido de la música con sus voces. Wren subió un poco el volumen con el deseo de que quizá así las carcajadas, por no decir los niños, desapareciesen.

La carretera era empinada y, conforme el autobús ascendía entre estertores la pendiente a lo largo del rocoso litoral, alcanzó a distinguir en la distancia su casa victoriana de tejas azul marino, enclavada en los acantilados que se cernían sobre un mar de color verde oscuro. Se trataba de un híbrido arquitectónico, así les gustaba describirla a sus padres, que combinaba, por un lado, listones de madera de color negro mate con piedra rústica en el revestimiento exterior y, por otro, ventanas altas y estrechas en una fachada y grandes ventanales redondeados en la parte que daba al mar. Dos enormes y altas chimeneas, anterior y posterior, sobresalían del desgastado tejado de madera de cedro y flanqueaban la galería y la mole del torreón, que se alzaba sobre los bosques que rodeaban el edificio. Para Wren, era como un castillo, su refugio, majestuoso y elegante. Distinto de todas las casas vecinas.

Aunque para ella era su hogar, había quienes la llamaban de otra manera. «La pajarera», murmuraban. ¿No es *encantadora*?, decían con una sonrisita de complicidad. Wren detestaba esa palabra, porque cada vez que la oía no estaba segura de si se trataba de un elogio o de un eufemismo. A tenor de la situación actual y de las habladurías que corrían por el pueblo acerca de su madre y de su abuelo, lo cierto es que se decantaba más por la segunda opción. La verdad es que no recibían demasiadas visitas, aparte de colegas de la universidad, alguna que otra animadora o jugador de fútbol americano que llamaba a su puerta, casi siempre por alguna apuesta, vendiendo caramelos que ellos jamás se comerían con el fin de reunir fondos para comprar nuevos equipamientos de ropa deportiva, o quizá una valiente niña scout ofreciendo su mercancía de galletitas para poder luego contar junto al fuego del campamento la historia de cómo consiguió salir viva de la «pajarera». Pero incluso estas visitas se habían ido espaciando, porque una vez sembrado el miedo en un pueblo tan pequeño como el suyo todos temían que la familia pudiese contagiarles la muerte o cualquier otra cosa. Al menos eso se figuraba ella.

El autobús se detuvo junto al puente giratorio, haciendo crujir las coloridas hojas bajo sus ruedas. Wren se levantó y se sacó los auriculares. Al hacerlo, algunos de los niños empezaron a hacer sonidos de pájaros, compitiendo entre ellos. «¡Pío, pío!», «¡Glu, glu!», «¡Kikiriki!».

Entonces alguien soltó un estridente «¡Chiiiiiiiiii!», como una gran ave de presa. Y el autobús entero prorrumpió en sonoras carcajadas.

Wren levantó el mentón y les dio la espalda.

—Hasta mañana, Gladys.

—Que Dios te oiga —contestó Gladys antes de pedirles a los demás que se tranquilizaran.

Wren se plantó en el puente y canjeó la invitación de esa mañana. Giró con la plataforma y saludó al operario con un gesto de agradecimiento antes de apearse y adentrarse resoplando en el bosque por la senda húmeda de lluvia, resbalándose a cada paso sobre una encendida alfombra de hojas caídas con forma de llamas y plumas. Siempre estaba más cómoda al aire libre, en el bosque o a la orilla del mar. Ya fuera bajo la opresiva densidad de pinos y cedros o ante la vasta expansión del mar, los dos sitios conseguían que se sintiera como en casa. Pero ese día no iba a encontrar las respuestas que buscaba, la paz de espíritu, en el exterior. Ese día tocaba trabajar puertas adentro.

Deslizó la llave en el interior de la cerradura de la puerta principal y entró en casa, ansiosa por contarle a su padre lo de las urracas.

—¿Papá? —llamó.

Pero en lugar de encontrarle a él, halló una nota suya, prendida del perchero, donde le explicaba que iba a demorarse en Salem y que llegaría tarde. Su nombramiento como jefe de departamento un mes después de la desaparición de su madre había resultado una bendición, porque lo mantenía muy ocupado y fuera de la casa.

Una bendición para él, al menos.

Por muy sola que esto hiciera sentirse a Wren, resultaba mucho más doloroso verle merodear por la casa sin hacer nada, echando de menos a su madre, pero negándose a hablar de ello. Además, estar a solas era justo lo que necesitaba ese día.

Se fue derecha al despacho de su padre y se encerró dentro. Creyó que se le saltaría el corazón del pecho a medida que iba bajando todos los estores para que nadie, especialmente los pájaros, pudiera ver el interior. Si había algún sitio donde encontrar respuestas era allí. Pero también era el único lugar en el que tenía prohibido estar. Aquel era territorio vetado por completo.

El espacio de trabajo de su madre, en cambio, se parecía más a un taller. Lo había instalado en el granero de la parte de atrás y allí conservaba y preparaba los pájaros que eran objeto de investigación. Ella había tomado un camino más de taxidermista-conversadora en el campo de las aves. Le encantaba trabajar con las manos, ensuciárselas y preservar la belleza. Wren podía entrar y salir de allí a su antojo, disfrutando de meriendas dominicales con su madre y de todos los pájaros muertos que quisiera. Se trataba de un espacio mucho más abierto e informal, algo así como el estudio de un artista. El despacho de su padre, no obstante, ofrecía una experiencia mucho más inmersiva: una cámara de recuerdos y misterios mágicos. Archivadores de cajones llenos de especímenes y fósiles de aves, mapas, láminas antiguas de anatomía de las aves y fotografías de fauna y flora, librerías empotradas de madera de cerezo atestadas de libros raros de ciencias, viajes y ornitología, y estantes salpicados de pájaros disecados de todos los colores y tamaños, metidos en urnas de cristal y exhibidos sobre pedestales. Si uno no conocía su profesión, la decoración le sacaba de dudas nada más entrar en la estancia.

Cuando su prima Gracie solía ir desde Ciudad de México a visitarlos, lo que más las divertía era colarse en ese despacho con linternas en mitad de la noche. Era mil veces mejor que cualquier casa encantada. La madre de Gracie, hermana de su padre, estudiaba las migraciones de las mariposas monarca, y todos los años pasaban una temporada con ellos. Gracie tenía los mismos años que Wren y era la única persona de su edad que la comprendía de verdad. Wren echaba de menos a Gracie y también los líos tremendos en los que solían meterse.

Lo primero que siempre llamaba su atención al entrar en ese despacho era un montoncito de sedosas plumitas grises y con las puntas de color rosa pálido que, atadas por un hilo casi invisible, descansaban bajo una campana de cristal encima del escritorio de su padre. Daban la sensación de estar flotando hacia arriba, como si formaran parte de alguna clase de truco de magia. A diferencia de todos los demás objetos que llenaban el despacho, aquellas plumas no estaban etiquetadas con el nombre de la especie y el género.

«Un pájaro nada común que llevo estudiando hace ya años» era cuanto su padre respondía cada vez que Wren se interesaba por ellas.

Una urna antigua de madera y cristal que alojaba un gigantesco avestruz en un rincón constituía la pieza más llamativa de la colección. A Wren le encantaba porque daba la sensación de que el animal fuera a escaparse de allí de un momento a otro y echar a correr por la casa. Junto al escritorio de su padre, sobre un pedestal, había un flamenco colocado al lado de una garceta nívea, que descansaba encima de un buitre, formando una pila rematada por un búho nival, todos en urnas de cristal y todos ellos ejemplares dignos de estar expuestos en un museo.

Otra pieza central de la estancia era el halcón de su madre, su cómplice de correrías durante sus años de universitaria, cuando había sido una premiada halconera. Este no se hallaba montado en ninguna clase de falso decorado natural, posado sobre una rama o una roca, sino que parecía suspendido en pleno vuelo, con las alas extendidas, las garras preparadas, los ojos despiertos y el pico ligeramente abierto, como si estuviera a punto de abatirse sobre una presa desprevenida; preservados así tanto su cuerpo como su fiereza. A quienes visitaban la casa por primera vez solía cogerles con la guardia baja, sorprendiéndolos e, incluso, aterrorizándolos, lo que proporcionaba a los vecinos aún otra excusa para mantener a la prole alejada de aquella familia de bichos raros.

Wren rodeó el enorme escritorio de roble de su padre y se dejó caer en la butaca giratoria de cuero verde con orejeras. Se impulsó hacia un lado hasta que tuvo frente a ella la librería situada a su espalda y sacó el precioso anillo de su bolsillo.

Se lo encajó en el dedo y empezó a deslizarlo arriba y abajo, como si así pudiera conjurar una explicación a los misterios de ese día: el aterrador ataque de los pájaros en el colegio así como la inexplicable atracción que había sentido hacia él.

No ocurrió nada.

—¿Qué quieres de mí? —preguntó en voz alta mientras paseaba la mirada por la imponente cantidad de tomos que su padre había reunido.

Muchos de los libros procedían de la biblioteca de Hen. Unos eran de su propiedad, otros de su autoría. Wren reconoció las encuadernaciones de cuando jugaba de pequeña en su despacho. «Los libros del abuelo.»

Era imposible no verlos nada más entrar, aunque curiosamente eran los menos accesibles, ubicados como estaban detrás del escritorio de su padre, que casi parecía custodiarlos, a la manera de un dependiente que mantiene fuera del alcance de los niños cigarrillos o aspirinas. Sobre todo, y en particular, los libros escritos por Hen. Eran pesados, gruesos y viejos ejemplares cuya temática iba de lo puramente científico a lo descaradamente místico. Anatomía de las aves, migraciones, adivinación ancestral, arqueología, mitología, paleontología… Ediciones de imprenta, cuadernos manuscritos y diarios personales unos al lado de los otros.

Los más místicos eran, ¡cómo no!, los más recientes. Pues no era ningún secreto que, de un tiempo a esa parte, Henderson Weatherby se había vuelto mucho más raro… si es que eso era posible.

De pronto, un título llamó su atención. El libro no se encontraba alineado con los demás. Sobresalía del borde de la estantería, como si alguien lo hubiese sacado de su sitio hacía poco y lo hubiera colocado de nuevo a toda prisa. Lo cogió. *La vida secreta de los pájaros.*

—*Un secreto* —susurró para sí, recitando la rima de esa mañana—, *que jamás puede ser revelado.*

Acarició la tapa, el lomo y las letras estampadas en relieve. Estaba encuadernado en tela y desgastado por el uso, como si hubiese sido leído una y otra vez. Lo abrió por la página del título y reparó en la firma de su abuelo: grande, enérgica y escrita con elegancia. Con orgullo. Con confianza. *Henderson «Hen» Weatherby.* Soltó una carcajada por lo apropiado del apodo. Le habían enseñado que las gallinas se ponían muy picajosas a la hora de buscar un nido donde poner sus huevos. Y, como ellas, Hen se mostraba muy agitado cada vez que se disponía a compartir su sabiduría, cosa que hacía a todas horas. A juzgar por el volumen del material escrito por él, estaba claro que su mente inquieta estaba siempre en funcionamiento.

Wren saltó de inmediato a la «U» para buscar la entrada de «urraca». Inserto en la página correspondiente del libro, como si de un marcapáginas se tratase, había un poema escrito con la misma caligrafía de la firma de su abuelo. Se trataba de la rima de los cuervos, la misma que ella había recitado en clase. Al principio del capítulo, alguien había resaltado una línea con rotulador fluorescente. Wren se preguntó si habría sido recientemente.

Las urracas son aves de paso que en ocasiones paran en Maine durante el otoño y la primavera en su ruta migratoria desde o hacia Canadá.

—¿Aves de paso? —se preguntó, poniendo en duda la aseveración. Estaba segura de que la parada que habían hecho horas antes las urracas en Maine, en su colegio, no era casual. Además, estaban a primeros de septiembre. ¿No era un poco pronto para que los pájaros estuvieran migrando al sur?

Margot. Urraca. ¿De verdad había sido aquella visita un suceso casual? ¿O acaso su madre trataba de decirle algo?

«Sí, claro —se reprendió a sí misma—, mamá comunicándose a través de los pájaros.»

Fue pasando las hojas del capítulo hasta que llegó al final, donde, cuidadosamente pegada al pie de la ilustración de una urraca blanca y negra, encontró una vieja fotografía de color sepia. Se trataba de una instantánea de Hen y una niña pequeña, una niña que se parecía muchísimo a Wren.

Su rostro se iluminó al reconocer en ella a su madre. Permaneció un rato contemplando la foto, acariciándola con sus dedos, examinándola. Los ojos de Margot Weatherby, su pelo espeso y brillante, su nariz afilada... era como estar mirando a través de alguna especie de espejo mágico a una fotografía de sí misma tomada treinta años atrás. Mucho tiempo antes de que ella existiera. Sus ojos se desplazaron hacia la base de la fotografía, hasta la mano de su madre y sus finos y largos dedos.

A un dedo en particular, en su mano derecha.

El anular.

Wren soltó un grito ahogado. Allí, justo delante de sus propios ojos, había un anillo que guardaba un enorme parecido con el que los pájaros habían depositado esa mañana sobre el alféizar de su ventana.

Sobrecogida, se miró la mano y la colocó junto a la fotografía para compararlos.

No había duda.

Era el anillo de su madre.

8

EL SONIDO DEL SILENCIO

—¿Se puede saber qué demonios haces aquí? —preguntó su padre con gravedad desde el umbral.

Wren deslizó su mano en el interior del bolsillo de sus pantalones y se quitó el anillo antes de que él pudiera verlo. Esbozó una sonrisita inocente y levantó el libro, mostrándoselo.

—Yo… Estaba leyendo, nada más.

Ella ya había visto antes esa expresión de reproche en el rostro de su padre, pero nunca con la intensidad de ahora.

—Sabes que no me gusta que estés aquí…

Wren podría haberse limitado a proferir una disculpa, reconociendo cuántos de aquellos valiosos e irremplazables objetos podrían haber sufrido daños por su falta de cuidado, y retirarse a su habitación. Caso cerrado. Él habría estado echando humo un rato y para la hora de la cena sería agua pasada.

Pero no lo hizo. Ese día no. Se negaba a seguir fingiendo, incluso por él. Eran demasiadas cosas Quería, o mejor dicho, *necesitaba* conocer lo que él sabía.

—Hoy ha sucedido algo espantoso en el colegio —dijo, acercándose a la urraca disecada.

—¿Qué ha pasado? —preguntó él, con aire ausente.

—¿Te acuerdas de esa vieja película de terror, *Los pájaros*?

—La de Hitchcock. Nuestra…, bueno, mi película preferida.

—Esa, sí. Pues ha pasado lo mismo en el instituto, una locura. Estábamos sentados en clase y una urraca se ha estrellado contra el cristal de la ventana. Luego la ha seguido una bandada entera, una tras otra, como salidas de la nada. Completamente suicidas. La última atravesó el cristal y he tenido que rematarla para que no sufriera, papá. Ha sido espantoso. Increíblemente espantoso.

Su padre bajó la mirada hacia la camiseta de Wren, salpicada con manchas de sangre tras haber acunado a aquella pobre criatura muerta.

—Sí, ya estaba enterado.

Ella parpadeó, atónita.

—¿Qué?

—Han telefoneado del colegio a la universidad poco después de que pasara. Querían conocer nuestra opinión. Y luego han llamado los medios de comunicación, en busca de titulares. Hemos recogido los pájaros. Es posible que la causa sea alguna clase de irregularidad migratoria innata.

Bueno, eso tenía sentido.

—Una irregularidad migratoria innata, ¿dices? ¿Y eso qué es?

—Es solo una teoría. Tendremos más datos después de las necropsias.

Los ojos de Wren se entornaron, aquello confirmaba sus sospechas. Él no había sido sincero con ella desde la desaparición de su madre. Y no podía evitar tener la sensación de que aquella explicación clínica tan aséptica era una evasiva y que restaba importancia al asunto, mucha más de la que este se merecía.

—Pues yo creo que tú ya tienes más datos, papá.

Él apretó los labios.

—¿Qué quieres decir con eso, Wren? Una cosa es lo que uno cree y otra lo que uno sabe, a veces puede haber un mundo entre ambas. Para eso está la investigación. La ciencia.

—¿Así que recurriste al libro del abuelo para buscar una respuesta? ¿Un científico consultando un texto místico?

—En algunos de esos libros…, es más, en un buen número de ellos, se recogen muchas de las especulaciones de tu abuelo.

Especulaciones. Bonita manera de decir «chifladuras».

Presa de una gran agitación, Wren levantó el libro y exhibió la página donde aparecía la frase resaltada.

—¿Cuándo se subrayó esta línea?

Él cerró los ojos.

—No siempre hay una explicación sencilla y definitiva a determinados comportamientos animales, Wren. Tú sabes que a las urracas les atraen las cosas brillantes. Los espejos. El cristal.

A su padre se le daba de maravilla atemperar los ánimos cuando surgía cualquier desacuerdo entre ellos. Pero esta vez no lo consiguió. Un impulso abrasador y descontrolado se abrió paso por sus venas.

—¡Basta ya, papá! Esto no es una formación de nubes para la que pueda valer cualquier explicación. ¿Sabes qué es lo que creo yo? Creo que esos pájaros estaban intentando decirme algo. Fueron siete los que precedieron a la bandada. *Siete, un secreto, ¿no es así?*

Blandió la nota que había retirado del interior del libro y la ondeó en el aire como una bandera de combate.

El rostro de su padre adquirió un tono encarnado. Era un hombre sereno pero también orgulloso, con una veta de testarudez, y le irritaba que lo desafiaran de ese modo. Él era un científico, un profesor, un hombre que aceptaba de buen grado las preguntas complejas, pero también le gustaba estar bien preparado para responderlas. La sabiduría era su defensa, su protección. Su escudo invisible. No había otra cosa que detestara más que lo inesperado.

¿Y Wren? Bueno, estaba claro que acababa de pillarle totalmente desprevenido.

Él levantó los brazos en señal de rendición y se dirigió hacia la puerta. Por un instante, Wren pensó que se daba por vencido. Que allí acababa la conversación, que es lo que siempre hacía cada vez que ella intentaba mencionar a su madre. Pero para su sorpresa, giró en redondo y contratacó.

—Eso son leyendas, Wren —disparó—. Rimas infantiles. No tienen nada de científico.

—¿Igual que las coronas de muerte? —preguntó Wren con sarcasmo.

—Exacto —respondió Miles.

—En la película, los pájaros se ven atraídos hacia lugares y personas concretas —le presionó Wren—. Nadie sabe por qué, pero existe un motivo. ¡Los pájaros no se comportan de esa forma solo porque sí!

—Mucho Netflix ves tú, Wren, ¿no crees?

—Ni que me estuviera dando un atracón de Hitchcock, papá. Te equivocas, ¡y tampoco estoy delirando!

Se miraron de hito en hito. Esta vez, Wren se negó a ceder ni un ápice.

Algo había aprendido de lenguaje corporal por toda la mierda que había tenido que soportar de los otros niños y supo que aquella era una postura defensiva, algo del todo atípico en su padre. Se daba perfecta cuenta de que él sabía… algo.

Se estaba conteniendo.

«Vale. Se acabó lo de esconder la cabeza como un avestruz. A ver si puedes explicarme esto entonces, papá.»

Se sacó la mano del bolsillo y la plantó violentamente sobre la mesa, revelando el anillo. La prueba.

Su padre retrocedió un paso, con los ojos desorbitados, como si acabara de ver un fantasma. O puede ser que, en efecto, lo hubiera visto.

—¿De dónde has sacado eso? —susurró, pálido y alterado.

—Me lo han traído las palomas —contestó Wren—. Es de ella, ¿verdad?

No esperaba que él la creyese, pero notó que sí lo hacía.

—No lo sé —respondió él con un hilo de voz y empezó a pasearse por el despacho.

Wren no deseaba acosarle, pero ahora estaba demasiado cerca de conseguir sus respuestas como para dejarle escapar. Ya no se trataba solo del asunto del anillo. Se trataba de todo en general.

—¿Cuál es el secreto, papá? —preguntó entonces, casi al borde de las lágrimas—. Necesito saber qué está pasando. ¿Qué le ocurrió a mamá? ¿Qué le pasa a nuestra familia? ¿Qué me pasa a mí?

Él pareció envejecer ante los ojos de Wren mientras procesaba esta última pregunta.

—A ti no te pasa nada —espetó con la voz un poco temblorosa.

—Eso díselo a «Los Cuervos» —murmuró ella.

—¿A quién?

—A Cleo y Audrey —contestó Wren.

—¿Es que ha pasado algo más en el colegio?

—Venga ya, papá. No cambies de tema. Sabes de sobra que no tengo amigos. Que la gente siempre se está burlando de mí. No encajo en ninguna parte. Pasan cosas raras a mi alrededor. Sobre todo ahora. Hoy, especialmente. ¡Cuéntamelo! ¡Merezco saberlo!

Miles permaneció en silencio.

—Los oigo murmurar. Cotillear. No solo sobre mí —continuó ella presionándole—, sino también sobre ti.

Su padre se acercó a donde ella estaba y se apoyó en la mesa, con las manos embutidas en los bolsillos de sus pantalones de pana.

—¿Y qué dicen?

Ella no pudo descifrar si la expresión de dolor en sus ojos era por él o por ella.

—Cosas sobre ti. Sobre mamá. Y también sobre el abuelo. Comentan que se volvió loco y luego perdió su plaza en la universidad. Y dicen que ahora que mamá no está, a ti te pasará lo mismo.

—No hagas caso, Wren. Los niños pueden ser muy crueles a veces. Lo sé.

—¿Por qué nunca hablamos sobre ellos? ¿Sobre ella?

—Claro que hemos hablado de ella.

—Solo quiero saber lo que pasó. Necesito saberlo. Es mi madre.

—Tu madre estaba en una expedición en Moon Island con tu abuelo, en Nueva Orleans. —Tragó saliva—. Él había publicado unos artículos. No fueron bien recibidos. Quiso demostrar que tenía razón para recuperar su plaza en la facultad. Tuvo que ir.

Pero antes de que pudiera terminar de dar voz a sus pensamientos, Wren los remató por él.

—Y mamá lo acompañó porque no quería que fuera solo. Desapareció y ahora la dan por muerta. Estaba haciendo lo que más amaba, bla, bla, bla —parloteó con aire despectivo—. Lo sé, lo sé… Pero ¿cómo puedes quedarte ahí sentado esperando si no tienes la certeza de que fue eso lo que sucedió? Mamá no querría que hicieras eso.

Él arrugó la frente.

—¿Y qué querría que hiciera? ¿Dejarte sola? ¿Ponerte en peligro a ti también?

—¡Querría que salieras a buscarla!

—Estás siendo muy injusta, Wren. Yo solo intento protegerte.

—¿Protegerme? ¿De qué? ¿De la verdad?

—¡Empiezas a hablar como tu abuelo, el detective ornitólogo! —gruñó Miles con un tono sarcástico muy poco habitual en él—. Él quería ir allí a toda costa. Les dije a ambos que era peligroso. Esa zona del bayou es uno de los últimos reductos misteriosos e inexplorados de Estados Unidos. Circulan historias muy feas acerca de las cosas que suceden allí. Cosas para las que era obvio que ellos no estaban preparados. Les advertí.

—Así que, solo porque acertaste, ¿te contentas con dejarla allí, sin hallar respuestas? —se quejó ella.

Un largo silencio se instaló entre ambos. Incómodo y tenso. Ella lo miró a los ojos y vio cuán doloroso resultaba este tema para él, una herida abierta que no daba señales de cicatrizar. Esto era lo más cerca que habían estado nunca de hablar en serio sobre el asunto y, por la expresión de su padre, era obvio que quizá ella tuviera que conformarse por el momento con haber llegado hasta aquí.

—Buscas respuestas que yo no tengo —dijo él. Se retiró sus gafas de montura de carey y limpió las lentes con su grueso jersey de punto color crudo—. Y tampoco las hallarás en las urracas de esta mañana.

A ella le dio la sensación de que él intentaba ganar tiempo. Desviarse del tema.

—Te estás conteniendo, papá. Dilo y punto.

Él arrancó muy a regañadientes.

—Lo que cuentan de tu abuelo…

—¿Acaso le ha hecho daño a alguien? ¿Ha robado algo? —Su imaginación estaba desbocada. Todos y cada uno de los espeluznantes escenarios que habían ido tomando forma en su mente durante meses brotaron de sus labios—. ¿Es un delincuente? ¿Un fugitivo de la justicia? ¿Ha matado a alguien? ¿Es ese el motivo de que siga allí, en el bayou?

—No, no es nada de eso.

Desinflada, Wren se hundió todavía más en la butaca.

—Tu abuelo fue un gran investigador científico, un ornitólogo forense y escritor —explicó el señor Grayson, cogiendo el libro—. Un hombre muy respetado hasta que…

—¿Qué?

—Hasta que empezó a leer acerca de Moon Island. Aquello le cambió. Se convirtió en una persona diferente desde el instante en que pisó la isla por primera vez, y lo perdió todo: su reputación, la jefatura del departamento…

—¿Y la cabeza? —añadió ella.

—Wren —la reprendió él.

—Es lo que cuentan.

—Era un gran hombre.

—¿Era? Hablas de él como si se hubiera muerto.

—Para mí es como si lo estuviera. —Su voz se elevó, airada y desafiante. Entonces, con el rostro enrojecido, golpeó la mesa con el puño—. ¡Perdí a tu madre y no pienso perderte a ti también!

—¿A mí? —preguntó Wren, confusa—. ¿Por qué? ¿Cómo podrías perderme por bajar al bayou, hacer preguntas y descubrir lo que le sucedió a mamá en realidad?

La pregunta se quedó flotando en el aire, sin respuesta. Ella supo que no debía presionar más a su padre. La conversación había llegado a su fin. Así que, fuera cual fuese aquel gran secreto que él no se veía con fuerzas de desvelar, tendría que descubrirlo ella por su cuenta.

—Mañana tienes que levantarte temprano para ir a clase —dijo él, recuperando el tono normal de su voz.

—Oh, no te preocupes, madrugaré con los pájaros —contestó ella con un murmullo, tratando de complacerle.

Su padre le quitó el libro de las manos y lo devolvió a su lugar en la estantería, como si con aquel gesto estuviese poniendo a buen recaudo todo el asunto; luego se marchó a su dormitorio. Ella volvió a meterse el anillo en el bolsillo antes de que él pudiera pedirle que se lo entregara.

—Te despertaré a las «padre en punto», ¿de acuerdo? —dijo él, haciendo lo que se le daba mejor. Negar. Ignorar. Enterrar la cabeza en la arena.

«Ni hablar, papá. Esta vez no voy a dejar que te salgas con la tuya.»

Wren hizo ademán de marcharse, pero en el último momento él tendió una mano hacia ella. Estrechó a su hija entre los brazos y no la soltó hasta pasado un buen rato.

—Eres la mejor madre que un padre podría ser jamás y que una chica podría tener nunca —dijo Wren.

—Te quiero, Wren.

—Yo también te quiero, papá —contestó ella. «Pero tengo que hacer algo al respecto.»

Cuando él la liberó, Wren vio en el suelo, entre ambos, un papel. Era el poema que había encontrado entre las páginas del libro de Hen. Lo recogió y reparó en un curioso detalle.

La rima del cuervo escrita en la tarjeta no era igual que la que Hen le había enseñado. Se parecía mucho, aunque con diferencias muy importantes. La leyó en voz alta:

Uno trae pesar; dos, regocijo.
Tres, una boda; con cuatro nacerá un hijo.
Cinco son abundancia; seis, indigencia;
Siete, una bruja; y lo demás mi boca silencia.

—¿*Siete, una bruja*? —murmuró Wren—. Una bruja.

Su padre salió y la dejó sola en el despacho. Ella se volvió hacia la estantería donde estaban los libros de su abuelo, sacó algunos de sus diarios y se los metió debajo de la camiseta. Echó un último vistazo a la habitación, deteniéndose en las plumas que tanto la habían embelesado de niña, y cerró la puerta a su espalda con suavidad.

Subió las escaleras, pasó por delante del dormitorio de su padre y se dirigió de puntillas al mirador del torreón. Sintió un escalofrío. El mar le pareció más ancho y frío que nunca, inabarcable. Escuchó cómo las olas rompían contra las rocas, más abajo, mientras contemplaba la oscuridad reinante. No era un lugar para una niña de doce años.

Sacó el anillo de su bolsillo y lo hizo girar sobre la palma de su mano. La sortija brilló a la luz de la luna, lanzando destellos hacia la vacía inmensidad del mar. Como el haz de luz de un faro.

Indicándole la dirección que debía seguir.

Suspiró y regresó a su habitación. Una vez allí se dejó caer de espaldas sobre la cama y trató de disipar aquellos pensamientos. Después de todo, el ancho mundo era ancho de verdad y ella solo tenía doce años. Nunca se había separado ni un kilómetro de la atenta mirada de sus padres.

¿Sería capaz de hacerlo? Solo pensar en todo lo desconocido la hizo temblar, así que se echó la manta por encima de la cabeza. Y allí, en su familiar y seguro nidito, acabó cayendo profundamente dormida.

9
FUNERAL DE CUERVOS

—*Algo pasa* —*dijo Margot Grayson.*

El eco de unos gritos estridentes retumbaba entre los frondosos senderos, sofocando los graznidos de las hambrientas gaviotas que, a lo lejos, sobrevolaban en círculos la línea costera muy por encima del incesante romper del furioso oleaje de Maine.

Bajó la vista hacia Wren con una mirada cargada de curiosidad y alarma al mismo tiempo que ambas se cogían de la mano, con fuerza. Sin mediar palabra. Espoleadas por una descarga de adrenalina, madre e hija echaron a correr por el camino del bosque, atravesando afilados rayos de sol matutino, con el corazón desbocado y el pecho agitado, saltando por encima de los charcos y salvando las ramas caídas, en dirección al origen de aquellos sonidos de violencia. La senda de tierra ascendía y se precipitaba siguiendo el rocoso terreno costero hasta internarse en la profundidad del bosque. Ambas corrieron por ella, rumbo a un claro de donde procedían los terribles gritos.

Hacía un calor inusitado para ser primavera, sobre todo en aquella zona de la costa central, donde los altos pinos acarician las orillas, y Wren podía sentir el sudor perlándose en su cogote y por encima del labio mientras corrían. Podía deberse a los nervios o a un golpe de calor, pero no estaba del todo segura. Lo que se suponía que iban a ser unos últimos momentos de tranquilidad juntas antes de que su madre

67

partiera hacia el sur en su expedición ornitológica a Moon Island, en Luisiana, se estaba convirtiendo en todo menos eso. Le fastidió ver sus zapatillas Converse cubiertas de barro, pero siguió corriendo, tan rápido que tuvo la sensación de que iba a despegar del suelo en cualquier momento.

Alcanzaron el peñasco recubierto de musgo que se alzaba en el lindero de un claro y se detuvieron, coloradas y jadeando, para recuperar el resuello. Wren tenía el mismo cuello que Margot, largo y delgado como el de un cisne, eso decía su padre siempre, y ahora ambas sacaron provecho de él, asomándose desde detrás de la enorme roca. Su madre sacó de su bolsa una botella de agua y se la pasó a Wren. Ella dio un trago, echando la cabeza hacia atrás, y fue entonces cuando lo vio. Agua y palabras salieron expulsadas de su boca al mismo tiempo que gritaba.

—¡La está matando!

Su madre se llevó un dedo a los labios, indicándole que estuviera callada. Ella abatió la cabeza y su espesa y sudada cabellera, su nido de rizos como ella lo llamaba, le cayó en cascada sobre los ojos, protegiéndolos del horrible espectáculo que estaba teniendo lugar más arriba.

—¡Mira, Wren! —insistió su madre—. Tienes que mirar.

—No puedo.

Unas lágrimas rodaron por su sucia mejilla y cayeron sobre el suelo agostado, donde se secaron rápidamente. Margot colocó la mano bajo su barbilla e hizo que levantara la cabeza con suavidad. Luego le retiró el pelo de delante de los ojos y la miró de hito en hito, igual que hacía cada vez que deseaba contarle algo de extrema importancia.

—No debes interferir —susurró Margot de nuevo, como si le estuviese confiando un secreto.

Wren buscó una piedra, un palo, una bellota, lo que fuera que pudiese arrojar contra él, pero no halló nada a su alcance.

—Ella necesita nuestra ayuda —rogó—. Esto es horrible.

—Esto —afirmó su madre sin vacilar— es la naturaleza.

Ni la cegadora luz del sol ni las ondas de calor que se elevaban hacia lo alto pudieron velar aquella terrible escena. Un búho macho y un cuervo hembra. Enzarzados en un combate mortal. Una pelea a muerte. ¿Por qué?, se preguntó Wren. ¿Quería el búho arrebatarle los huevos al cuervo? ¿Estaba el cuervo asaltando el nido del búho? ¿O acaso su comportamiento era solo el que cabía esperar de unos animales salvajes enfrentados en una guerra por el territorio y por la escasez de alimento? Quizá solo se comportaban como lo que eran. Estaban siendo ellos mismos.

El búho y el cuervo chocaban una y otra vez allá en lo alto, por encima de sus cabezas; luego regresaban a sus respectivas ramas, en extremos opuestos del claro, donde se posaban y descansaban mientras sopesaban al contrario como guerreros experimentados. El cuervo, herido, se debilitaba muy rápido; unas plumas de su ala dañada descendieron girando por el aire espeso anunciando la espiral de muerte a la que estaba abocado su inminente destino. El búho iba ganando. Wren había visto antes a búhos como aquel matar a perros. El cuervo no tenía ninguna posibilidad, pero se resistía a darse por vencido. Alzó el vuelo desde su rama para arremeter contra el búho, pero no logró alcanzar demasiada altitud.

—El cuervo va a perder —observó Wren apesadumbrada.

—Pero sigue luchando —contestó su madre.

El imponente búho cornudo, con sus temibles garras abiertas, se abatió desde lo alto, llevado solo por su instinto, volando lentamente en picado hacia su objetivo. Y golpeó.

El sabor de la sangre lo enloqueció. Dibujó un círculo en torno a su víctima, como buen depredador que era, disponiéndose a atacar de nuevo. La hembra de cuervo no era para él más que una presa más y sus gritos, y los de Wren, pidiendo clemencia cayeron en oídos sordos. No descansaría hasta que la hubiese silenciado. Para siempre. La ley de *la jungla en su máximo esplendor. El golpe fatal fue rápido y efectivo, y lo que le siguió no fue tanto un silencio estremecedor como un vacío, como si el bosque mismo hubiese reparado en la ausencia del cuervo.*

Se precipitó desde el cielo como un oscuro ángel caído y quedó allí tirada, exánime, no lejos de donde se hallaban Wren y Margot, lo bastante cerca para que pudieran ver con toda claridad cómo el búho arrancaba la carne de su fresco cadáver. Wren hubiese querido matarlo con sus propias manos, pero no podía hacer nada. Sintió encogerse su amor propio.

Se puso de pie lanzando improperios, furiosa, gritando, pero su madre tiró de ella para que volviera a agacharse.

—No ha tenido la menor posibilidad —protestó llorando.

—Todavía no ha acabado —la advirtió su madre.

—Claro que sí. Está muerta. No se puede estar más acabado que eso.

En el instante en que Wren pronunciaba estas palabras, apareció otro cuervo en el árbol que se cernía sobre sus cabezas y miró hacia abajo mientras el búho hundía por última vez su cabeza en el cadáver y alzaba el vuelo con un pedazo de carne en el pico. Pasados unos segundos, el cuervo abandonó la rama y se posó junto a los restos. Examinándolos. Como haría un explorador de avanzadilla o un testigo.

Una expresión de sublime satisfacción mudó el rostro de su madre. Como si aquel fuera un momento que llevase toda la vida aguardando con el fin de poder compartirlo con su hija. Wren, ella y un cuervo muerto.

Tres cuervos más aparecieron en el árbol. Y antes de que se dieran cuenta, había un grupo de cuervos reunido en torno al cadáver del animal. Diez o doce, como mínimo.

—¿Es que también ellos se la van a comer? —preguntó Wren.

—No —dijo su madre, sin apartar la vista de la escena que se desplegaba ante sus ojos—. La van a velar. —Hizo una pausa—. ¿Te das cuenta de la suerte que tenemos de poder estar viendo esto?

—Me siento tan afortunada como pueda sentirse alguien que ve un avión precipitarse contra el suelo o a un pez flotando boca arriba en una pecera.

—Wren, esto es hermoso. Su pareja la está llorando. Señal de que la amaba y de que siempre lo hará. Lo mismo que todos los que la rodean.

—¿Igual que lo hacen las personas?

—Los pájaros son más parecidos a nosotros de lo que creemos.

Los cuervos dieron por concluido el funeral por su ser querido y se marcharon volando. Wren y su madre inclinaron la cabeza ante el pájaro muerto en señal de respeto y regresaron al sendero, alejándose como dos cuervos más que hubieran formado parte del cortejo.

—No dejo de pensar en que podríamos haber hecho algo —dijo Wren.

—Cuando te llega la hora, no hay nada que hacer, Wren —repuso Margot. Rodeó con su brazo a la niña y la achuchó, como a una delicada paloma, durante un largo, larguísimo rato.

—No quiero que vayas a Moon Island —dijo Wren—. ¿A quién le importan esos pájaros congelados a orillas del lago?

—A mí —respondió su madre—. Mucho. Es importante. Para tu abuelo. Para mí. Pero siempre encontraré el camino de regreso a casa, Wren. Igual que los pájaros.

—Y si no lo haces —declaró Wren—, iré yo a buscarte.

—Te creo.

Wren se despertó con un sobresalto, se incorporó en la cama y se llevó la mano a la espalda. Se masajeó la zona entre los omóplatos, donde sentía una leve molestia, y se preguntó si habría dormido en mala postura.

Miró al otro lado de la ventana, iluminada por la luz de la luna. Los latidos de su corazón se aceleraron al recordar el sueño.

Aunque no, no se trataba de un sueño, sino de un recuerdo. El recuerdo de la última vez que habló con su madre. El sueño le había parecido tan real que miró a su alrededor, prácticamente convencida de que su madre estaría allí para abrazarla.

Pero no. Estaba sola, como de costumbre. Sola y con más preguntas que nunca. Preguntas cuyas respuestas no iba a encontrar allí.

El dolor entre los hombros se tornó en un picor, una sensación que le exigía que se rascase.

Las urracas, el libro, la nota de Hen, el anillo… eran señales innegables. La estaban convocando.

—Hora de volar al sur —susurró.

10
LIGERA COMO
UNA PLUMA

Wren salió a hurtadillas por la puerta principal adelantándose al amanecer, antes incluso de que los pájaros tuvieran la oportunidad de despertarla, y corrió a internarse en el bosque. Podía escuchar a los buitres pavo volando en círculos sobre el puerto. Sus gritos se asemejaban a los ladridos distantes de unos perros que estuvieran a punto de abalanzarse sobre su comida. Y también gruñían, como en la peor de las pesadillas, sobre todo en las suyas. Gruñidos, ladridos y gañidos. Especialmente ahora, en la oscuridad, cuando trataban de hallar una posición aventajada sobre un cadáver antes de que saliera el sol. Eran los barcos langosteros los que los atraían, el olor a muerte.

A medida que se fue aproximando, alcanzó a verlos dando vueltas a la luz de la luna a través de una abertura entre las copas de los pinos. Allí arriba, en el oscuro retazo de cielo entre la luna agonizante y el sol naciente, su aspecto resultaba todavía más amenazador. Conforme sus sombras empezaron a proyectarse en las ramas sobre su cabeza, Wren cayó en la cuenta de que quizá no se estuvieran cerniendo sobre algún molusco muerto. Tal vez volaban en círculos anticipándose a algo, aguardando a que acaeciese lo que estaban seguros de que iba a suceder. Esperando a que ella muriese. Carroñeros adivinos. Quizá percibían que aquel viaje suyo no iba a acabar bien. O quizá pensaban que ella moriría allí mismo. Y no era de extrañar, porque su corazón latía ahora tan desbocado que le pareció que iba a sufrir un infarto.

Estuvo a punto de dar media vuelta un centenar de veces, pero tenía que seguir adelante si quería llegar a tiempo de coger el barco. Todo el mundo la conocía en Christmas Cove, así que hacer autostop hasta Portland no era en ningún caso una opción. Llamarían a su padre antes de que ella pudiera levantar el pulgar. Los langosteros, en cambio, partían cada mañana al despuntar el alba para proveer de pescado fresco a los mercados locales de Portland. Desde allí podría coger el autobús con destino a Nueva Orleans. Como una viajera anónima, o eso esperaba. El único problema es que tampoco era una completa desconocida en los muelles. Siempre andaba merodeando por allí, contemplando el vuelo de las gaviotas, la llegada de los barcos…

Su única esperanza era conseguir colarse de polizón a bordo, como una huérfana en un barco pirata, y evitar que la descubrieran por lo menos hasta que se encontraran mar adentro.

La caminata a través del bosque era larga y, sí, quien dijo que la hora más oscura es justo antes del amanecer no bromeaba. Lo bueno es que donde ella más cómoda se sentía era entre la floresta, abriéndose camino a tientas. Wren avanzaba con cautela, pero la hojarasca y las ramas rotas crujían ruidosamente bajo sus pies. Podía oler el aroma salobre de la bahía en la fría atmósfera matutina mientras exhalaba vaharadas de aire caliente por la boca. Las agujas de los pinos le arañaban la cara, y tenía los dedos pegajosos de resina de apoyarse en los árboles al tratar de conservar el equilibrio sobre sus botas cubiertas de barro.

Sus pasos rebotaban ligeramente sobre el húmedo mantillo que, como una moqueta de espuma, cubría el suelo del bosque mientras Wren se abría paso entre los troncos retorcidos de robles, abedules y arces. Miró atrás, hacia su casa. Había ocasiones en las que alcanzaba a ver la luz de la lámpara del dormitorio de sus padres brillando entre los árboles como el fanal de un faro, pero esa noche no era una de ellas. Se había instalado una espesa y condensada niebla otoñal y ella se encontraba ya demasiado lejos. Los gritos de los buitres se oían cada vez más alto, al igual que las ásperas voces de los langosteros que cargaban los barcos. Ya casi había llegado.

La espesura se fue aclarando hasta que llegó por fin al límite del bosque. Los muelles eran un hervidero de actividad. Las sirenas comenzaron a sonar al mismo tiempo que los pescadores soltaban amarras, preparándose para partir.

Wren no se cansaba nunca de la vista que ofrecía la caleta entre la línea de árboles, aquel era el corazón palpitante de su pequeña ciudad. La entusiasmaba observar los preparativos hasta para las faenas más sencillas, desde el cebado de las nasas hasta el botado de los barcos en las ariscas aguas del océano. Y siempre, oteando desde lo alto —desde las rocas o los árboles—, estaban los pájaros. Posados y ojo avizor, igual que ella. A diferencia del mundo con el que ella estaba más familiarizada, esto es, el mundo académico, ese era un lugar de acción y aventura. La mayoría de los langosteros no eran hombres de equipo, sino más bien seres solitarios tanto de oficio como de temperamento. Un poco como ella misma.

La niebla empezaba a levantarse y estaba a punto de amanecer. Necesitaba ponerse en marcha antes de que saliera el sol. El langostero se bamboleaba con cada esporádico y leve embate, aguardando pacientemente a hacerse a la mar, pero Wren estaba resuelta a que no lo hiciera sin ella. Se trataba de una embarcación recia, curtida por los elementos, construida de madera maciza, con desportilladuras auténticas en la pintura, no como los pulidos y artificiosos yates de fibra de vidrio que uno podía ver en los puertos deportivos de Portland. Este era digno de la película *Tiburón*. Un barco de verdad.

El capitán no era un marinero dominguero que fondease en aguas poco profundas a esperar a que lubinas, platijas y demás picaran el anzuelo a la manera de los turistas que merodeaban en chanclas por el puerto. Él hacía algo más que pescar, era pescador. Lo vio aproximarse por el atracadero, caminando decidido hacia los botes enfundado en su peto impermeable de color amarillo, con sus ojos de color azul intenso y su poblada barba plateada asomando por debajo de la ancha visera de su gorra de béisbol de color verde.

Wren saltó al interior de uno de los botes mientras el capitán y los demás pescadores intercambiaban anécdotas del día anterior, puso rumbo al barco de este sin ser vista, lo rodeó a toda velocidad hasta alcanzar la popa, subió a bordo y miró a su alrededor. Sus ojos se dirigieron hacia el risco que se cernía sobre el puerto y hacia su casa, a la galería del torreón. Su padre pronto estaría allí arriba, sin duda, contemplando la bahía sin saber que ella, en ese momento, zarpaba en busca de su madre.

El barco del capitán no era grande, pero estaba repleto de huecos y escondrijos. Se escondió en uno de ellos y, pinzándose la nariz, se echó encima una lona impermeable manchada de carnada. Apagó el teléfono y se secó una lágrima del ojo.

Mientras aguardaba allí acurrucada, con su bolsa en el regazo e implorando para que no la descubrieran, volvió a sentir otro ramalazo en la espalda. Ya no se trataba de una leve molestia, ahora era un dolor agudo y punzante. Se removió, cambió de postura y se estiró hasta donde le fue posible sin revelar su posición. Pero la cosa no mejoró.

Los sonidos habituales del sempiterno enjambre de gaviotas riéndose en lo alto se mezclaban con el olor a lejía, a gasolina y a café mientras aguardaba a que el capitán embarcara. Más pronto que tarde, el barco se escoró un poco y Wren escuchó el ruido sordo de unas pisadas sobre cubierta. Levantó la lona lo justo para obtener una visión trasera del peto impermeable del capitán en el momento en que este se plantaba delante del timón y arrancaba el motor.

Una oleada de ansiedad se apoderó de ella al instante por el cúmulo de sensaciones. El rugido ensordecedor del motor, el olor de los gases del tubo de escape y la idea de marcharse de casa la impactaron de golpe y la dejaron temblando. Tanteó con nerviosismo en la oscuridad, buscando algo que pudiese estrujar para liberarse del estrés, y sus dedos toparon con el bote de cera de abeja que el capitán llevaba siempre a bordo. Se trataba de una costumbre muy suya que había adquirido en los tiempos que pilotaba cargueros de un lado a otro del Cuerno de África. Él era hombre de pocas palabras, pero cuando le apetecía podía ser un cuentista formidable, y escucharle narrar su historia de los pájaros indicadores era una experiencia de lo más intensa.

«Tuvimos que huir de los piratas que se dedicaban a asaltar los barcos y a tomar rehenes en el Cuerno de África, y estábamos sin comida ni agua. Navegué con su esquelética tripulación por las peligrosas aguas sin ley a lo largo de la costa hasta que nos adentramos en una pequeña ensenada cuyas orillas estaban cubiertas de vegetación. El escondite perfecto. De los bosques que poblaban la costa escuché elevarse una llamada. Breve, aguda y severa. Dirigida no a otros de su especie, sino a mí. Era un indicador, un pájaro conocido por conducir a los humanos, especialmente a los bosquimanos africanos, hasta las colmenas de abejas. Eché el ancla, remé hasta la orilla en uno de los botes salvavidas y seguí la llamada de aquella ave de color pardo moteado de blanco hasta los árboles, donde fui guiado hasta una colmena chorreante de miel u "oro amarillo". Después de romper las colmenas y verter su miel, estos pájaros furiosos se comen los huevos, las larvas y la cera de las abejas. Son taimados y eficientes. Nosotros nos llevamos la miel y ellos se quedan con la cera. Y cuenta la leyenda que, si no lo haces, te guían hasta una víbora o un león en su lugar. La ley de la jungla. Ese pájaro nos salvó la vida.»

Desenroscó la tapa silenciosamente. La preciada cera estaba fría y dura al tacto. Wren la estrujó con todas sus fuerzas, trabajándola, moldeándola, ablandándola con el calor de sus manos, procurando con desesperación mantener la calma en la oscuridad bajo la lona.

De repente, una sombra descendió hacia ella y, cerniéndose sobre la lona, empezó a golpearla. Al principio creyó que la habían pillado, pero luego la sombra soltó un grito agudo y quejumbroso.

Una gaviota. Intentó ahuyentarla por todos los medios, pero el pájaro volvía una y otra vez.

Un objeto pesado golpeó la cubierta justo a su lado. Apestaba. Supo de inmediato que se trataba del cubo de arenques que utilizaban de cebo. La gaviota continuó dando picotazos a la lona, a Wren, ignorando la carnada. Ahora seguro que el capitán descubriría que llevaba un polizón a bordo, si es que no se había dado cuenta antes.

Wren se pinzó la nariz y contuvo la respiración en un intento de reprimir cualquier movimiento brusco que pudiera delatarla del todo, pero ya era demasiado tarde.

—Y bien, ¿a qué esperas? —bramó una voz sobre su cabeza—. Ponte a cebar las nasas.

II
BRUJA MARINA

El capitán espantó a la molesta gaviota y Wren asomó por fin la cabeza de debajo de la lona. No intercambiaron palabra mientras el capitán gobernaba la embarcación hacia aguas abiertas. Colarse en su barco de aquella manera era como allanar su hogar. O puede que algo peor. Una forma de traición.

—Quiero que tengas clara una cosa, en mi barco no sucede nada sin que yo lo sepa.

—Lo siento muchísimo —murmuró Wren con contrición, a la vez que consideraba muy en serio la posibilidad de saltar por la borda.

Él escupió un chorro de repugnante líquido marrón. Tabaco de mascar. La miró con escepticismo y esbozó una sonrisa torcida, enseñando su mellada dentadura.

—Esto no es un transbordador, así que vas a tener que trabajar durante la travesía.

—No se lo dirás a mi padre, ¿verdad que no?

—Ya veremos. —Acercó de una patada el cubo, que le golpeó a ella en la pierna—. Venga, en marcha.

El capitán era un hombre con muchos secretos, pero jamás le habían pedido que guardara uno como aquel. Wren tendría que ganarse su silencio. Cogió un arenque.

—Y ojo con los dedos —la advirtió—. No tengo botiquín de primeros auxilios en esta chalana.

Wren sabía que los dedos eran lo de menos. El capitán la estaba retando.

Ella lo miró desafiante y clavó el aparejo en el pescado, atravesando la cabeza hasta que la punta hizo saltar de su cuenca el otro ojo, justo como su padre le había enseñado. Nadie vivía en la costa sin aprender una cosa o dos sobre cebos.

El capitán observó su proceder con atención y soltó un gruñido de satisfacción. No parecía ser de los que se deshacían en cumplidos.

Aguardó hasta que ella casi había vaciado el cubo para hablar y, cuando lo hizo, fue al grano, como era su costumbre.

—¿Estás huyendo o vas en busca de algo?

—Voy a Portland.

—¿De excursión? ¿O acaso te estás embarcando en alguna especie de… aventura?

Wren no había pensado en ello desde un punto de vista tan romántico, pero lo de la aventura le sonó bien. Mucho mejor, desde luego, que una misión de búsqueda y rescate. O que una huida.

—Sí, eso es —contestó—. Una aventura.

Él la miró de arriba abajo y arqueó una ceja, como para dar a entender que no le veía mucha pinta de estar preparada para algo así.

—Lo que hace que una aventura sea una aventura es lo desconocido —gruñó él—. No saber cuándo volverás ni si lo harás.

Los ojos del capitán se entornaron y se convirtieron en dos finas rendijas mientras se acariciaba la barba. Parecía un pirata, así que en cuestión de aventuras bien podía considerarlo todo un experto. Es más, para el capitán todos los días eran una aventura, batallando como tenía que batallar con ballenas e inclemencias climatológicas, tiburones y el furor del mismísimo mar.

—Eso ya lo sé —contestó ella a la defensiva—. Y, por favor, no te molestes en intentar asustarme. Te puedo asegurar que ya lo estoy más que de sobra.

El viento y las olas arreciaron al virar hacia el sur, rumbo a Portland. Aquel dolor de espalda tan peculiar que había experimentado por primera vez en el despacho de su padre volvió a aquejarla, más agudo que nunca, y empezó a tiritar. Era casi como si algo la estuviese partiendo por la mitad.

El capitán cogió una pesada manta de lana que había encima de uno de los bancos de madera y se la echó sobre los hombros.

—Los aventureros no pueden permitirse caer enfermos —la reprendió antes de esfumarse bajo cubierta y volver a parecer, poco después, con una taza de té recién hecho.

No se la ofreció, sino que se la tendió bruscamente. Parte del líquido se le derramó sobre la mano, pero él ni se inmutó. Wren esperó a que mostrara algún tipo de reacción retardada, pero no detectó ninguna en el marinero de piel de tiburón.

—Bebe.

—Gracias —respondió Wren, que probó el té con la lengua. Era justo lo que necesitaba.

Una vez calmados los nervios y entrada ya en calor, Wren se dispuso a descongelar su relación con el capitán.

—¿No quieres saber por qué voy a Portland?

—No.

—Es solo mi primera parada. Me dirijo a Luisiana a buscar a mi madre —dijo mientras retomaba la faena con el cubo de cebo que tenía junto a ella—. Cogeré el autobús en Portland.

—Eres un poco jovencita para andar viajando sola.

—Puedo arreglármelas perfectamente.

Él se llevó la mano a los ojos, a modo de saludo, para protegerlos de la luz del sol naciente. Alzó la vista hacia los enormes buitres que seguían al barco a lo largo de la costa. Carroñeros. Persiguiéndolos, incluso hallándose tan apartados de tierra firme. Entornó los ojos, frunciendo el ceño, lanzó contra cubierta otro chorro de saliva y tabaco mascado por el hueco de separación entre sus incisivos y la miró. Con severidad. Conocía a su madre y a Hen. Incluso los había llevado a las islas diseminadas frente a la costa para que pudieran estudiar a las aves marinas. También estaba al tanto de las historias que se contaban acerca de la expedición a los pantanos y la desaparición de su madre.

—¿Estás segura de que es eso lo que quieres hacer, niña? —Wren pudo identificar el temido tono de desaprobación en su voz rasposa—. El bayou es un sitio traicionero. Nunca sabes con lo que te puedes encontrar.

—¿Has estado allí?

Él asintió.

—Tengo que saber lo que le pasó a mi madre.

El capitán permaneció un buen rato mascando su tabaco, en silencio.

—Hay cosas que es mejor dejar a los profesionales… —la aconsejó el capitán—, o dejarlas estar, sin más.

—Pero ¿cómo voy a hacer eso? —repuso Wren—. Es natural querer saber. Tengo que saber.

—Ya que hablas de querer saber, ¿conoces la historia de Ícaro? —preguntó el capitán.

—¿De quién? —dijo ella mientras iba arrojando los pescados con anzuelo sobre una red de color verde.

—Ícaro recibió de su padre un par de alas como presente —prosiguió él—. Estaban fabricadas de plumas y cera. Le advirtió que no volase demasiado cerca del sol.

—Y deja que adivine el resto… No le hizo caso.

—Algo así. Así que si tu padre se opone a este viaje… yo que tú lo pensaba dos veces.

Siguieron navegando hasta que tuvieron a la vista la bulliciosa ciudad de Portland, con sus edificios de ladrillo rojo levantándose por encima de las aguas y los muelles atestados de turistas esperando a embarcarse en excursiones de avistamiento de ballenas.

Volvió a mirar al capitán. Aquellas no eran las palabras de despedida que esperaba escuchar. Sopesó la idea de regresar a casa. Una vez desembarcara ya no habría marcha atrás.

Mientras se adentraban en el puerto, unos gruesos cumulonimbos grises taparon el ya de por sí pálido sol, oscureciendo el cielo vespertino de septiembre. El mundo a su alrededor adquirió un aspecto menos saturado, de color sepia, como visto a través de un filtro fotográfico equivocado.

Wren respiró hondo mientras amarraba el barco al muelle.

—Gracias por la travesía, por el té y por todo.

Él le lanzó la pelota de cera de abeja con la que ella había estado jugando antes. Ahora estaba blanda. Casi pegajosa. Derretida. Debió de imaginarse que ella la necesitaba.

—¡Buen viento y buena mar! —gritó mientras la ayudaba a desembarcar.

Ella se dio la vuelta.

—¿Qué?

—Significa «buena suerte» en el lenguaje de los pescadores.

—Oh. —Wren echó a andar por el pantalán. Hurgó entre los entresijos de su mente y dio con la única expresión marinera que conocía—: Que los agujeros de tu red no sean más grandes que los peces atrapados en ella —dijo.

—Tú ve con cuidado —contestó él muy serio mientras la observaba alejarse—. ¡Wren!

—¿Sí, capitán? —contestó ella, que dio media vuelta y siguió caminando de espaldas mientras le daba la cara.

—¡No vueles demasiado alto!

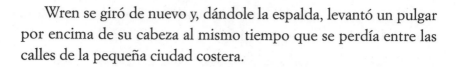

Wren se giró de nuevo y, dándole la espalda, levantó un pulgar por encima de su cabeza al mismo tiempo que se perdía entre las calles de la pequeña ciudad costera.

12
BLUEBIRD BLUES

—¿Destino? —preguntó con voz rasposa de autómata, y sin dignarse a mirarla, la mujer que vendía los billetes. Lucía un moño de pelo rojo cardado y llevaba los labios pintados de rosa nacarado—. Autobuses Bluebird te lleva allá donde vayas.

Al parecer, el mecánico eslogan era un latiguillo obligado. Estaba impreso en todas partes: en la señalización, en los horarios, en los folletos publicitarios…, incluso en la pequeña caja de pañuelos de papel que reposaba sobre el mostrador. «Descaradísimo, pero mejor que la mayoría y, de entrada, tranquilizador», pensó Wren. Costara lo que costase, estaba decidida.

—A Nueva Orleans, por favor —respondió Wren educadamente.

—Ah, un pajarito rumbo al sur —dijo la taquillera, que cerró los ojos y meneó la cabeza con suavidad, haciendo que sus pendientes con forma de langosta golpearan contra su cuello, mientras entonaba una canción.

Now bluebird, bluebird, please take this letter down south for me. Now you can tell my baby I'm up here in St. Louis but I'm just as blue as I can be.

—¿A ti te va el blues? —inquirió.

Wren no contestó.

—Tendrías que bajarte esa canción a tu iComosellame.

—¿Qué canción? —repuso Wren.

—*Bluebird Blues* de Sonny Boy Williamson, la banda sonora perfecta para el viaje puñeteramente interminable en el que estás a punto de embarcarte.

—¿Cuánto cuesta? —preguntó Wren.

—¿Y cómo lo voy a saber? —espetó ella—. ¿Tú me ves cara de tener un trasto de esos?

—No, la canción no, el billete. ¿Cuánto cuesta el billete… —Wren hizo una pausa para leer la etiqueta identificativa de la mujer—, Irma?

—Para ti, solo 157 dólares. —Sonrió Irma al mismo tiempo que hacía restallar su chicle—. Lo sé, lo sé, en avión sale más barato.

—Oh, no pasa nada —contestó Wren con sinceridad—. De todos modos, me da miedo volar.

Irma miró con expresión comprensiva a la muchacha que tenía delante mientras esta hurgaba en su monedero buscando el dinero para pagar el billete.

—¿Y no nos pasa un poco a todos? —dijo con conmiseración—. Yo llevo toda la vida intentando superarlo.

—¿En serio? —repuso Wren esperanzada, al mismo tiempo que se le iluminaba la mirada—. Igual que yo.

—Esta es mi zona de confort —explicó Irma, refiriéndose con un gesto al estrecho cubículo en el que trabajaba—. Es lo que digo siempre, no tiene nada de malo mantener los pies en la tierra. Así es como se supone que debería ser.

Wren sacó su monedero y miró a Irma, enjaulada tras el cristal a prueba de balas. Aislada, pero a salvo. Esbozó una sonrisa nerviosa y contó el dinero en voz alta mientras iba depositando uno a uno sobre el mostrador los billetes de veinte dólares.

—De acuerdo, ahora enséñame el formulario de consentimiento y luego podrás marcharte —convino Irma.

Wren respiró hondo y deslizó el formulario que había falsificado esa misma mañana por la ranura abierta bajo el cristal. Contuvo la respiración conforme Irma desplegaba el papel y le echaba un vistazo.

Irma estampó el sello de «CON CONSENTIMIENTO» en tinta morada sobre el billete antes de validarlo ruidosamente y entregárselo a Wren.

—Por esas puertas de ahí —le indicó, señalándole la dirección con el dedo.

Wren expulsó el aire de sus pulmones con alivio.

—Oh, gracias —dijo, con ganas de plantarle un beso.

Wren salió a la dársena y se encaminó hacia la plataforma donde se encontraba estacionado su autobús.

El autobús que la conduciría fuera del estado. Hasta un lugar a muchos kilómetros de su casa.

Era capaz de hacerlo.

O eso esperaba, por lo menos.

Reparó en los pájaros alineados sobre los cables del tendido eléctrico y las ramas de los árboles a lo largo del perímetro de la estación. Entregó su billete al conductor y avanzó por el pasillo hacia el fondo del autobús. Se retiró la mochila de los hombros y sintió otra punzada en los omóplatos mientras la encajaba en el portaequipajes situado encima de su asiento. El dolor se estaba agudizando.

«Es probable que se deba al estrés», razonó. Tenía los nervios tan tensos que parecía que iban a ceder en cualquier momento.

Inhaló profundamente varias veces, rotó cuello y hombros, y estiró los brazos hasta que se le pasó.

El autobús repleto de pasajeros abandonó la estación de Portland con la bandada de pájaros a la zaga. Wren sintió que le faltaba la respiración conforme el autocar salía de la calle lateral y se incorporaba a la autopista de peaje Maine Turnpike. Lo único que la mantenía clavada en el asiento eran, irónicamente, los pájaros volando en lo alto. Lo primero que hizo fue bajarse el *Bluebird Blues* de Sonny Boy Williamson. Se encajó un auricular en cada oreja y subió el volumen de su teléfono móvil, amortiguando el sonido de los graznidos del exterior y de los rugidos de su estómago.

Abrió la cremallera de su mochila y sacó el diario de Hen. Acarició con los dedos las páginas manuscritas, palpando la impresión de las palabras en el papel. Cuando llegó a la mitad del cuaderno, la fotografía de su madre y Hen, la que había visto en el despacho de su padre, cayó en su regazo. Wren la levantó a la altura de su cara y luego se la llevó al corazón, conteniendo las lágrimas. A continuación abrió el diario por el lugar que marcaba la fotografía.

Lago de las Lágrimas

Recientemente he recibido noticia de un fenómeno del todo inusual que está teniendo lugar en Luisiana, cerca de Moon Island, en un lago escondido en uno de los rincones más recónditos del área del bayou. Su nombre es Larme, lo que puede traducirse más o menos por lago de las Lágrimas.

La zona pantanosa de los alrededores está prácticamente despoblada y bien podría confundirse con la de alguna isla remota del Pacífico Sur. A orillas del lago, no obstante, habita una extraña joven que afirma ser una sacerdotisa vudú. La mujer parece rehuir la compañía de guardas forestales, turistas e investigadores como yo, por no decir que apenas tiene contacto con el mundo exterior. Ofrece una estampa solitaria, allí en los pantanos, mientras ejecuta sus sacrificios de animales y merodea por los bosques, algo así como la Eustacia Vye que vagaba por los páramos en la novela esa de Thomas Hardy.

Los lugareños informan de que varias especies de aves se ven atraídas hacia el lago, donde buscan reposo en sus orillas o sobre la superficie. Sin embargo, en cuanto descienden y tocan o beben sus aguas se transforman en piedra casi al instante. Quedan calcificadas. Petrificadas in situ como estatuas.

Hay un ave en particular, perteneciente a una rara especie con la que estoy familiarizado, que parece más vulnerable que las demás al hechizo del Larme. Es casi como si el lago estuviese buscando a estos pájaros y el resto fueran para él poco más que un simple divertimento.

Por atípica que resulte esta clase de calcinosis en un primer momento, bien podría achacarse a los niveles de sosa y bicarbonato presentes en el agua, los cuales aumentan con la evaporación y convierten el lago en un fluido tan alcalino como el amoniaco concentrado. Aun así, se diría que aquí sucede algo que trasciende la química y la geología. Estas aguas de escasa profundidad, antaño cristalinas y luminosas, son ahora negras, como si hubiesen absorbido las penas del mundo entero. Un lugar donde se acaba la luz del sol.

Las gentes del lugar creen que el lago está embrujado y son muchas las leyendas que circulan sobre él. No obstante, todas coinciden en afirmar que el nombre del Larme le viene como anillo al dedo. Y es que se sabe que este es un lugar al que en otro tiempo eran exiliados toda clase de «indeseables» para que no regresaran jamás.

Marginados, criminales, apóstatas, personas deformes, locos y enfermos fueron desterrados allí a la fuerza, abandonados a su suerte para que sobrevivieran solos, en la mayoría de los casos sin éxito, privados de la ayuda de familia o amigos. Una leprosería para los aborrecidos. En cierto modo, los cadáveres fosilizados de los pájaros en las aguas constituyen monumentos apropiados para los huesos no enterrados que, según cuentan, se acumulan como basura desparramada por las orillas del Larme.

Una única pluma, arrancada de uno de los pájaros y recubierta de una sustancia granulosa de base salina, me fue remitida de forma anónima para que la analizara. Esta prueba me bastó para confirmar mis sospechas de que el fenómeno requiere ser investigado a fondo. Me temo que detrás de esto hay mucho más de lo que pueda parecer a simple vista.

He hablado con Margot. Insiste en acompañarme a pesar del peligro que entraña. Al principio me resistí a acceder, sobre todo por Wren, pero he de reconocer que la ayuda de Margot me será muy útil. Claro que, de todas maneras, tampoco es que haya tenido nunca otra opción, porque cuando a Margot se le mete una idea en la cabeza no hay forma de oponerse. La pequeña estará en buenas manos, se quedará con Miles.

Por fuerza tiene que existir una razón que lleve a estas inteligentes criaturas a actuar de un modo tan instintivamente opuesto a sus propios intereses, a su propia supervivencia.

¿Por qué acuden hasta allí estas aves? Es imperativo que descubramos por qué se ven atraídas hacia el Larme. Rara vez a lo largo de mi práctica como ornitólogo forense he topado con un caso tan urgente y que me afectase tanto personalmente.

Wren cerró el diario de su abuelo, le quemaban los ojos y la cabeza le daba vueltas. Nunca hasta entonces había tenido la sensación de hallarse tan cerca y, a la vez, tan lejos de las respuestas que buscaba. ¿Pájaros petrificados? ¿Una sacerdotisa vudú? ¿Un lago embrujado? Aquello era demasiado. Más propio de una novela gótica que del diario de un científico.

Aun así, su madre se había mostrado entusiasmada con todo el asunto… Aquel encaprichamiento suyo con los pájaros fue lo que probablemente la atrajo de Miles Grayson. Se conocieron en la facultad, en la clase de biología de primer curso, o eso contaban. Un emparejamiento forjado en el paraíso de las aves, decían ellos siempre.

Por lo tanto, resultó de lo más natural que ella quisiera acompañar a Hen a un lugar como aquel. Su madre era muy curiosa y le encantaban los enigmas, cuanto más difíciles mejor. Así que, cómo no, quería ser ella quien resolviera los misterios del lago.

Wren se removió en su asiento, acomodándose lo mejor posible para el largo viaje que le aguardaba. Volvió la cabeza para mirar por la ventanilla y resopló intranquila mientras dejaban atrás el cartel de BIENVENIDOS A NEW HAMPSHIRE. Luego empezó a contar señales de tráfico como si fueran ovejas hasta que todo empezó a volverse borroso y se quedó dormida.

13
EL ATRIBUTO

—¡Monstruo! —espetó una mujer con voz chillona.

—¡Bruja! —gritó un hombre.

—Eres el mal personificado —vociferó otro—. ¡Estás maldita!

Dahlia, la joven a la que increpaban, se echó un andrajoso chal sobre los hombros, arropándose con él para tapar su deformidad, objeto de la ira de sus vecinos. Corrió manzana abajo desde el albergue donde vivía en dirección al bosque, dejando atrás una colorida casa tras otra, en busca de una puerta abierta o de un rostro amable, con la respiración entrecortada.

Calle arriba, a su espalda, vio la alta figura de un hombre salir de su garaje y plantarse en medio del asfalto. Sostenía en la mano una hoz de mango largo, la cual hacía oscilar a un costado casi raspando el suelo. El afilado borde interior de la cuchilla destellaba a la luz opaca de las farolas.

Lo cierto es que podría haber pasado por un asesino en serie de una película de serie B, en lugar de por su vecino de toda la vida. Echó a andar hacia la muchacha, con lentitud deliberada, acortando la distancia entre ambos rápidamente con sus largas zancadas, mientras ella sentía cómo la confusión y el pánico la dejaban sin aire en los pulmones.

Dahlia corrió escaleras arriba y aporreó la puerta de la última casa a la izquierda. Pero allí solo le respondieron corriendo las cortinas y apagando la luz del porche. La niña rompió a llorar.

El hombre con la guadaña estaba cada vez más cerca. Desesperada, la muchacha echó a correr hacia el bosque tan rápido como pudo, pidiendo auxilio sin cesar. A pesar de la amenaza, solo se le ocurrió pensar que aquel era el lugar donde, de pequeña, solía jugar al escondite con sus amigos. Podía reconocer cada árbol, incluso en la oscuridad; escondrijos que parecían burlarse de ella conforme pasaba junto a ellos como una exhalación.

Pasó volando por encima de ramas caídas y hendiduras, haciendo crujir bajo sus pies capas y capas de hojas muertas. No se había internado en el bosque ni un centenar de metros cuando escuchó un chasquido y, al punto, sintió un agudo latigazo de dolor subiéndole por la pierna. Cayó al suelo, gimoteando. Sin duda no era una rama lo que había escuchado quebrarse, se trataba de su tobillo.

Oyó acercarse al hombre de la hoz antes de poder verle, unos pasos firmes pisoteando el suelo del bosque. La chica continuó caminando, arrastrándose entre las hojas, aunque sin avanzar apenas. En cuestión de segundos tenía encima al hombre, que la agarró del pelo y siguió adelante, tirando de ella a rastras.

—¡No, por favor! —suplicó la muchacha.

—Te lo advertimos —contestó él—. Se te acabó lo de ir mendigando por ahí.

—Me marcharé —prometió.

A lo lejos, alcanzó a ver cómo se reunía en el lindero del bosque un reducido grupo de personas, igual que una turba de vecinos en una vieja película de terror. En lugar de antorchas portaban linternas, pero a diferencia de la iracunda muchedumbre que se agolpa a las puertas de la mansión Frankenstein, estos no habían tenido el valor de perseguirla hasta el interior del bosque. Preferían que un vecino se encargarse de hacer el trabajo sucio por ellos, y este estaba a punto de llevarlo a cabo.

—Todos hemos visto esas extrañas plumas flotando sobre los tejados. Y cómo morían árboles, flores y mascotas. Diablos, ni me acuerdo de la última vez que dormí toda una noche seguida. Los niños se despiertan constantemente asolados por las pesadillas.

Sus quejas la atravesaban como balas en un campo de batalla mientras él seguía tirando de ella bosque adentro, a pesar de sus intentos por zafarse. El hombre la arrastró por entre la maleza y la hierba alta, por encima de botellas vacías de cerveza, latas de refresco y colillas hasta que llegaron a un enorme tocón hueco. Dahlia lo miró aterrada desde el suelo.

El tipo sacó de su chaquetón una botella y vertió su líquido contenido en una pequeña depresión del suelo. A continuación, encendió un cigarrillo y arrojó la cerilla prendida en su interior. Las llamas se elevaron del hoyo, dentro del cual el hombre colocó un atizador de hierro.

Entonces le arrancó el chal, y la luz plateada de la luna reveló a las causantes del desasosiego del vecino. De la espalda de la chica brotaban una pareja de alas, que ahora agitaron sus plumas en la oscuridad. La ató al tocón de bruces, con las manos a la espalda, de tal forma que las alas quedaron libremente desplegadas en el aire.

A pocos metros de allí, la muchacha divisó al hijo del hombre que, oculto detrás de un árbol, temblaba de manera ostensible.

—¡Ayúdame! —rogó la chica.

—Él va a hacer lo que yo le diga, y ya le he dicho que tenga la boca cerrada.

—¡Ayúdame! —gritó ella de nuevo.

El chico dio un paso adelante, como si fuera a echar a correr hacia ella, pero no lo hizo.

—Aquí empieza tu nueva vida. Una vida normal —proclamó el hombre—. Un día me lo agradecerás.

Dicho esto, elevó la hoz por encima de su cabeza y la abatió, seccionando las alas de su cuerpo de una única pasada, rápida y brutal. Ella emitió un grito cuyo eco resonó a lo largo de las sendas embarradas, cruzó los riachuelos y llegó hasta lo más profundo del bosque, cargado de dolor, miedo e ira. Un grito de pérdida.

—No —espetó con voz quejumbrosa—. Serás tú quien un día se arrepienta de esto. Lo juro.

—Cuidado con lo que dices, niña. Soy yo quien sostiene un arma en la mano.

Tomó el atizador, aplicó su punta candente sobre los muñones de las alas amputadas y cauterizó las heridas para detener el sangrado. Ella gritó y a punto estuvo de perder el conocimiento mientras su carne y sus huesos chisporroteaban.

Él se agachó y aflojó un poco las cuerdas. Pasado un rato, la chica despertó, siendo mucho peor el dolor del recuerdo que el físico. Tenía la espalda y los dos muñones empapados de sangre. Se sentía exhausta, casi incapaz de levantarse, sin apenas fuerzas para librarse de las vueltas de cuerda que la inmovilizaban. El hombre dejó caer una carta a sus pies, clavó la hoz todavía chorreante de sangre en el tocón y se marchó.

La muchedumbre se dispersó en silencio.

El muchacho salió de su escondite. Se aproximó a ella con cautela, los ojos anegados en lágrimas y los brazos abiertos.

—Dyami —susurró ella débilmente—. ¿Por qué no me has ayudado?

El chico no contestó. Acongojado y con un nudo en la garganta, la liberó de las cuerdas y le ofreció agua del botellín de su bicicleta. Ella bebió un poco y empezó a sollozar descontroladamente.

Sobre el tocón, el muchacho vio las alas sin vida y la hoz que con tanta crueldad las había seccionado del cuerpo de ella. La ayudó a ponerse de pie y recogió del suelo la carta y el sucio chal, envolviendo con él a aquella persona rota que tenía delante. Dahlia tiró del mango de la hoz que la había mutilado y la extrajo del tocón, igual que si fuera aquella mítica espada clavada en la piedra.

Los gemidos desconsolados de la muchacha resonaron en el fondo de los barrancos y entre los cipreses llorones.

—Nunca volaré —susurró con tono sombrío.

14
JAZZ EN LOS HUESOS

Wren se despertó sobresaltada con la sacudida de lo que creyó un terror nocturno.

Solo que, al consultar su teléfono, cayó en la cuenta de que era por la tarde. Poco a poco sintió despertarse sus sentidos con el olor a aire viciado, el gusto rancio de su boca reseca, el sonido de descompresión de los frenos del autobús conforme hacía su entrada en la estación y el cosquilleo de las gotas de sudor que le perlaban la nuca y la parte superior del labio.

—Gracias por viajar con Autobuses Bluebird; por favor no olviden coger todas sus pertenencias —anunció el conductor—. Y lamentamos lo del aire acondicionado.

Seguro que no lo lamentaba ni la mitad que ella.

Hacía calor. Mucho calor. Y humedad. Una humedad sofocante.

Ya no estaba en Maine.

Con cada badén que superaba el autobús en el aparcamiento de la terminal de autobuses, el dolor sordo localizado en su espalda y sus hombros empeoraba de manera significativa. Wren lo achacó al largo viaje y contempló su mochila, en el portaequipajes, con una mezcla de rechazo y temor. Finalmente la bajó de la bandeja y se la colocó a la espalda con renuencia, soltando un leve quejido. El peso de los libros de Hen se le antojó ahora como una tonelada de ladrillos.

Sacó el teléfono móvil, que a esas alturas amenazaba peligrosamente con quedarse sin batería de tanto navegar. Respiró hondo y atacó el teclado de la pantalla, cumpliendo la promesa que se había hecho a sí misma desde el momento que salió de casa.

Sé que a estas alturas ya me estarás buscando. Estoy sana y a salvo. Volveré pronto, pero antes hay algo que debo hacer.
NO TE PREOCUPES.
TE QUIERO.

Lo que más deseaba en ese momento era meterse en una cama calentita y pasar un día entero durmiendo, pero era imposible. No tenía adónde ir. Bueno, salvo al aseo. Después de tan largo viaje necesitaba desesperadamente hacer uso de uno.

«¿Qué he hecho?», pensó al apearse del autobús y poner el pie en un mundo completamente distinto.

Y no solo por el calor. Había visto películas sobre Nueva Orleans, de modo que esperaba escuchar melodías de música jazz de fondo, ver viejas mansiones pintorescas y árboles con barbas colgantes de musgo español, y empaparse de un poco de encanto sureño.

Pero el lugar en el que se encontraba era… repugnante. Todavía no había entrado en la estación y ya le olía todo a meado.

—Vuelvo enseguida —anunció Wren, sintiéndose en la obligación de mantener informados a los compañeros de viaje que hacían cola detrás de ella, antes de entrar. Se estremeció, casi como si la hubiesen alcanzado con un dardo en medio de la espalda, y abrió la puerta del aseo de un empujón.

Esta incursión no solo iba a permitirle aliviarse después de horas de viaje. Era también la primera oportunidad que tenía de echarse un vistazo a su dolorida espalda. Sentía la piel de todo el torso caliente y molesta. Aquello tenía que deberse a otra cosa, aparte de la paliza del trayecto y del peso de la mochila. Se levantó la camiseta y trató de mirarse la espalda, estirando el cuello como un perro que se persigue la cola, pero fue en vano. Habilitó la cámara fotográfica de su iPhone en modo selfi, enfocó al reflejo de su espalda en el espejo y empezó a entrar en pánico.

Dos nuevos moratones, como un par de medias lunas de color rojo purpúreo, habían hecho aparición en la parte superior de su espalda, uno a cada lado.

«Vale», pensó, a la vez que trataba de seguir la marca hasta donde podía. «Esto no tiene buena pinta.»

El ataque de pánico fue a más, creciendo en su interior mientras cerraba los ojos con la esperanza de que los hematomas pudieran desvanecerse igual de misteriosamente que habían surgido.

Pero entonces los volvió a abrir y... nada. Seguían allí. Tan extraños como la aparición de los inexplicables círculos en algunos campos de cultivo.

Abrió el grifo, se humedeció la mano y se la llevó a los omóplatos, tratando de refrescarlos, de aliviar el dolor de alguna manera.

Pero no sirvió de mucho. Por no decir que no le alivió nada en absoluto.

Algo le decía que el dolor no hacía sino agravarse por el mero hecho de sentirse sola, asustada y sin saber qué hacer a continuación. El labio inferior le empezó a temblar mientras trataba de esbozar una sonrisa y comportarse como una adulta.

Pero no lo podía negar.

Necesitaba a su madre.

Eso, sin embargo, no era posible. Así que tendría que conformarse con un par de ibuprofenos.

Desenroscó el tapón del frasco de pastillas, llenó la cantimplora de agua y le dio un buen sorbo, tragándose ambos antiinflamatorios de golpe. La acción, todo un reto para ella en circunstancias normales, sirvió para envalentonarla hasta cierto punto en ese momento tan difícil. Una demostración de que podía cuidar de sí misma. Contempló su rostro cansado y angustiado en el espejo, casi como si perteneciese a otra persona, y resopló. Se recolocó la camiseta, recogió la mochila y, al salir del aseo, el sonido de un clarinete llenó sus oídos.

Allí estaba. El jazz.

En un rincón, una mujer afroamericana vestida con una túnica y pantalones anchos, y con el pelo trenzado recogido en la coronilla —que tenía más pinta de camarera de cafetería que de música callejera— se separó el clarinete de los labios y cantó:

> *My mother told me just before she died*
> *Oh daughter, daughter, please don't be like me*
> *But I did not listen what my mother said*
> *That's the reason why I'm driftin' here today*
> *Baby now she's dead, six feet in the ground*
> *And I'm a child, and I am driftin' 'round.*

La mujer calló y miró a Wren de arriba abajo.

—*Motherless Child* —dijo con su tono de voz grave y rasposo.

—¿Perdón? —replicó Wren, preguntándose cómo podía aquella mujer saber tanto de ella con solo mirarla, cómo era capaz de leerle el alma.

—La canción —contestó la cantante—. ¿No la habías oído nunca?

—Ah, sí, claro —respondió Wren, aunque, bien pensado, habría sido comprensible que la mujer se refiriese a ella, con aquello de huérfana de madre, porque lo cierto es que era así como ella sentía que la veía el mundo. Estaba convencida de que cualquiera podría adivinarlo a primera vista. «Eh, mira a esa niña huérfana de madre, pobrecita», comentarían; o bien: «Esa de ahí seguro que es huérfana de madre».

La mujer se llevó la boquilla del clarinete a los labios y empezó a tocar. Nada más escuchar la primera nota, Wren quedó sobrecogida. Tuvo la sensación de que no era la mujer quien tocaba el clarinete, sino este el que la tocaba a ella. Lento y seductor, como una serpiente de cascabel hipnotizando a su presa. Jamás había visto ni oído nada como aquello. Desde luego que no formaba parte de la educación que había recibido, pero lo captaba. Muy en el fondo de su alma, lo captaba.

—Hay veces en las que una se siente distinta, ¿no te parece? —comentó la mujer, hablando al mismo tiempo que tocaba.

Ella supo que no se refería a creerse especial, sino a que en ocasiones una se sentía *otra* persona. Hasta entonces, Wren jamás se había identificado tanto con algo. Aquello era lo más cerca que había estado de vivir una experiencia religiosa. ¿Cómo explicarlo? Era como tener a Dios en su interior.

—Pero ¡qué maleducada soy! —dijo la mujer con una sonrisa traviesa—. Bienvenida a la capital mundial de la música.

Wren seguía muda de asombro. ¿Por qué aquella mujer que poseía semejante talento no estaba de gira por todo el planeta? Era como si fuese allí mismo donde ella quería estar. No estaba tratando de venderle un CD o una camiseta, ni siquiera le había pedido que arrojara una moneda a su cesta adornada con borlas. Estaba mucho más interesada en darle una clase de historia de la música que en ofrecerle un discurso promocional. Era tan pura como su música.

—Intento llegar a Moon Island —contestó por fin.

La mujer se la quedó mirando con ojos desconfiados.

—¿Y por qué razón querrías ir allí? —preguntó.

—Estoy buscando algo.

—Pues lo único que vas a encontrar en ese lugar son caimanes. —Hizo una pausa, durante la cual prosiguió tocando unas cuantas notas más, antes de continuar—: Y vudú.

—No tengo miedo —dijo Wren sin demasiado convencimiento.

—Hay varias visitas guiadas que salen para allá todos los días, pero seguro que la última de hoy ya ha salido —explicó—. Nadie desea estar en ese sitio cuando cae la noche.

—¿Y cuándo sale la próxima?

—Creo que al amanecer, pero yo no soy agente de viajes así que será mejor que preguntes a alguien de las taquillas cuando regresen para el turno de la mañana. Entretanto, será mejor que te busques una habitación o que te hagas con algún banco en la estación para esperar allí hasta mañana.

Fue en ese instante cuando Wren cayó en la cuenta de que se había metido en aquello sin planificarlo a fondo. No disponía de suficiente dinero en efectivo ni de una tarjeta de crédito para alquilar una habitación. Apenas le llegaba para hacerse con algún plato de comida rápida y una botella de agua. La idea de pasar la noche en un banco de madera con el dolor de espalda que tenía era para echarse a llorar.

—Ya se me ocurrirá algo —dijo Wren.

—Cuando todo lo demás falle —sentenció la mujer—, ve a donde te lleve la música.

Y eso fue exactamente lo que hizo. Siguió el alegre sonido de una pieza de jazz que escuchó nada más salir por la puerta y desde allí se dirigió hacia el centro de la ciudad. Mientras caminaba pudo ver una bandada de mirlos que aguardaban posados en hilera sobre los cables del tendido eléctrico, por encima de su cabeza. Eran tantos que el cable había cedido bajo su peso, formando una uve. Wren tuvo la sensación de que la observaban.

Que estaban allí para animarla.

Sí. Aquel era, sin duda, el camino correcto.

15

EL MAL DEL FANTASMA

Los árboles de Nueva Orleans se asemejaban a esqueletos por la manera en la que las ramas se articulaban con el follaje colgante, que pendía desde lo alto hasta casi arrastrarse por el suelo. Aquel era un lugar donde uno podía, de hecho, ver la gravedad. Wren, que no había visto nunca el musgo español, se vio arrollada por el ambiente gótico sureño que, aun siendo tan tétrico, encajaba a la perfección con su estado emocional. Anduvo entre los colgajos como por un túnel, por la serpenteante ribera del Misisipi, en pos de la música que escuchaba a lo lejos, tal y como le habían dicho que hiciera. Solo había recorrido unas cuantas manzanas y ya estaba empapada en sudor, con el malestar de la espalda intensificándose por momentos. Estaba cansada y dolorida.

Las farolas se encendieron una a una a su paso como detectores de movimiento cuando entró en el Barrio Francés, donde los escaparates y los restaurantes aparecían iluminados con toda suerte de artilugios, desde lucecitas de Navidad hasta estupendas lámparas de araña y también velas llameantes que chorreaban cera sobre capas y capas de parafina derretida de tonos intensos y saturados, dispuestas a discreción sobre alféizares y mesas viejas. Contempló obnubilada las abigarradas casitas criollas que flanqueaban la calle: la primera era amarilla, con contraventanas de color azul verdoso y flores de plástico naranjas, amarillas y rojas enhebradas por todos los tablones del porche delantero; la siguiente estaba pintada de color lavanda, con postigos y puertas azules y cada ventana y umbral adornados con flores violetas y rojas; a continuación, había una casa rosa, y luego una verde, y después una violácea y así una tras otra. Era como hallarse perdida en un bosque de cuento real, como aquel que solía visitar de pequeña con su madre los fines de semana.

La gente invadía las calles y en el aire resonaban los alegres sonidos de amigos y familias divirtiéndose y riendo entremezclados con melodías musicales de todos los géneros. Había ristras de cuentas brillantes como piedras preciosas y lentejuelas metálicas por doquier, enroscadas a las estatuas, las señales viales, los árboles, los porches y también a las personas. Cualquiera que permaneciese plantado en el sitio durante el tiempo suficiente se convertía en otro objeto legítimo para ser decorado. Se trataba de un espectáculo extraordinario que ni en sueños habría creído que llegaría a presenciar jamás.

Acuciada por el hambre, Wren se acercó a un vendedor ambulante y aplacó los rugidos de sus tripas con medio bocadillo muffaletta —a su parecer, de primerísima calidad para proceder de un puesto callejero— y un par de buñuelos dulces, manjar de dioses que ni aquel tiempo de perros ni su dolorida espalda consiguieron estropear.

Unos cuantos giros al azar la llevaron hasta la calle Bourbon, el epicentro vital del Barrio Francés. Era turístico a más no poder, aunque, al fin y al cabo, también ella era una turista. Había tiendas de recuerdos atestadas de muñecas vudú de todos los colores, curanderos con serpientes colgando del cuello, un museo de farmacia lleno de boticarios y pociones que sabía que su padre habría dado lo que fuera por conocer, y todo mezclado con ofertas de visitas turísticas a lugares embrujados y gabinetes de médiums. Una suerte de Disneyland criollo.

Wren se encontró plantada delante de una vieja y decrépita casucha del siglo XIX. Embutidos en un expositor metálico atornillado a la fachada, había planos y folletos turísticos con información sobre un cementerio vecino, el Saint Louis Cemetery Number One, afiliado a la tienda. Intrigada, Wren cogió uno. El establecimiento, que parecía fuera de lugar entre los excéntricos edificios que lo rodeaban, le pareció curiosamente atrayente. La puerta, si así se podía llamar aquel par de postigos desvencijados de color negro, estaba abierta y en el rótulo se podía leer CASA DE VUDÚ DE MARIE LAVEAU. Traspasó el umbral muy despacio, con cautela, como si estuviese introduciendo la punta del pie en una poza de Maine todavía fuera de la temporada de baños, no del todo segura de hasta dónde se decidiría a meterse.

A diferencia de su aspecto externo, el interior estaba rebosante de objetos y aromas. Era un emporio de reliquias relacionadas con el vudú: estridentes muñecas vudú atravesadas por alfileres multicolor colgaban entre magníficas flores de plástico, alfombrando la totalidad del techo. En un altar vudú se amontonaban siniestras estatuillas de sacerdotisas, ataviadas con vestidos cosidos a mano, y velas con chorreones de cera derretida de todos los colores; había caftanes y mantas desplegadas sobre todos y cada uno de los muebles de época, gloriosas estanterías de libros iluminadas con lucecitas de fantasía, calaveras y máscaras pintadas a mano que te observaban de manera inquietante desde las paredes, mientras que desde las esquinas salpicadas de incensarios se elevaban sinuosos hilos de humo como hipnotizadas cobras grises.

«Pero ¿qué hago aquí?», pensó Wren. «Lo que necesito es encontrar un lugar donde dormir. Este sitio me va a provocar pesadillas.»

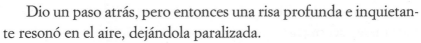

Dio un paso atrás, pero entonces una risa profunda e inquietante resonó en el aire, dejándola paralizada.

—Pasa —oyó que decía una voz grave de mujer, no tanto a modo de ofrecimiento sino más bien como una orden.

Wren creyó perder el contacto con el suelo cuando la mano de una mujer corpulenta de marcado acento la agarró del antebrazo, delicada pero firmemente, aunque se las arregló para recuperar el equilibrio rápidamente.

—¿Buscas algo?

Wren no supo discernir si la pregunta denotaba simple interés o exigía una respuesta de su parte, como tampoco estaba segura de por qué la había elegido a ella. Quizá se tratase únicamente de una técnica de venta, pensó, o puede que sus ojos enrojecidos la hubiesen delatado. Su madre siempre decía que las adivinas del parque de atracciones de Orchard Beach, en Maine, eran muy listas, a pesar de su dudosa reputación, y que siempre podían detectar a los más atribulados, a los más vulnerables de entre una multitud. Igual que aves de presa.

Tal vez por esto se encontraba ella en ese sitio ahora. Quizá había sido conducida hasta allí para que le leyeran la fortuna.

—Sí —contestó Wren.

—Bueno, pues bienvenida a Rose and Sword. Yo soy la señorita Rose.

—¿Y dónde está Sword? —preguntó Wren de manera automática, a pesar de que le castañeteaban los dientes.

La señorita Rose señaló una vieja espada colgada encima de la puerta, justo encima de la cabeza de Wren.

El cuarto era diminuto; lo separaba de la tienda una pesada cortina roja de terciopelo y tenía el techo cubierto de rosas de plástico de todos los colores. Las paredes estaban revestidas de papel antiguo con rosas en relieve y repletas de historiados marcos dorados de mil tamaños donde se exhibían viejas y lúgubres instantáneas en blanco y negro de que lo parecían ser mementos mori de Luisiana. Una mesa oscura flanqueada por sendas butacas con orejeras completaba la puesta en escena con un fabuloso despliegue de cartas del tarot, velas rojas en candelabros dorados, incienso y un ramo de rosas frescas rojas y violetas.

«Uf. En serio, tienes que marcharte de aquí. Este sitio apesta a trampa para turistas.»

—Hay quienes pueden sentirse atrapados en este lugar —dijo la señorita Rose—. Otros encuentran la libertad.

Wren se quedó helada. ¿Había pensado en voz alta? No, claro que no. Se volvió hacia la puerta, temblando de arriba abajo.

—¿Es esta tu primera visita a la casa de Marie Laveau? —la interrogó la señorita Rose mientras barajaba un montón de cartas. De cartas del tarot.

Wren paró en seco y la miró. La mujer tenía unas manos viejas y arrugadas. Llevaba las uñas largas y afiladas, pintadas de rojo brillante. Los dedos estaban cargados de anillos enjoyados.

Echó un vistazo al retrato de Marie Laveau que colgaba de la pared: en blanco y negro, pero con algún que otro toque de color, principalmente en sus ojos fantasmagóricos y en las flores que la rodeaban. Al pie, una placa rezaba MARIE LAVEAU, REINA VUDÚ. NACIMIENTO: 10 DE SEPTIEMBRE DE 1801- FALLECIMIENTO: 16 DE JUNIO DE 1881.

—¿Ella vivió aquí? —preguntó Wren.

—Todavía lo hace —respondió la señorita Rose con una sonrisa irónica, mientras le hacía un gesto invitándola a acompañarla a la mesa—. Si tienes suerte, la verás, sobre todo aquí, en la habitación trasera. Y especialmente por la noche.

Dicho esto, la señorita Rose soltó el cordón que sujetaba la cortina y esta se cerró de golpe, soltando una nube de polvo levemente perfumado en el espacio poco iluminado.

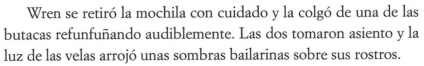

Wren se retiró la mochila con cuidado y la colgó de una de las butacas refunfuñando audiblemente. Las dos tomaron asiento y la luz de las velas arrojó unas sombras bailarinas sobre sus rostros.

—Estás sufriendo —dijo la señorita Rose.

Wren habría preferido morderse los carrillos hasta descarnárselos antes de reconocer algo así, y más a una extraña.

La mujer extendió una mano y con la palma abierta hacia arriba aguardó a que Wren se la untara con un billete de diez dólares. El precio de la tirada aparecía especificado en una tarjeta de sobremesa con grandes caracteres en negrita. La mujer llamó la atención de Wren hacia esta con un gesto de la cabeza.

—Oh, sí —contestó Wren, abriendo la cremallera del bolsillo delantero de su mochila y extrayendo un arrugado billete, uno de los pocos que le quedaban.

Pero algo le decía que necesitaba esa lectura.

Sacó el anillo de su madre y se lo deslizó en el dedo. No, no es que fuera supersticiosa, pero le dio la sensación de que con él conseguía en cierta forma que su madre estuviera presente. Se sentía protegida.

—¿Qué te trae a Nueva Orleans, querida?

—Solo estoy de paso. Me dirijo a Moon Island para visitar a mi abuelo.

A la mención del destino, los músculos de la mujer se tensaron de manera ostensible. Su expresión adquirió un gesto grave. Encendió una varilla de incienso y una vela votiva y, a continuación, cerró los ojos mientras pronunciaba una breve oración.

—Yo solo conozco a una persona que viva en Moon Island, y es una mujer.

—¿Y es amiga suya o de la familia? —preguntó Wren.

—Ninguna de las dos cosas —respondió la mujer con tono tajante antes de extender una tirada de cartas de tarot—. Cuerpo, mente, espíritu —dijo—. Esto debería bastar. —Colocó tres cartas sobre la mesa—. En el cuerpo… —La carta de turno mostraba el esqueleto de un pájaro muerto. Al pie, en tipografía manuscrita, solo aparecía la palabra «muerte».

Wren soltó un grito ahogado.

—No temas, niña. Significa eliminación. El final de un capítulo. Transformación.

—Ah —exclamó Wren, que se relajó levemente hasta que otro latigazo de dolor volvió a castigar sus omóplatos.

«¿Y por qué no pone eso y ya está?», pensó. «¿Muerte? Casi me da un infarto.»

—Corres peligro —afirmó la señorita Rose, echando un vistazo a la siguiente carta.

Wren se removió inquieta en la butaca de mimbre. Tal vez se había precipitado en descartar el significado literal de la palabra «muerte».

—¿Qué?

—En la mente, el dos de copas —continuó—. Invertido significa falta de armonía. Te consumen los pensamientos acerca de una persona que amas. Pero espera, deja que saque otra carta para concretar.

Wren miró hacia la puerta. Quizá aquello fuese un error. Cuando bajó de nuevo la vista a la mesa, la mujer había depositado una carta donde aparecían unas espadas.

—Ah, el nueve de espadas indica que esa persona, la que amas, estaba en un aprieto.

De repente, la mujer agarró a Wren de las mejillas y la miró directamente a los ojos.

—El mal del fantasma —terció.

—¿El mal de qué?

—Sufres el mal del fantasma —explicó—. Hay alguien al otro lado que te está consumiendo.

—Sí, pero…

—¿Padeces debilidad, falta de aire, pesadillas de forma recurrente, ataques de pánico? —preguntó—. Estás buscando respuestas, ¿verdad? Sobre esa persona que amas, ¿no es así?

Wren se limitó a mirarla, temerosa de decir nada más. Aquello era un error. Necesitaba salir de allí.

—Deja que adivine… te persiguen los pájaros, montones de ellos.

Wren se quedó helada.

—¿Cómo lo ha…?

—Los pájaros se reúnen para mostrarle a alguien el camino. Le dicen que debe aceptar su destino.

—¿Y cómo puede una aceptar algo cuando no tiene ni idea de lo que es? —planteó Wren—. ¿Qué cartas son estas que acaba de sacar?

—Esta es para el espíritu. La Reina de Copas.

Wren contempló el dibujo de un cisne, con el ala extendida sobre un intricado cáliz.

—¿Y qué significa?

—Nunca había visto nada parecido —dijo la señorita Rose atónita. Se llevó una mano al pecho—. Quiere decir que eres una persona muy poco corriente, que eres mucho más de lo que se ve a simple vista —añadió de forma precipitada—. Dame la mano.

Wren colocó la mano izquierda sobre el centro de la mesa y la acercó a la de la mujer. Pero esta le señaló la otra mano, la derecha.

—Vaya, qué anillo tan bonito —exclamó—. Reconocería esa piedra en cualquier sitio; una Ojo de Pájaro mexicana. Mágica. Justo igual que tú.

Un ojo de pájaro. Por supuesto, eso era el anillo.

—¿Y dice que es mágica? —preguntó Wren.

—Para sanar el cuerpo y el alma, para iluminar el potencial que uno lleva dentro.

Wren arrugó la nariz. ¿Potencial? ¿Qué potencial?

—A mí todo esto me suena un poco a cosa de brujas —comentó Wren, dando rienda suelta al pensamiento racional producto de su educación académica—. Sin ánimo de ofender.

—¿Por qué habría de ofenderme? —replicó la vidente—. Las brujas son solo personas que conjuran, que crean lo que desean ver en el mundo. Tienen en sus manos el poder de hacerlo y asumen esa responsabilidad. Lo llevan dentro de ellas. Igual que tú, que has emprendido este viaje sola y harás lo que sea que necesites hacer aquí. Sin depender de nada ni de nadie, aparte de ti misma. No hay cosa más «de brujas» que eso.

Wren se tomó un tiempo para recapacitar en lo que le decía la mujer.

—Este anillo… es de mi madre —susurró Wren, abriéndose ahora un poco a la experiencia. Aquella era toda la información que había conseguido reunir sobre el anillo y eso la desconsolaba.

—Pero no es ella la que lo lleva puesto —repuso la señorita Rose, con una sonrisa maliciosa—, sino tú.

—Me lo encontré —admitió Wren.

—Ajá. ¿Lo ves? Ella es el fantasma que te ronda —dijo la señorita Rose haciendo vibrar con su voz el aire del reducido habitáculo.

A Wren se le escapó una lágrima que rodó por su mejilla hasta la barbilla, donde permaneció suspendida unos instantes, como un saltador suicida, antes de perder su agarre y precipitarse sobre la mesa. La señorita Rose echó mano de un pequeño frasco de cristal y la recogió antes de que pudiera evaporarse.

—Un atrapalágrimas —sentenció, como si acabara de hacerse con un compuesto inusitado con el que aumentar su colección de ingredientes para pócimas.

—¿Qué puedo hacer para remediar este… mal? —preguntó Wren.

—Una visita a la tumba de los deseos te aclarará las cosas.

—¿La tumba de los deseos?

—En el Saint Louis Cemetery One. El sepulcro de Marie Laveau. La más grande de las reinas vudú de Nueva Orleans. La gente viene de todas partes para pedir un deseo ante su tumba. Si se cumple, regresan y graban tres equis en señal de gratitud.

—La verdad es que yo no creo en esas cosas —dijo Wren antes de que una nueva punzada la hiciera encogerse de dolor.

—No hace falta creer en ellas para que sean verdad —repuso la señorita Rose colocando una mano sobre la frente de Wren—. Fíjate en las equis. Muchas de esas personas eran escépticas como tú. Pero ya no lo son.

—¿Cómo se llega hasta allí? —preguntó Wren con un hilo de voz.

—Está marcado en tu plano —continuó la vidente mientras señalaba el folleto turístico que sobresalía de la mochila de Wren—. A menudo puede verse a la señora Laveau paseándose por el cementerio por las noches, y hay quienes la han visto… en forma de pájaro.

Wren contuvo el aliento.

—¿En forma de pájaro?

—Sí, sobrevolándolo con la apariencia de un gran pájaro blanco.

Tomó la mano derecha de Wren, aquella en la que llevaba el anillo, para examinar de cerca las líneas de su palma. Al hacerlo, se produjo una suerte de guerra de pulgares: Wren tiraba de la mano hacia sí mientras la vidente la arrastraba hacia la luz de la vela. La señorita Rose escudriñó las líneas y, al punto, abrió los ojos como platos.

—¿Qué pasa? —inquirió Wren atemorizada.

La mujer agarró su otra mano y, colocando un dedo sobre la línea del destino, en el centro de la palma, la siguió sin tocarla. Clavó su mirada, intensa y silenciosa, en los ojos de Wren y, muy despacio, dejó que su mano se posara sobre la mesa.

—Hemos acabado.

La voz de la mujer había perdido por completo su tono misterioso.

—¿Ya ha terminado? Pero si tengo todavía un montón de preguntas…

—No tengo nada más que decirte.

Wren se levantó, con sus ojos fijos en los de la mujer en todo momento. Ella, por su parte, rehuyó su mirada. Ocultaba algo.

—¿Por qué? ¿Qué ha visto? ¡Dígamelo!

—Tu… tu línea del destino —tartamudeó la mujer.

—¿Qué le pasa? ¿Qué le ocurre a mi línea del destino?

—No la tienes.

16
ENTRE LOS MUERTOS

Wren se detuvo delante de las góticas puertas enrejadas de hierro del cementerio, aleteando con las manos, justo cuando el sol se ocultaba finalmente detrás de los árboles, proyectando su sombra delante de ella, hacia el interior del camposanto.

Aquellas eran unas puertas de caserón encantado, de esas por las que una entra, pero no vuelve a salir jamás. Eran grandiosas, intimidatorias y recargadas, una hermosa pieza de forja ornamental. No había guarda de seguridad en la garita ni, por tanto, forma alguna de entrar, al menos a primera vista. Las puertas estaban oxidadas y no encajaban bien, por lo que quedaba entre ellas un hueco lo bastante grande como para que Wren se pudiera colar en el interior si quería.

Y esa era precisamente la pregunta a la que andaba dándole vueltas en la cabeza. ¿Estaba segura de querer entrar?

El dolor de espalda había ido empeorando de forma paulatina por cargar con la mochila a través del Barrio Francés y por los espasmos del llanto mientras caminaba hasta aquí. El banco duro de madera de la estación de autobuses se le antojaba cada vez menos apetecible y la idea de poder dormir sobre un blando lecho de hierba, incluso en un cementerio, empezaba a atraerla de repente.

—¿El mal del fantasma? —murmuró Wren para sí—. Bueno, pues entonces supongo que estoy en el lugar adecuado.

Lanzó la mochila por encima de las puertas y, colocándose de lado, se deslizó en el interior por el hueco, teniendo cuidado de no golpearse los hombros contra el duro metal. En lo alto de un camino serpenteante divisó al guarda de seguridad, que circulaba por el recinto en su cochecito de golf, es posible que a la zaga de dolientes de última hora o de colegiales buscando emociones fuertes. A la vista del aspecto que presentaba todo, estaba claro que el vandalismo campaba ahí a sus anchas, y había muchos panteones cubiertos de grafitis que se encontraban en proceso de restauración. Por todas partes se veían carteles advirtiendo de la imposición de multas a quienes pintarrajearan los monumentos funerarios o la propiedad. Aun así, el lugar conservaba una siniestra belleza. Hasta los nidos de los pájaros en los árboles de los alrededores estaban confeccionados con flores de plástico de las tumbas: decoloradas por el paso del tiempo y por el sol, pero ofreciendo todavía inesperadas pinceladas de color.

Wren se quedó impresionada al ver las tumbas blanqueadas por el sol; los panteones se erguían como edificios diminutos, una ciudad entera de ellos extendiéndose hasta donde alcanzaba la vista. Despedían un relumbre fantasmagórico semejante al de aquellos kits de pintar por números sobre un lienzo de terciopelo que tenía de niña. Wren avanzó a escondidas, pisando ramos de flores muertas, ocultándose detrás de las lápidas y los panteones sobre los que se posaban los pájaros mientras saltaban de una tumba a otra, revoloteando delante de ella. Erigiéndose en lo alto de los monumentos había estatuas de ángeles de mármol así como santos y cruces tallados en granito que creaban una jaula de sombras a medida que el sol exhalaba su último aliento antes de ponerse.

Tras adentrarse en el cementerio halló lo que buscaba, la tumba de Marie Laveau, que sobresalía del suelo. De pie, a la luz de la luna naciente, admiró el panteón encalado rodeado de flores y de otras ofrendas depositadas allí por los curiosos y por los admirado-res de la legendaria sacerdotisa. Monedas, comida (con envase o sin él), velas, botellas de ron y cuentas de colores, un basurero de deseos rituales, yacían desperdigadas alrededor de la tumba.

A Wren se le escapó un grito ahogado de asombro.

Había equis por todas partes. Unas estaban arañadas en la pie-dra, otras garabateadas con tiza; las había oscuras, difuminadas, grandes, pequeñas, miles de ellas.

Miles de deseos hechos realidad.

Wren acarició las letras con los dedos y leyó la inscripción de la placa de bronce colocada en el monumento.

> En este panteón neogriego descansan los restos
> de esta célebre «Reina vudú».
> El vudú, culto místico de origen africano, llegó
> a esta ciudad desde Santo Domingo y floreció en el
> siglo xix. Marie Laveau fue la más famosa de entre
> los numerosos practicantes de ese culto.

Sacó el teléfono para hacerle una fotografía y reparó en que te-nía unas quinientas llamadas perdidas de su padre, además de un puñado de mensajes de texto, a cada cual más iracundo que el an-terior. El último era desesperado: «Wren, vuelve, por favor».

Tragó saliva e intentó idear una respuesta. Pero no se le ocurría nada que decirle que no le hubiese dicho ya con anterioridad.

Aprovechó la escasa batería que le quedaba en el móvil para bus-car en Google la entrada correspondiente a la reina vudú en Wikipe-dia y leer lo que allí se contaba acerca de su vida y de las fantasiosas leyendas y rituales póstumos que a lo largo de los años se habían ido asociando a ella, entre ellos, la historia que afirmaba que su tumba brindaba acceso a las siete puertas de Nueva Orleans; que los muertos la rondaban durante siete días después de su fallecimiento antes de franquear una de ellas, y que si no conseguían pasar, se convertían en zombis o en algo así.

Wren se estremeció. Ella no era una persona religiosa, aunque sí supersticiosa, siempre lo había sido. Al fin y al cabo, eran tantos los mitos y leyendas relacionados con los pájaros que ella estaba muy familiarizada con esa clase de historias, sobre todo gracias a su abuelo, que en el fondo tenía algo de teórico de la conspiración. Wren sabía que para dar con su madre iba a necesitar un milagro. Y, puesto que los milagros brillaban por su ausencia, tendría que conformarse con pedir un deseo. Hizo un pantallazo de las instrucciones del ritual y rezó para que su batería no se acabase antes de haber terminado.

Wren siguió la explicación paso a paso. Recogió del suelo un trocito de ladrillo roto de un panteón cercano, se dirigió a la pared encalada de la tumba y grabó en ella tres equis de polvo rojo. Sacó de su bolsillo unas cuantas monedas y las depositó en uno de los vasos ubicados al pie del monumento. Para terminar, iluminada ya tan solo por la pálida luz de la pantalla de su teléfono móvil, tapó con una mano las tres equis y golpeó la pared tres veces con la mano que le quedaba libre.

—Quiero a mi madre —deseó Wren a cada golpe, angustiada y llorando en la oscuridad mientras unos pocos murciélagos revoloteaban por encima de su cabeza—. Quiero. A. Mi. Madre —repitió con todas sus ganas—. Quiero a mi madre.

Wren permaneció a la espera por si recibía alguna clase de respuesta del atormentado, aunque supuestamente generoso, espíritu, pero no sucedió nada. Quiso consultar el teléfono para comprobar que había seguido los pasos correctamente, pero al bajar la mirada hacia la pantalla esta se apagó, el teléfono estaba muerto, igual que todo cuanto la rodeaba.

Le dolía todo: la cabeza, la espalda y ahora también se sentía dolida en sus sentimientos. Estaba completamente sola, hasta los pájaros se habían marchado, y tenía mucha hambre. De pronto se descubrió mirando de reojo un cruasán envasado en plástico, que alguien había depositado en la tumba de Marie, y pensando que no le haría ningún mal puesto que estaba envuelto. Estuvo unos instantes resistiéndose a la idea de zamparse la ofrenda de un devoto, pero al final fue su estómago rugiente el que ganó la partida. Se agachó, lo cogió y, a continuación, comprobó la fecha del envoltorio. Debían de haberlo dejado allí recientemente, porque no estaba caducado.

Wren se alejó unos pasos hasta una parcela de hierba, se sentó y, sin quitar ojo a la tumba, se comió el bollo crujiente mientras, en su mente, le daba vueltas al asunto sin parar.

«Vale, mamá. Muéstrate. Ahora.»

Miró fijamente a las velas votivas que ardían junto a la tumba, parpadeando en el interior de cilindros de cristal decorados con imágenes de santos o signos astrológicos, y contempló las sombras que bailaban sobre las paredes del panteón, esperando contra todo pronóstico que una de ellas se revelase como el espíritu atormentado de Marie Laveau venido a compadecerse de ella, a concederle el mayor de sus deseos. Esperó y esperó.

Pero ni se produjo una aparición, ni respondió nadie a sus oraciones ni aún menos quebró la oscuridad un relámpago cegador que anunciase la concesión de su deseo por parte de un espectro airado, atormentado o algo parecido. No hubo milagro. A sus oídos solo llegó el sonido amortiguado de las bocinas de los coches y del vocerío de los noctámbulos, que traspasaba las verjas del cementerio y permanecía suspendido en el aire sofocante, haciendo que la vida callejera se colara como una intrusa en aquel espacio reservado a los muertos.

Wren giró el anillo de ojo de pájaro en su dedo y lo miró. A pesar de la oscuridad reinante, podía sentir cómo este la escudriñaba. Se lo quitó y volvió a metérselo en el bolsillo.

De repente, un golpe de agotamiento azotó su cuerpo; el mal del fantasma, que hacía mella, quizá. Eso o la caminata en aquel opresivo ambiente húmedo. El dolor incesante de su espalda se agravaba por segundos. ¿Acaso llevaba algo aquel pequeño cruasán que había empezado a engullir como un animal salvaje? Le pesaban los ojos, igual que si empezara a sufrir los efectos de una anestesia.

Se llevó la mano a la espalda y se rascó los omóplatos con obstinación. Su piel se le antojó extraña al tacto. Cerosa. Como si estuviese a punto de pelarse debido a una quemadura de sol. Y entonces notó que tenía los dedos húmedos, como si se hubiese reventado una ampolla.

«¿Qué me está pasando?», se preguntó a la vez que hacía un esfuerzo por mantener los ojos abiertos y una postura vertical. Se plantó la mano delante de la cara y tuvo que mirarla un par de veces antes de creer lo que veían sus ojos. Imposible, esa no podía ser su mano, con toda esa sangre y esos restos de piel debajo de las uñas.

Por un momento pensó que debería estar aterrorizada, pero para entonces ya estaba casi dormida, demasiado somnolienta para sentir o padecer nada.

Se tumbó sobre una lápida de cemento en el húmedo camposanto, sosteniendo en la mano todavía un pedazo de cruasán. Apoyó la cabeza sobre la mochila y dejó que su mirada se perdiera entre las estrellas.

17
MONSTRUO

El dolor brotaba de la espalda de Wren y le atravesaba como un puñal la caja torácica, mientras se retorcía de un lado para otro, bañada en sudor. Jamás se había sentido tan mal y estaba convencida de que se moría.

—Quiero a mi madre —murmuró entre dientes, con los ojos muy cerrados y abrazándose el pecho.

Sin embargo, su voz no sonó como un ruego esta vez, sino como una exigencia. De repente, tuvo la sensación de que algo le picoteaba la espalda. No pudo ver de qué se trataba; fuera lo que fuese, actuaba demasiado rápido, pero se lanzaba contra ella en picado una y otra vez, atacándola justo en los puntos más sensibles.

Luego, el pájaro le arrancó un trozo del cruasán que ella todavía tenía en la mano y emprendió el vuelo.

Wren rodó sobre la lápida y se dejó caer sobre la tierra blanda y mojada. Se incorporó a medias y empezó a gatear, pero notó que la vista le fallaba cuando empezó a ver borrosas las líneas rectas. La luz de la luna otorgaba a todas las cosas un aspecto siniestro, equivocado.

Dejó de gatear en el momento en que el dolor se volvió insufrible y la dejó agarrotada. Fue como si se le estuvieran dislocando los hombros; como si se le quebraran las clavículas.

—Ayuda, por favor —imploró por si alguien, quien fuera, pudiera oírla. Pero allí no había nadie, aparte del pájaro, y ella sabía que aquella en particular no era un ave amiga. Solo quería comida.

Contempló cómo se marchaba volando, pero el pájaro no se alejó demasiado, sino que fue hasta la tumba y, una vez allí, dejó caer sobre ella su trofeo; exactamente en el mismo lugar de donde procedía.

Wren se puso a respirar con inspiraciones cortas y rápidas, armándose de valor. Luego hizo acopio de todas sus fuerzas y corrió hasta la pequeña zona retranqueada a la entrada de la tumba de la señorita Laveau. Se acuclilló en el interior con lo que todavía le quedaba de cruasán en la mano, en un desesperado intento para protegerse del pájaro que la estaba atacando.

Nada más hacerlo, el cielo se abrió y empezó a llover a cántaros.

Las gruesas gotas de lluvia golpeaban contra la pequeña hornacina de hormigón mientras Wren gimoteaba, sintiéndose más sola que nunca. «Justo cuando pensaba que las cosas no podían ir a peor…»

El agua se acumulaba muy deprisa, transformando el terreno a su alrededor en un río de barro. Entendió entonces por qué las tumbas se hallaban todas por encima del nivel del suelo y deseó, con todas sus fuerzas, que a nadie se le ocurriese asomarse.

«Debe de ser así como se siente uno cuando está muerto», pensó mientras contemplaba cómo se formaba a su alrededor un pequeño lago de lodo.

Otra punzada. Sin duda la peor de todas, sí, esta seguro que la mataba.

Y, entonces, la vio de nuevo: la silueta del pájaro abatiéndose desde la parte superior de la tumba anexa a la suya. No tenía ni idea de dónde la atacaría a continuación, solo sabía que iba a por ella. En cuanto a su aspecto, lo único que había acertado a distinguir era su fabulosa envergadura.

De repente sintió unas plumas que se sacudían furiosas contra su cara.

—¡Vete! —gritó, intentando protegerse la cabeza y la espalda.

Pero en un abrir y cerrar de ojos, el pájaro lanzó un picotazo y le arrebató de la mano el pedazo de miga que le quedaba. Lo único que alcanzó a ver fue un penacho de brillantes plumas blancas.

«Solo quiere la comida», se recordó a sí misma, desechando cualquier otra idea descabellada acerca de lo que podía ser o querer el pájaro.

Antes de que pudiera darse cuenta, lo tenía encima de nuevo. Se trataba, sin duda, de un cuervo blanco y era enorme.

El pájaro arremetió de nuevo, especialmente contra su espalda. Depositó la miga en el camino, a escasos pasos de donde ella se encontraba, como animándola a salir de su refugio de hormigón. Tentándola, poco a poco, centímetro a centímetro. Como en un juego.

Finalmente, colocó el pedazo de cruasán en lo alto del panteón y se alejó un poco, con un gesto con el que parecía decir: «Vale, ya has llegado hasta aquí y, ahora, te pido solamente que des este último paso».

Wren trepó por la estructura bajo la lluvia y persistió, a pesar de los resbalones que la hacían deslizarse hacia abajo, hasta que llegó al tejado. Desde allí, la vista del cementerio era imponente, y pudo imaginarse la estampa que debían de ofrecer su silueta y la del cuervo allí arriba, recortándose contra el cielo nocturno.

Sin previo aviso, el pájaro se lanzó contra ella, dándole picotazos a los cordones de su capucha.

«Todo esto es por culpa de esa vidente chalada. Seguro que me ha hecho venir hasta aquí para matarme», pensó Wren. «O puede que para poner fin a mi suplicio.»

Intentó escapar, pero sus manos se resbalaban y no hallaban agarre en la pulida superficie de piedra mojada. Además, estaba demasiado oscuro. ¿Adónde iba a huir de todos modos?

—¡Para, por favor, para! —gritó, mientras el pájaro la picoteaba sin compasión, rasgando la tela de su capucha y abriéndose camino hacia su espalda, que ya estaba en carne viva.

Los pájaros le arruinaban el día casi a diario, pero ni en un millón de años podría haberse figurado que moriría asesinada por uno. No pudo evitar preguntarse si no sería aquella la forma en la que había muerto su madre, pero desechó el pensamiento por insoportable.

Wren podía sentir cómo el cuervo intentaba sacar algo del interior de su carne. Era una sensación parecida a cuando se hizo una brecha al saltar con la bicicleta por una rampa que ella misma había fabricado y tuvieron que coсérsela sin anestesia. En aquella ocasión, había sentido cada pinchazo de la aguja y cómo el hilo traspasaba la piel y cerraba la herida con un lento tirón, como si ella fuera una muñeca de trapo atormentada.

Entonces una increíble sensación de claridad pareció despejar su mente. Notó que su vista se agudizaba, a la vez que sus brazos y sus piernas recuperaban algo de fuerza. El dolor remitió para dar paso a un leve hormigueo. La sensación de agonía pareció desvanecerse.

Durante un breve instante llegó a pensar que quizá saliera de aquella.

Pero no, era solo la calma que precede a la tormenta.

Una oleada de dolor la embistió una vez más, provocando que se desplomara sobre la tumba mojada. Cayó al suelo, donde se recogió las rodillas contra el pecho, temblando descontroladamente.

Wren profirió un aullido agónico al mismo tiempo que sentía cómo su espalda se partía en dos, casi en línea recta a lo largo de toda la columna, como lo hace el huevo al salir el polluelo del cascarón.

—Me estoy muriendo —se dijo a sí misma abrazándose las piernas.

Y, aun así, el pájaro no la dejaba. El cuervo redobló la intensidad de los picotazos contra su espalda, casi regocijándose con su dolor. Wren sintió un tirón, el ave había sacado algo del interior de su carne. Luego se plantó revoloteando delante de ella y depositó algo a sus pies.

Allí, ante sus ojos, había una pluma; era de color gris rosáceo y estaba empapada de sangre.

Su sangre.

Su pluma.

El cuervo volvió a colocarse a su espalda para arrancarle unas cuantas plumas más, que fue mostrándole una a una como alguna suerte de comadrona aviar. ¿Podría ser que ese cuervo fuese Marie Laveau, tal y como había sugerido la vidente?

Wren lo contempló paralizada de miedo. El cuervo salió volando y sus plumas se confundieron con las de los ángeles alados de los monumentos funerarios que la rodeaban.

«No pueden estar saliendo…

… plumas…

… de…

… MI CUERPO.

«¿Y si me estoy transformando en alguna especie de monstruo, de ser irreconocible? ¿Será esto una maldición? ¿Y si acabo haciéndole daño a alguien? ¿Y si resulta que me estoy volviendo loca? ¿Y si es verdad que me estoy muriendo?»

Un millón de pensamientos incoherentes asaltaron su mente. Empezó a hiperventilar.

«Venga, tampoco es para tanto. Son solo… unas alas.»

Al mismo tiempo que intentaba recuperar el ritmo pausado de su respiración, se llevó la mano a la espalda. La punta de uno de sus dedos rozó una pelusa aterciopelada y húmeda, suave como el plumón de un patito recién nacido.

Sobresaltada, retiró la mano, como si quemase.

Luego, con más cuidado esta vez, volvió a intentarlo. Hizo avanzar su dedo por la espalda, a tientas, milímetro a milímetro, hasta que palpó las suaves plumas y sintió su peso como un miembro más de su propio cuerpo. Esta vez estaba segura.

Aquellas dos pequeñas alas eran suyas.

En el colegio todos la llamaban la niña rara, pero ahora, ahora sí que se había convertido en una niña rara de verdad.

Wren se encaramó a lo alto del panteón, bajo un enorme ciprés chorreante de musgo. Enderezó la espalda y movió un hombro con suavidad para ver si el apéndice se movía. Soltó un grito ahogado cuando comprobó que lo hacía e intentó zafarse de él desesperadamente, pero no pudo. Era parte de ella. Probó de nuevo, esta vez con el otro hombro, y el ala de ese lado también se movió. Creyó que estaba delirando. Acto seguido empezó a desplazarlas a la vez, hacia delante y hacia atrás; luego de forma alterna, y enseguida estaba batiendo las alas. Al principio se le hizo raro, pero después de repetir el movimiento unas cuantas veces, le pareció extrañamente natural y le provocó una sensación de alivio que no había sentido… nunca, a decir verdad. Similar al que experimentaba cuando batía las manos, aunque mil veces mayor.

Estuvo un rato allí plantada, moviéndolas sin parar, mientras en su interior sentía una curiosa mezcla de euforia y miedo.

«Tengo alas.»

Jamás se había sentido tan diferente y, a la vez, tan ella misma. Se dio cuenta de inmediato de que a partir de ese momento podría dejar atrás todo aquello que le daba miedo, la intimidaba, la enfurecía o la disgustaba: Audrey, Cleo, la pérdida de su madre y la tensa relación con su padre. Podía sencillamente alzar el vuelo y que todo quedara muy muy abajo.

Aguardó a la siguiente ráfaga de viento, arqueó la espalda, extendió sus nuevas extremidades y saltó hacia arriba, tan alto como pudo. Batió las alas con todas sus fuerzas y, al ver que no era suficiente, entró en pánico e hizo otro tanto con los pies. Fue inútil y empezó a caer, sin remedio, para finalmente acabar golpeándose la cabeza contra uno de los lados de la tumba.

Cayó de bruces contra el suelo, aullando de dolor.

«Genial. Te has roto las alas antes de volar siquiera. Serás boba», pensó justo antes de que todo se volviera negro.

18
PRESAGIO

Horas más tarde, o eso le pareció a ella, la despertó el sonido de unas voces masculinas que se acercaban.

Levantó la cabeza y vio los haces de luz de las linternas, rasgando la noche.

De pronto, una de las luces se cruzó en su línea de visión, cegándola momentáneamente.

—¡Creo que veo algo! —gritó uno de los hombres.

Wren sabía que tenía que marcharse de allí cuanto antes o bien arriesgarse a que la atraparan. La luz volvió a asomarse entre los árboles y, entonces, la camioneta se detuvo.

El runrún del motor se apagó y se escuchó un abrir y cerrar de puertas. Oyó a los hombres murmurar no muy lejos de donde ella se encontraba y, a continuación, el chirrido de la verja de hierro, un crujir de ramas y el chasquido de unos palos al romperse.

Estaban en el cementerio.

«Me han visto», pensó. «Seguro que saben lo que soy y me quieren capturar.»

Estaba atrapada. Solo tenía una forma de escapar. Wren intentó batir sus alas haciendo rotar los omóplatos. Y sí, se movieron un poco, pero no mucho. No lo suficiente para volar.

«Inútiles», pensó. Y es que para Wren no había nada más triste que un pájaro que no pudiera volar.

Recogió la mochila y, tan pronto el haz de luz hubo barrido de nuevo la zona donde estaba, echó a correr, sorteando árboles y tumbas, en dirección al fondo del cementerio.

Intentó batir las alas con todas sus fuerzas. Saltó al aire con la esperanza de que una corriente de aire la elevase, planeando, por encima de los árboles. Pero nada. Volvió a saltar, esta vez echando el resto.

Lo último que alcanzó a ver fue la luz roja de los faros traseros de la camioneta reflejándose en los charcos mientras esta avanzaba marcha atrás. Luego se precipitó de cabeza en el interior de una tumba vacía. Una vez recuperada del golpe, se incorporó levemente y descubrió que estaba cubierta de barro. Le dolía la cabeza.

«¡Ay!», pensó, con la lluvia golpeando ruidosamente sus alas.

El hoyo se estaba anegando rápidamente debido al intenso chaparrón, así que dio media vuelta y se tumbó boca arriba; toda una proeza teniendo en cuenta aquel par de cosas que le sobresalían de la espalda.

—Por favor, dejadme en paz —murmuró para sí al ver la luz roja de los faros destellando contra los árboles, por encima de su cabeza.

Justo en ese momento, un torrente de agua cayó en tromba sobre ella. Wren trató de agarrarse a las paredes de tierra para incorporarse, pero solo consiguió echarse barro encima. Intentó mover las alas, pero estaban pegadas al fango. Probó otro tanto con los brazos, pero no conseguía liberarlos del lodo. Apenas podía respirar; cerró la boca para no tragar el agua de lluvia que discurría ya como una torrentera por el camino y entraba a raudales en el hoyo, pero se dio cuenta de que no podría durar mucho allí dentro. Se estaba ahogando.

«Se acabó. Así es como voy a morir. Enterrada viva.»

Petrificada de impotencia sobre un lecho de barro, empezó a llorar desconsoladamente.

Entonces escuchó, con alivio, cómo la camioneta aceleraba en el camino, alejándose de ella.

Se sintió aliviada, pero también aterrada de estar allí a solas, ahogándose. Cerró los ojos y se hizo a la idea de que aquel era el final. Evocó la imagen de su madre, en esos últimos momentos, para que la reconfortara. A punto estaba de perder el conocimiento cuando escuchó una serie repetitiva de chillidos. Reconoció de inmediato la llamada de alarma que emite un halcón. El de su madre se llamaba Horace, y Wren solía bromear con ella diciéndole que le quería más que a ella. El pájaro descendió en picado hacia ella, agitando las alas y gritando. Wren cerró los párpados, temiendo que el halcón fuera a picotearle los ojos. Ella sabía lo peligrosos que podían llegar a ser porque su madre siempre se ponía unos gruesos guantes especiales para protegerse de las letales garras del pájaro.

Abrió la boca para gritar a medida que el ave se iba acercando a su cara; se hizo un ovillo y levantó los hombros en actitud defensiva, pero en lugar de atacarla, el halcón se posó en el borde del hoyo. Wren pensó que quizá estuviera jugando con ella, burlándose, antes de atacarla.

Wren observó al ave de refilón mientras esta emitía un único y potente chillido y levantaba un ala, que desplegó cuanto daba de sí su envergadura. Ella se encogió, esperando a que el ala la golpeara, pero no sucedió nada. Abrió los ojos atemorizada y reparó en que el halcón había formado con sus alas un puente a lo ancho de la tumba para protegerla de la lluvia. Como no podía adivinar qué haría el pájaro a continuación ni cuánto tiempo duraría la tregua, Wren aprovechó para llenar sus pulmones de aire y, una vez calmado el ritmo de su respiración, relajarse un poco y recuperar el resuello.

Entonces el pájaro alzó el vuelo, emitiendo una larga serie de chillidos agudos. Wren creyó escuchar el ruido de unos pasos chapoteando en el barro, pero no veía nada. Gritó, pero debido al estruendo de la tormenta, era imposible que alguien pudiera oírla. El halcón se alejó volando y chillando, y Wren, ya sin nada ni nadie que la protegiera, dejó de gritar, cerró los ojos y se dispuso a aguardar el final.

19
PSICOPOMPO

Wren permaneció allí tumbada, sin moverse, durante lo que se le antojó una eternidad.

En un momento dado, levantó la vista y le pareció que en la lápida que se levantaba a la cabecera de la tumba se podía leer el epitafio Margot Urraca Grayson.

Un escalofrío de terror recorrió su cuerpo.

Intentó moverse, a pesar del dolor, pero era como si tuviera el cuerpo lastrado por bloques de hormigón.

—Te atraparé —murmuró en su delirio, tratando de alcanzar el nombre de su madre en la losa fantasma y ya con el fango por el cuello. A pesar de las lágrimas que empañaban sus ojos, Wren pudo distinguir, a la luz de la luna, la silueta de algo o alguien que, allí de pie, se asomaba al interior de su tumba abierta.

«¿Estaré muerta? ¿Será un doliente que ha venido a darme su último adiós? ¿O es un enterrador que se prepara a rematarme con un cargamento de tierra?»

—¿A quién vas a atrapar? ¿A mí? —preguntó una joven voz masculina antes de soltar una carcajada—. Pues yo diría que eres tú la que está atrapada en un hoyo.

El barro tenía ahora una consistencia más líquida y Wren se incorporó hasta quedarse sentada, cogió su mochila y la colocó delante de sí a modo de escudo, protegiéndose de un chico que, ahora lo podía distinguir bien, era más o menos de su misma edad, de piel morena y con una desordenada pelambrera negro azabache, que la miraba asombrado.

—¡No te acerques! —le ordenó mientras hacía lo imposible por ocultarle de la vista su espalda. Palpó la tierra en busca de agarre para poder salir de allí, pero solo consiguió que las paredes de barro se derrumbaran. Entonces, echó mano a una piedra de tamaño considerable y la blandió con un gesto amenazador.

El chico dio un paso atrás y levantó los brazos, con las palmas de las manos abiertas. Era más pequeño de lo que ella había pensado en un primer momento, y su aspecto era todo menos intimidante.

—No te voy a hacer daño. Además, ya estás herida, chica. Desde aquí arriba parece que necesitas ayuda, y mucha.

Ella miró a su alrededor. El agua negruzca le hacía cosquillas en la barbilla y no había forma de saber qué otras cosas, aparte de sí misma, flotaban en ella. A pesar del bochorno, no recordaba haber tenido tanto frío en toda su vida, así que cuando él le tendió una mano, Wren la tomó y dejó que él tirase de ella y la pusiera a salvo.

Claro que, en el instante que lo hizo, las alas de Wren empezaron a moverse casi por su cuenta, a la manera de un perro que se sacude la lluvia. Los ojos de él se abrieron como platos.

—No me mires así —dijo ella.

Esperó a que él saliese corriendo despavorido o a que, como mínimo, la llamase monstruo.

Pero él no hizo ninguna de estas dos cosas.

—¿No echas a correr? —preguntó Wren al mismo tiempo que se colocaba la mochila a la espalda para ocultar sus alas y hacía un esfuerzo para mantenerse erguida. Estaba grogui, como si fuera a desmayarse, y su cuerpo empezó a oscilar adelante y atrás.

—Claro que sí —contestó él, corriendo hacia ella—. Te tengo.

A esas alturas era absurdo tratar de que él no le viera las alas. El muchacho la rodeó con un brazo, sosteniéndola. Wren no sabía si temblaba porque él le estaba tocando las alas o porque nunca se había acercado tanto a ella un chico.

—¿Cómo me has encontrado? —preguntó ella—. ¿Cómo has sabido que necesitaba ayuda?

—Por el halcón.

Wren se relajó un poco contra el brazo del muchacho, aunque no bajó la guardia por completo. Durante un segundo se le pasó por la cabeza que quizá estuviera muerta. Que quizá, al fin y al cabo, había acudido un espíritu a recogerla en la noche de Nueva Orleans. O también podía ser que el muchacho fuera uno de aquellos zombis que, según había leído, no conseguían cruzar una de las siete puertas. Porque ¿cómo se explicaba, si no, que él no hubiese salido huyendo, gritando, de la chica con alas? ¿Del monstruo?

—¿Quién eres? —dijo, todavía un poco mareada.

El muchacho hablaba con un tono de voz amable y sosegado, lento como la miel e impregnado de un acento que Wren no acababa de identificar. ¿Sureño? ¿Cajún? Sonaba a algo así.

—Una chica pequeña como tú no debería andar sola por un sitio como este, lo sabes, ¿verdad?

—Anda, mira quién fue a hablar, ¿y qué haces tú por aquí, entonces? —le espetó Wren a la defensiva, cosa que hacía a menudo cuando estaba asustada—. Tú tampoco es que seas un hombre hecho y derecho, que se diga.

—Yo vengo mucho por aquí. Conozco el lugar. Aunque es la primera vez que te veo.

—No soy de por aquí —admitió ella.

—Ya me lo imaginaba —dijo él volviéndose hacia ella—. Me acordaría de ti —añadió, mirándole las alitas.

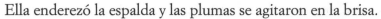

Ella enderezó la espalda y las plumas se agitaron en la brisa.

—Oye, que mi cara está aquí arriba.

Él se echó a reír y Wren no pudo evitar hacerlo también, el chico tenía una risa realmente contagiosa. Pasados unos momentos, él se dio la vuelta y, dándose golpecitos en la barbilla, contempló con aire meditabundo el suelo embarrado, donde yacían un montón de plumas ensangrentadas. Algo en la expresión del muchacho le dijo a Wren que aquello no era ni mucho menos la cosa más extraña que él había visto en su vida.

—O eres muy valiente o no tienes ni un centavo.

—Lo segundo —contestó ella—. De lo primero no estoy tan segura.

—No te preocupes, puedo ayudarte… —aseveró él—. ¿Cómo te llamas?

—Wren. Como el pájaro. Fue idea de mi abuelo. Creo que lo hizo pensando en lo de la valentía y no porque creyera que yo acabaría siendo uno.

El chico manifestó su agrado con un gesto de asentimiento.

—Es un nombre bonito, tanto para una chica como para un pájaro. Yo soy Dyami.

—Dyami —dijo ella probando a pronunciar el nombre. «¿Y eso cómo se escribe?», pensó—. Es la primera vez que lo oigo. ¿Qué significa?

Él se encogió de hombros.

—No lo sé. Es mi nombre y ya está… ¿Y qué te trae a este rincón de nuestro mundo?

—¿Te refieres a este sitio en concreto? Pues estaba haciendo tiempo en la tienda de regalos de Marie Laveau y la vidente que hay allí me ha dicho que no dejara de visitar este lugar, de modo que aquí me tienes.

Dyami la miró con expresión confundida.

—Espera, para el carro. Rebobina —dijo arrastrando las palabras—. Tú háblame como si tuviera dos años. Primero dime de dónde eres y, luego, qué es lo que te trae a Nueva Orleans.

—Mis padres me enseñaron que no debía hablar nunca con extraños —contestó Wren—. Y supongo que menos aún con aquellos que te encuentras en plena noche en medio de un cementerio en una ciudad desconocida.

—Pero yo ya no soy un extraño, ¿no? —El muchacho sonrió, revelando unos dientes blanquísimos—. Después de todo, es muy probable que te acabe de salvar la vida o, cuando menos, que te haya ahorrado una multa por merodeadora —continuó—. Además, ahora conozco tu secreto más oscuro.

—¿Me estás chantajeando? —preguntó Wren.

—¿Con qué? —respondió él, riéndose.

Ella no pudo evitar sonreír y sentirse un poco avergonzada por lo ridículas que debían de haberle sonado a él sus palabras.

—¿Adónde te diriges? —preguntó Dyami.

—Soy de Christmas Cove, Maine, y me dirijo a Moon Island. ¿La conoces?

—Ah, de modo que pretendes aterrizar en la luna, ¿eh? —Dyami torció el gesto.

Ella suspiró.

—¿Por qué cada vez que le menciono a alguien Moon Island se pone verde?

—Porque no hay mucha gente que la conozca de verdad. Es un sitio plagado de secretos. Misterioso, ya sabes. Aunque no para mí. Yo crecí muy cerca de allí.

—¿Y cómo es?

—Se encuentra en lo más profundo del bosque, rodeada por el río Old Pearl. Tan brillante y bonita como la luna, aunque tiene su lado oscuro —contestó. Y prosiguió—: Ya sabes, es bonita pero siniestra. Los operadores turísticos no la conocen. Si lo hicieran, la isla estaría atestada de gente. Las visitas guiadas por el río la bordean, y a los turistas les pasa desapercibida.

—Ya, pero yo no soy una turista —repuso ella—. Yo vengo de visita. Estoy buscando a alguien.

—¿A quién?

—A mi abuelo —contestó Wren—. Viajó a la isla en una expedición hace más de un año, para estudiar las aves del lugar. No le ha escrito a mi padre una sola carta hace meses, y yo necesito dar con él.

—Pues, entonces, no hay más que hablar. ¡Vamos! —dijo Dyami muy decidido.

—¿«Vamos»? —preguntó Wren—. ¿Cómo que «vamos»?

Wren llevaba sola el tiempo suficiente para saber que era así como quería estar. Y no solo eso; apenas conocía a Dyami y no estaba segura de que pudiese confiar en alguien que hubiese visto sus extrañas alas y no quisiera salir corriendo.

—Gracias, pero no —insistió.

—Pero yo te puedo ayudar, chica. Conozco a alguien que vive justo allí, en Moon Island. Es más, solía trabajar en la tienda de Marie Laveau.

Wren asintió con la cabeza. En su diario, Hen mencionaba una mujer que vivía en el Larme. Una sacerdotisa.

—Sí, creo que la vidente de la tienda se refirió a ella.

Él se inclinó hacia delante, con expresión interesada.

—¿En serio? ¿Y qué más te contó esa señora?

La sutil alteración en el tono de Dyami, ahora con un deje de intranquilidad, le dio que pensar. Tal vez trabajara para un zoológico o un circo y quería atraparla para poder luego exhibir su monstruosidad a los turistas por cinco dólares.

—Pues, nada más —dijo ella arrastrando las vocales.

—Conozco a esta amiga mía de Moon Island desde que era pequeño —continuó Dyami, que levantó la vista hacia la raya de luz que clareaba en el horizonte—. A lo mejor ella puede ayudarte a localizar a tu abuelo.

Antes de que pudiera decir nada más, el sonido de los ladridos de unos perros quebró el silencio nocturno. Los haces de luz de varias linternas barrieron el cementerio desde todas las direcciones.

—Son los de seguridad —dijo Dyami mientras se agachaban detrás de una lápida—. Tenemos que marcharnos de aquí ahora mismo. Sígueme, conozco una salida.

Ante la amenaza del inminente amanecer y el riesgo a ser capturada, Wren sacó otra sudadera de su mochila y se la pasó por la cabeza a toda prisa para que no se le vieran las alas, pero la prenda se enganchó en ellas y no se deslizaba hacia abajo. Volvió a intentarlo. Nada.

—¡Jo! —chilló exasperada mientras se desprendía de su espalda otro montón de plumas. «Pero ¿qué pasa? —pensó—, ¿estoy mudando de plumas o qué?»

Dyami le tendió una mano, pero Wren vaciló en cogerla.

—¿Qué prefieres?, ¿que te lleve hasta Moon Island o que te atrapen y te metan en el calabozo? —preguntó el chico al mismo tiempo que ella acercaba su mano a la de él.

20
CISNE NEGRO

Wren se sintió como una salchicha envasada al vacío cuando salió del aseo de la gasolinera enfundada en un artilugio improvisado por Dyami a partir de la faja reductora de unas medias. Ella le dijo que no iba a funcionar, puesto que sus alas eran demasiado grandes, pero era lo único que él había podido conseguir en la farmacia con los míseros cinco dólares que ella le había dado —y que era, prácticamente, cuanto le quedaba en el monedero—. No obstante, y sin saber muy bien cómo, Wren había conseguido encajársela, pegándose así las alas al cuerpo y remetiéndose las plumas inferiores por la cintura de sus anchos vaqueros.

Wren se estiró la sudadera y arrugó la frente. No había estado tan incómoda en toda su vida.

—Se ven bien —dijo Dyami al inspeccionar su espalda.

—¿Se ven? —preguntó ella, mordiéndose el labio.

Él dio un trago a su refresco, rio y le ofreció la bebida.

—Para nada.

Ella rechazó el ofrecimiento y lo miró muy seria.

—Vale, vale. Pero que conste que no parecen alas, más bien te hacen parecer una niñita con joroba, solo eso.

Ella torció la boca con una mueca de disgusto. Audrey y Cleo se habrían divertido de lo lindo con ese comentario.

Al final, resultó una suerte que Dyami la acompañase. Después de abandonar la gasolinera, fueron juntos a coger un autobús que los llevó hasta una pequeña población llamada Slidell, situada a orillas del río Pearl, en Luisiana, justo a las afueras de Nueva Orleans.

Wren recogió sus cosas y corrió con Dyami por el pantalán de madera hasta donde se encontraban amarrados los pontones que ofrecían travesías turísticas a Moon Island. Compraron los billetes a toda prisa y saltaron a bordo del primer *tour* del día.

El aire estaba igual de espeso que la sopa casera de pollo con fideos de la cafetería Moody's y costaba respirar. Presa de los nervios, Wren empezó a batir las manos, y cuando Dyami se las agarró para que parara, ella se sintió avergonzada.

—Si sigues así saldrás volando de aquí antes de llegar a la isla —dijo él con una sonrisa.

Ella se la devolvió, agradecida por aquel gesto de comprensión y de amabilidad sincera. Hasta entonces nadie la había tratado así, aparte de su madre, su padre y su abuelo. Lo habitual era que pusiese a la gente nerviosa, lo que de por sí le resultaba muy curioso, teniendo en cuenta que era ella la que lo estaba. Wren se figuraba que tenían miedo de contagiarse y convertirse ellos también en una rara avis. De hecho, en casa, hasta bromeaban con ello.

Antes de que se dieran cuenta, embarcaron un puñado de turistas, cámaras y móviles en mano, ansiosos por hacerse con una instantánea perfecta de un caimán con la que poder alimentar sus redes. Wren, en cambio, tenía cosas más importantes en las que pensar, y eso que nunca había visto un caimán en estado salvaje. Contuvo la respiración y se preguntó qué le depararía la jornada.

Con suerte, encontraría a su abuelo. Y también algunas respuestas.

El guía, un tipo cincuentón con cola de caballo, parecía estar hablando para sí mismo, se diría que ensayando su inminente actuación, un papel a medio camino entre guía turístico y monologuista cómico. Depositó su neverita con suavidad junto a un haz de largas ramas de árbol que estaban talladas en punta por uno de los extremos.

—Bienvenidos a bordo. Mi nombre es Tom y voy a ser su guía y su domador de caimanes si todo sale como está planeado. Si dejas a los caimanes en paz, ellos te dejan en paz. Es así de simple. Mantengan los brazos y las piernas dentro de la embarcación en todo momento o puede que acaben en el interior de un caimán. Ustedes eligen.

Tom arrancó el motor, que sonaba —y olía— como una vieja cortadora de césped y soltó los cabos.

—¿Estás segura de que quieres hacer esto? —le susurró Wren a Dyami conforme el pontón empezaba a alejarse del pantalán—. Todavía estás a tiempo de saltar a tierra.

El traqueteo del motor y el borboteo del agua al ser agitado por la hélice amortiguaron sus palabras. Dyami se llevó una mano a la oreja.

—¡No te oigo! —gritó con una amplia sonrisa.

El pontón alcanzó la velocidad de crucero y el ruido del motor fue rápidamente remplazado por los sonidos y las vistas del bayou. El canto etéreo de los pájaros llenó el aire impregnado del aroma dulzón de los lirios, y Wren sintió que se relajaba de repente, como si la hubiesen transportado a un tiempo pasado. Los musgos colgaban en cascada de las ramas de los viejos cipreses batiendo las aguas de color verde lechoso y formaban mágicos túneles y pasadizos por los que navegar. Costaba creer que pudiese existir todavía un paraje tan intacto.

Los únicos indicios de presencia humana fuera de la embarcación eran las cabañas sobre pilotes que, de manera ocasional, salpicaban la orilla.

—Pueden hacerse con una por una ganga —informó Tom, leyéndole la mente a los turistas—. Y por dentro son más acogedoras de lo que puedan parecer.

Wren se sintió abrumada por una sensación placentera que iba creciendo conforme avanzaban por los pantanos y se adentraban más y más en el bosque. Incluso Dyami, que ya había visto esos paisajes muchas veces antes, los contemplaba con una nueva fascinación gracias a Wren.

—Has estado aquí antes, ¿verdad? —preguntó ella en voz alta.

—Sí —respondió él—. Yo nací en este río.

El pontón redujo la marcha, y Tom hizo que virara en círculo.

—Este es el lugar donde solemos ver a Joe —dijo Tom con especial énfasis—. Es nuestro caimán más grande y anda por aquí, así que voy a parar el motor y, con un poco de suerte, saldrá a saludar y a tomarse un pequeño tentempié.

Los turistas soltaron un grito ahogado como si siguieran un guion. Entonces se hizo el silencio y todos los ojos se clavaron en las aguas que rodeaban el pontón. Más de uno se las veía y deseaba para diferenciar una roca de un caimán en el agua embarrada. Tom se mostró complacido de haber provocado la reacción esperada.

—Al cerrar sus mandíbulas, Joe ejerce una fuerza total de doscientos treinta y dos kilos por centímetro cuadrado, con lo que podría arrancar una pierna en un abrir y cerrar de ojos.

Dicho esto, sacó de su neverita una bolsa tamaño XXL de salchichas Frankfurt y fue ensartando una en el extremo de cada uno de los palos afilados que llevaba a bordo. El guía silbó al caimán como lo haría para llamar a un perro, tratando de impresionar en todo momento a sus cautivados espectadores con sus dotes de encantador de reptiles.

—¿Salchichas Frankfurt? ¿En serio? —le comentó Wren a Dyami con un tono cargado de censura—. Es como dar pan a los pájaros. Los caimanes no comen salchichas.

—Si tiene hambre se comerá lo que sea, incluso a nosotros —contestó Dyami con toda naturalidad—. La desesperación te lleva a hacer cosas insospechadas.

Wren miró fijamente las aguas mansas y oscuras, detestando pensar que aquellos animales pudieran estar desesperados y a merced de los humanos. Más aún teniendo en cuenta lo crueles que estos últimos podían llegar a ser.

Tom hundió el palo por el extremo de la salchicha en el río y removió el agua con la esperanza de acelerar un poco los acontecimientos, mientras vomitaba datos sin parar.

—Los caimanes son de sangre fría, tienen sensores en las mandíbulas y pueden detectar las vibraciones. También son rápidos, así que cuando algo golpea el agua se echan encima. Amigos, los caimanes son muy inteligentes. No piensen lo contrario —recalcó Tom, que no dejaba de golpear la superficie del agua con el cebo.

Wren arrugó la frente, irritada por el encanto campechano de Tom. A ella esas cosas no le gustaban por la misma razón que no le gustaban los zoológicos ni alimentar a los elefantes con cacahuetes. Era indigno aprovecharse de una criatura inocente de aquel modo.

De pronto se agitaron las aguas y un ser emergió de las turbias profundidades. El pontón se escoró bajo el peso de los turistas cuando estos se apartaron rápidamente hacia un lado de la embarcación.

Dyami agarró a Wren del brazo para que no perdiera el equilibrio.

—¡Un caimán! —exclamó una mujer de edad, ataviada con un chaleco y un sombrero de explorador.

Al principio solo eran visibles sobre la superficie las placas de la parte superior del lomo de la criatura, pero bastó para que todos los que estaban a bordo echaran mano a sus cámaras y teléfonos móviles y empezaran a sacar fotos sin parar mientras la embarcación, navegando a la deriva, se dirigía hacia un bancal.

Joe se deslizó hacia el pontón, con los ojos clavados en la salchicha.

—Mírenlo —dijo Tom con un tono de sorpresa harto ensayado—. ¿Qué, Joe? ¿Me has echado de menos, chaval?

El saludo no tenía nada de sincero. Solo era otra demostración de fanfarroneo. Un acto chulesco. Jugaban con Joe. Lo estaban manipulando. Controlando. En un lugar donde la criatura debería gozar de su libertad. Wren notó que su enfado iba en aumento mientras contemplaba cómo Tom, muy al estilo de un domador de leones en el circo, agitaba el palo para atraer al caimán hacia la barca, y pensó que no culparía a Joe si, en lugar de comerse la salchicha, le arrancaba la cabeza de cuajo al guía.

—Vamos, colega —le incitó—. Ven con Tommy.

Tom sacó el palo del agua lentamente, mientras Joe no le quitaba los ojos de encima a la salchicha.

—No te pierdas esto —le susurró Dyami a Wren en el oído.

Joe saltó violentamente del agua y arrancó la salchicha del palo; el brazo de Tom corrió mejor suerte, aunque por poco. El caimán volvió a desaparecer bajo las aguas antes incluso de que las salpicaduras alcanzaran las ropas de los turistas. Una oleada de quejidos y gruñidos recorrió el pontón mientras la decepcionada clientela repasaba en sus pantallas una foto tras otra en busca de la «buena» y no hallaba ninguna.

—¡Se lo advertí, los caimanes son rápidos! Pero no se preocupen, amigos, van a poder disfrutar de una segunda oportunidad —los calmó Tom no sin cierto nerviosismo—. Parece que nuestro amigo hoy tiene hambre.

Tom ensartó otra salchicha en el palo y tentó a Joe una vez más para que los turistas pudieran conseguir su preciada foto y dar por amortizada la inversión. A Wren se le revolvieron las tripas. «Los seres humanos solo quieren pavonearse; añadir una foto a sus redes sociales o a su colección de recuerdos vacacionales intrascendentes para enseñarle a todo el mundo lo importantes que son o lo bien que viven. ¿Aquí quién es realmente el animal de sangre fría?»

Mientras todos los pasajeros concentraban su atención en la parte posterior de la embarcación, Dyami le hizo un gesto con la cabeza a Wren para que lo siguiera a la parte de delante. Ella se levantó y se unió a él en la proa, donde este le señaló hacia un viejo y decrépito patín de pedales con forma de cisne que se hallaba varado en la orilla, muy cerca de donde se encontraban. Tenía un cuello alto y alargado, y dos hileras de asientos invadidos de enredaderas y malas hierbas. Parecía salido de otro tiempo, los restos abandonados de una antigua atracción de feria.

—Yo diría que es nuestro día de suerte —dijo él, inclinándose hacia delante para atraer hacia sí el cuerpo roto y descascarillado del cisne—. Lo único bueno que tienen los huracanes es que consiguen que tesoros como estos acaben siendo arrastrados hasta los lugares más insospechados. ¿Qué me dices? ¿Te atreves?

Wren tragó saliva, intentando mantener a raya su miedo y mostrarse firme y decidida.

—Desde luego —contestó. Wren colocó el pie en la borda del pontón y sin pensarlo dio un salto y se plantó en el asiento asilvestrado de hierbajos del patín. Dyami hizo otro tanto y la conminó a que se agachara cuando el grupo de pasajeros ahogó al unísono un grito de asombro ante una nueva aparición de Joe.

Los dos niños se ocultaron en el vientre del cisne hasta que Tom y su tripulación remprendieron la marcha.

Un escalofrío de emoción recorrió la espalda de Wren cuando volvió a mirar hacia el lugar donde antes estaba el pontón; escudriñó las aguas para echarle un último vistazo a Joe, pero este y la embarcación se habían esfumado hacía rato.

—Si quieres que te diga la verdad, estoy un poco nerviosa —admitió.

—¿Por qué? ¿Por el cisne? —preguntó Dyami—, ¿o por mí? —añadió con una sonrisa maliciosa en los labios.

—Por el cisne —dijo ella tratando de combatir el rubor que empezaba a ascender por sus mejillas—. ¿Y si se hunde?

—Qué va. Es imposible.

—Pues yo tengo alas —repuso ella con sarcasmo—. Así que todo es posible.

Se adentraron silenciosamente en las aguas pantanosas, al amparo de las sombras alargadas que arrojaban los árboles retorcidos a esa hora avanzada de la mañana, y ocultos por las cortinas de musgo que colgaban del techo de ramas sobre sus cabezas. Muy despacio y sin mediar palabra, el cisne se fue internando en el bayou rumbo a Moon Island, y la mano de él fue acercándose a la de ella hasta que sus dedos quedaron entrelazados. Wren nunca le había dado la mano a un chico. Se sintió a salvo y reconfortada por primera vez desde que saliera de casa y notó cómo gracias a la calidez del contacto iba derritiéndose su ansiedad y el latido uniforme de su corazón se aceleraba ínfimamente.

Fuera lo que fuese que el destino les tenía reservado en Moon Island, pensó, lo abordarían juntos.

21
EL MAGO

La travesía río arriba no fue larga, pero a Wren se le antojó casi como un viaje al otro extremo del mundo. El sol de mediodía se colaba a duras penas entre una maraña tan tupida de árboles que la superficie de los pantanos se veía oscura y acogedora como la del mar antes del azote de un huracán.

El bayou en sí parecía sacado de una película, lleno de maleza, estancado y envuelto en un fino velo de bruma vespertina. Era hermoso, pero también siniestro, como el decorado de fondo de la típica fábula macabra. ¿Cómo era posible que uno pudiera sentirse tan encerrado, con una sensación de claustrofobia tan aguda, al navegar por un río?, pensó Wren. Incluso los pájaros que la habían estado siguiendo prácticamente desde que abandonara Maine quedaban ocultos por la alta bóveda de árboles, que impedía la entrada de los rayos del sol y los envolvía en una especie de luz crepuscular poblada de sombras.

Arribaron a la orilla de Moon Island, un cuerpo grande de tierra seca poblada de hierba alta, árboles retorcidos y pantanos asfixiados por el musgo, a la par que Arca de Noé repleta de animales, insectos y vida marina, rodeada por el río Pearl. Era un lugar tan apartado y solitario como había descrito su abuelo en el diario. Sintió un escalofrío; le costaba creer que por fin estaba allí. Y, al hacerlo, sintió una punzada de dolor en el pecho, y sus alas se removieron debajo de la faja, ansiosas de libertad.

«Lo siento, protuberancias, o lo que quiera que seáis. Quedaos ahí quietas y no alborotéis.»

El alboroto, no obstante, estaba asegurado. Y mientras observaba a Dyami remar valiéndose de un largo palo para impulsarse en el fondo del pantano, Wren no dejaba de retorcerse y rascarse, como si tuviera docenas de hormigas recorriéndole la espalda. Y no cualquier especie de hormiga, sino de las coloradas, de las que pican.

Él se dio la vuelta y la miró.

—¿Te encuentras bien, Wren?

Ella estiró los músculos con un quejido.

—¿A ti qué te parece?

Dyami se rascó el mentón.

—Supongo que los pájaros necesitan volar.

—Yo no soy un pájaro —contestó ella de forma tajante. Pájaros. ¿Esas criaturas que ella detestaba con toda su alma? ¿Las criaturas a las que sus padres habían consagrado su amor eterno? ¿Las que la habían arrebatado a su madre?—. Yo soy…

Calló. No tenía ni idea de lo que era. Además, si parece un pato y grazna como un pato…

Pero ella no era un pájaro. Era… un monstruo.

El patín golpeó la orilla enfangada y se detuvo en seco abruptamente. Dyami saltó a tierra, mientras Wren lo veía hundirse en el barro casi hasta las pantorrillas.

—¡Puaj! —exclamó Wren como única reacción y a quien la consistencia del barro le recordó las cacas de vaca del inodoro portátil del campamento de verano.

—Es marea baja —dijo él mientras tiraba del patín, acercándolo a la zona donde la vegetación se tornaba más esponjosa. Le tendió una mano a Wren y la ayudó a desembarcar.

—El Larme queda a unos pocos kilómetros en esa dirección —dijo señalando de frente—. No deberíamos tardar más de un día en llegar hasta allí.

«¿Un día?» Wren dejó caer la mochila, que aterrizó con un golpe sordo en el suelo, y se quedó mirando la desalentadora espesura que se extendía a escasos pasos de donde se encontraban. Jamás habría sido capaz de dar con este lugar ella sola. Apenas había pasado el mediodía y ya estaba exhausta, principalmente a causa del calor, pero también de tanto retorcerse intentando acomodarse a sus nuevos apéndices.

—¿Y no hay una senda u otra forma más rápida de ir?

—No. A no ser, claro, que puedas llevarnos volando con esas alas tuyas —dijo Dyami con ojos chispeantes—. Venga, deja que te coja la mochila.

—¡No! —espetó ella—. Pero… gracias.

Se sonrojó y estrechó la mochila contra el pecho. Tampoco es que pudiera transportarla del todo cómodamente a la espalda, con las *cosas* esas.

—Es que llevo aquí dentro todo lo que significa algo para mí.

—¿En serio? —Dyami miró la mochila entornando los ojos—. Pues es un poco pequeña para eso. ¿No tienes a nadie?

—No. Es decir, sí, cla-claro que sí —tartamudeó, deseando que él dejara de mirarla con aquellos ojos penetrantes, como tratando de sondar su alma. Conseguía que se sintiera más cohibida de lo que ya estaba—. ¿Tú no?

Él eludió contestar y señaló en una dirección.

—Por aquí —dijo.

Dyami iba delante, arrancando las enredaderas y retirando las ramas muertas que les impedían el paso, abriendo camino metro a metro. Cada vez que uno de los dos levantaba un pie del suelo se escuchaba un grosero y embarazoso sonido de succión. Wren había perdido ya la cuenta de las veces que su zapatilla se había quedado atascada en el barro mientras ella seguía adelante. Todas las pesadillas sobre tierras movedizas que había soñado de niña llenaron su mente.

La extenuante faena y el sol abrasador se hicieron sentir y, más pronto que tarde, la camisa de Dyami estuvo empapada en sudor. Tenían los brazos y las piernas cubiertos de pequeños arañazos ensangrentados como consecuencia de la maleza y las picaduras de mosquito. Cuando Wren ya empezaba a dudar de que aquel viaje hubiese sido buena idea, Dyami soltó un repentino aullido de felicidad. Al otro lado de una última barrera de ramas se abría, por fin, un claro.

Agotados, se desplomaron en el suelo al pie de un viejo ciprés que crecía junto a un estanque, para recuperar el resuello y descansar un rato. Aquella caminata no se parecía en nada a los civilizados paseos que Wren daba con sus padres por los bosques de Maine para observar pájaros. Esto era una expedición para zapadores de primera categoría.

—No tardará en oscurecer —comentó Dyami, levantando la vista hacia el cielo crepuscular teñido de morado y naranja—. Deberíamos pasar aquí la noche.

—Pues yo no estoy como para dormir al raso, la verdad —respondió ella con aire irritado—. Llevamos caminando el día entero. Los insectos me están comiendo viva. El campamento de mi abuelo no puede estar tan lejos de aquí, ¿no?

—En estos bosques hay cosas peores que esos ácaros rojos. A una niña menuda como tú se la comerían enterita de un bocado. Retomaremos la marcha en cuanto amanezca.

—Venga ya, ¿no te parece que exageras un poco?

Wren se había dejado llevar por la impaciencia y tan pronto aquellas palabras salieron de su boca se arrepintió de haberlas pronunciado. Se encontraban en su territorio. Literalmente. Dyami solo intentaba mantenerlos a los dos a salvo, y ella acababa de insultarle. Pero tampoco es que importara demasiado. Era obvio que él no la estaba escuchando.

—No —dijo él por toda respuesta mientras inspeccionaba el suelo e iba recogiendo puñados de hierba seca y algunos palos.

Dyami cavó en la tierra húmeda, delante de ellos, un hoyo poco profundo y depositó en su interior su cosecha de broza; a continuación, sacó de uno de sus bolsillos una caja de cerillas y prendió un fósforo. La hierba seca y la madera mojada empezaron a humear y, justo cuando surgían las primeras llamas el sol se puso por completo. Dyami sopló con suavidad la hoguera incipiente y aguardó con suma paciencia a que prendiera del todo, alimentándola hasta convertirla en una llameante fogata. Esta era la clase de cualidades que Wren admiraba en los demás, en su padre, por ejemplo, porque se consideraba completamente carente de ellas.

—¿Qué pasa, que has sido boy scout o algo así? —bromeó.

Él no apartó la vista del fuego.

—Paso mucho tiempo en los bosques. Supongo que podría decirse que son los lugares como este los que mejor comprenden a la gente como yo.

—¿A la gente como tú?

—A los marginados.

Ella se acercó un poco más al fuego y pensó: «Entonces es el lugar perfecto para mí también».

Permanecieron un rato sentados junto a la hoguera, con la mirada perdida en las llamas, pero sin hablar. Dyami dibujaba garabatos en la tierra con un palo. Los bosques habían enmudecido casi por completo, y el fuego obraba maravillas manteniendo los mosquitos a raya.

—Sé que tú en realidad no quieres estar aquí —soltó Wren de repente.

Dyami levantó la vista y la miró con unos ojos que brillaron a la luz del fuego.

—Claro que sí. Este es mi hogar.

—¿Este? —Miró a su alrededor. ¿Y qué hacía?, ¿vivir en el bosque?

—Bueno, me refiero a la zona.

—Ya, pero aun así… No ha sido fácil. ¿Por qué haces todo esto por mí?

—Tampoco es para tanto —dijo él con expresión impasible.

—¡¿Qué?! —Wren soltó una carcajada—. Te estás arriesgando muchísimo y yo… Bueno, no me conoces de nada.

—Sí. Ya. —Dyami no la miró a los ojos, siguió contemplando el fuego, con la barbilla apoyada sobre sus rodillas.

Wren no acababa de entender por qué sentía la necesidad acuciante de llenar el silencio, pero lo cierto era que cuanto más se prolongaba este, más inquieta estaba ella.

—Solo quiero que sepas que te estoy muy agradecida. No estoy acostumbrada a que me ayuden, ni a que se preocupen por mí, dicho sea de paso. La gente con la que crecí fue…, bueno, la verdad es que fue horrible conmigo. Y eso que todavía no tenía a estas dos —farfulló mientras se llevaba la mano a la espalda.

Él la miró a los ojos un instante, y ella creyó leer comprensión en ellos. Comprensión y tristeza.

—Sé a lo que te refieres —contestó Dyami, que volvió a bajar la mirada hacia la hoguera.

Los ojos de Wren se iluminaron cuando pensó en la posibilidad de que tuvieran en común algo tan personal. Nunca habría dicho que el chico fuerte e independiente que tenía delante pudiera haber sufrido un comportamiento de ese tipo.

—¿A ti te acosaban también? —preguntó.

Dyami soltó una risotada.

—Podría decirse que sí.

—¿Quién te acosaba?

Dyami se tomó un momento y, con los ojos clavados en las llamas, pensó de qué modo podría expresarlo.

—Yo mismo.

22
LUCHAR O HUIR

Wren despertó sudorosa y dolorida en medio de una oscuridad casi total y rodeada por los sonidos de la noche en el bayou. Escuchó el reclamo y el griterío de los animales salvajes, el silbar y zumbar de los insectos…; el lugar bullía de vida a su alrededor. Lo que en un primer momento le había parecido tan mágico ahora se le antojó más bien amenazador, como si todas aquellas criaturas empezaran a cernirse sobre ella. Entonces oyó, con absoluta claridad, lo que pareció sonar como un grito de auxilio, un chillido que cortó el espeso aire nocturno. Aguzó el oído, por si acaso fuera su mente la que le estaba jugando una mala pasada, pero volvió a escucharlo. Con todo, no podía creer lo que estaba oyendo. «¿Un chajá moñudo? Esos pájaros son naturales de lugares como Argentina, no del bayou.» Los chajás son aves que se cree que ven fantasmas. Por eso gritan. Se piensa que viven acosados por las imágenes espectrales de los muertos vivientes que habitan entre nosotros. «El mal del fantasma», pensó.

—Dyami —llamó con voz quejumbrosa, mientras el dolor se intensificaba.

—Estoy aquí —susurró él. Ella se volvió hacia el fuego y vio su silueta, echando más hierba seca al rescoldo de la hoguera—. ¿Te encuentras bien?

Las llamas se reavivaron y Wren pudo verlo a él, así como todo lo que la rodeaba, con mayor nitidez.

—Pues la verdad es que no —contestó ella.

Se enderezó y estiró los músculos de la espalda con la expresión desencajada. El dolor palpitante que había sentido antes de que le brotaran las alas se había vuelto abrasador y se irradiaba por toda la espalda.

«¿Me las habré herido al caer o será por llevarlas vendadas de esta forma? ¿Es normal sentirlas así? ¿Estarán creciendo? ¿Querrán decirme algo?» Un millar de preguntas, todas sin respuesta, le rondaban la cabeza, pero había una que se repetía sin cesar: «¿Y por qué me han salido alas, para empezar?».

Dyami no le quitaba los ojos de encima.

—Puedes sacártelas, si quieres. Aquí solo vamos a verte las alimañas y yo.

Pero eso a Wren no le importaba demasiado; la que no quería verlas era ella. Negó con la cabeza y, al hacerlo, sintió que algo la atenazaba. Unos zarcillos fríos descendiendo por su columna como una advertencia. Una sensación inexplicable.

—Hay que irse.

—Estamos en mitad de la noche —dijo él.

—Tengo una mala sensación, Dyami —le advirtió poniéndose de rodillas—. Hay que salir de aquí ahora mismo.

—¿Y no será más bien que te encuentras mal? Tienes una herida en la cabeza. Además, ya sabes lo que se dice, ¿no? Eso de que por la noche se ve todo más negro. Venga, quedémonos aquí e intentemos dormir un poco. Saldremos mañana a primera hora.

—Mi padre siempre dice que no hay nada en la oscuridad que no esté ya ahí a la luz del día —añadió ella, mientras se ponía a recoger sus cosas.

—Pues no es por ofender, pero me parece que nunca ha estado en Moon Island.

—Yo no tengo miedo, ¿tú sí? —le pinchó ella.

—Qué va. Yo no me asusto con facilidad.

—Antes has dicho que te acosabas a ti mismo. ¿Qué querías decir? ¿Es que te sientes culpable por algo?

—Por todo, mejor dicho.

—Supongo que todos tenemos remordimientos, pero nosotros somos todavía un poco jóvenes para eso, ¿no crees?

—Los remordimientos empiezan cuando uno tiene conocimiento de las cosas —respondió él en un tono frío y estoico. Y no te lo tomes a mal, pero tú no sabes nada de mi vida.

—Pues entonces cuéntamelo.

—Me parece que antes prefiero reanudar la marcha en la oscuridad —dijo, recogiendo sus pertenencias y acercándose a la hoguera—. Además, en realidad tú tampoco me has contado nada acerca de ti. Como, por ejemplo, por qué estás aquí. La historia esa de tu abuelo es un poco vaga, chica, y dudo que haya muchos padres por ahí que dejen que sus hijas pequeñas crucen solas medio país para acabar en medio de ninguna parte.

Wren permaneció impertérrita y respiró hondo.

—Tú primero.

Dyami siguió allí plantado, con la cabeza inclinada, un buen rato, como si estuviera deliberando acerca de qué debía decir y qué no.

Bajó la mirada hacia ella. Tal y donde estaba, bañado por el resplandor anaranjado y las sombras del fuego, sus rasgos se veían más acentuados y afilados. Sus ojos más hundidos, su pelo más ingobernable, sus hombros más anchos. Se parecía más a un animal que a una persona. Un ser asilvestrado. Y, aun así, despedía un aire muy sereno. Un sosiego casi palpable para Wren, que todavía no sabía con certeza cómo respondería a su pregunta o si ni siquiera pensaba responder a ella. Dyami se agarró la camiseta por abajo y se la sacó por encima de la cabeza; así fue como Wren obtuvo su respuesta.

Cicatrices. Pequeñas. Grandes. Superficiales. Profundas. Unas cerradas, otras en carne viva. Desde el cuello hasta la cadera. Cruzándole la espalda, el pecho y el abdomen. En la parte superior de los brazos y en los hombros. Las sombras bailaban sobre su cuerpo, lamiéndole las heridas, otorgándoles un aspecto todavía más siniestro. Era como si ante sus ojos le hubiese sido revelado un mapa de abusos donde todas las carreteras conducían al mismo triste destino. Wren soltó un grito ahogado.

—¿Quién te ha hecho eso? —preguntó.

—¿Acaso importa? —dijo él dando un paso atrás, en actitud defensiva.

—Claro que sí —repuso ella casi al borde de las lágrimas, mientras acercaba su mano a una enorme cicatriz que le cruzaba el pecho de parte a parte—. Tu cuerpo es el escenario de un crimen.

Él permaneció en silencio.

—A ver si lo adivino, ¿fue tu padre? —preguntó Wren.

—Yo conocía sus normas. Las rompí. Me lo merecía.

—Nadie se merece algo así.

—Todo el mundo sufre de un modo u otro —sentenció él.

—Por dentro y por fuera —convino Wren, que en ese momento sentía cómo su propio dolor chillaba en su interior.

—A veces solo siento ese dolor, ¿sabes? —murmuró Dyami—. Hace que hagas cosas raras.

—Ya —admitió Wren—. El dolor es lo que me trajo hasta aquí. ¿Todavía vives con él?

—No. Me escapé. Hace años. La mujer esa de la que te hablé, ya sabes, la que vive aquí… Ella me cuida. A veces. La mayor parte del tiempo me cuido yo solito.

En ese momento, Wren reparó en un anillo de estrellas que lucía en la parte superior del brazo derecho. Era diminuto, de color azul, como pintado a mano con tinta.

—¿Eso te lo has hecho tú? —preguntó.

—Sí, a pesar de todo lo que él me hizo, me sirve de recordatorio —explicó—. Es mi cuerpo, mi universo, no el suyo.

Wren se palpó las alas por encima de la faja. Incluso aunque no se atreviera a mirarlas, ahora eran suyas. Siempre lo serían.

—Lo recordaré —afirmó, interceptando su mirada.

Ninguno de los dos parpadeó.

Wren experimentó una extraña sensación de mariposas en el estómago, desconocida hasta ese momento.

—Dame eso —espetó, de repente, haciendo ademán de quitarle la camiseta que él sujetaba en la mano.

Dyami se la entregó y ella, sin pensarlo dos veces, se puso a roer el cuello con los dientes hasta que consiguió rasgar la prenda por la mitad. Luego enrolló cada jirón al extremo de dos largas ramas de árbol y le tendió una de ellas a Dyami.

—¿Antorchas? —aventuró él.

—Antorchas —le confirmó ella.

El muchacho colocó la parte envuelta en tela sobre el fuego, pero no consiguió que prendiera.

—La camiseta está todavía demasiado húmeda de sudor —dijo Wren—. Espera un momento.

Wren se puso sus gafas negras de lectura y empezó a hurgar en su mochila hasta que dio con un frasco de gel hidroalcohólico.

—¿Qué es eso? —inquirió Dyami cuando ella se lo mostró con aire triunfal.

—Es desinfectante para las manos. He visto este truco en Internet —le explicó, mientras mojaba el tejido con el contenido del frasco—. Lleva alcohol. Verás cómo ahora sí funciona.

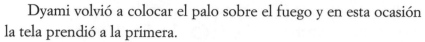

Dyami volvió a colocar el palo sobre el fuego y en esta ocasión la tela prendió a la primera.

—Vaya, vaya, estoy impresionado —comentó él—. Pero, bromas aparte, hay un montón de criaturas por ahí que se te desayunarían encantados.

—Puede. Pero yo me marcho —dijo ella—. Aquí hay algo que no me gusta. Quédate tú, si quieres.

Él encendió la segunda antorcha y se la tendió a Wren, que la levantó para observarle mejor. El fulgor anaranjado del fuego arrojó sombras de las llamas titilantes sobre la cara de Dyami, y durante un segundo cobró el aspecto de un guerrero con la cara pintada, preparado para la batalla.

—Si tú vas, yo voy —declaró con un tono de voz firme y poderoso.

23
DEMONIOS EN LA NOCHE

Wren pudo sentir su presencia antes de oírlos. Le entró un molesto picor en el cuerpo —tenía la piel de gallina y el vello erizado— y unas ganas irrefrenables de quitarse la sudadera y desplegar sus alas.

Algo los acechaba, agazapado en la noche. Esperando.

Por un segundo se preguntó si no serían los pájaros que la habían perseguido hasta Luisiana, pero enseguida pudo comprobar que no eran ellos. Comenzó como un zumbido lejano que muy pronto se transformó en un traqueteo ensordecedor, como el que produciría el tren más grande que nadie pudiese imaginar circulando a toda velocidad y fuera de control por una vía férrea.

De pronto, emergió de la oscuridad un tornado de criaturas aladas. Los bichos empezaron a volar en círculos alrededor de Wren y Dyami, lo suficientemente cerca para darse a conocer, pero lejos del alcance de las antorchas. Uno de ellos abandonó la formación y se lanzó en picado contra Wren como un kamikaze.

—¡Cuidado, Wren! —gritó Dyami al mismo tiempo que le asestaba un golpe con su antorcha.

La criatura cayó derribada y empezó a arder en llamas. Mientras chillaba y se sacudía, Wren no podía apartar la mirada de sus afilados dientes y de aquellos ojos rojos que la miraban en la oscuridad. Jamás había visto nada parecido.

—¡Son murciélagos! —exclamó Wren.

Dyami bajó la vista hacia la criatura moribunda y la remató de un pisotón.

—¡No! ¡Son Camazotz! —chilló él, agitando su antorcha sin cesar para mantener a raya a cuantas de aquellas fieras pudieran estar cerniéndose sobre ellos desde la negrura.

—¿Cama… qué?

—Son demonios.

Ella miró con más detenimiento aquella cosa muerta que tenía delante. No se parecía a nada que ella hubiese visto antes. Las alas eran iguales que las de un murciélago, pero tenía un cuerpo claramente humano.

Un vampiro.

De pronto, otro chillido ultramundano llenó el aire. Un grito de guerra. Wren se tapó los oídos con las manos.

Dyami la agarró y tiró de ella para refugiarse detrás de un árbol. Aguardaron en posición defensiva, con la espalda contra el tronco. Wren notó en los oídos el latido de su corazón, desbocado por la descarga de adrenalina, cuando la horda se lanzó al ataque.

Dyami les propinaba golpes con su antorcha como si esta fuera un bate de béisbol. Wren hacía otro tanto. Una a una, las criaturas iban cayendo al suelo con un desagradable golpe sordo, amontonándose en una pila de alas y cráneos rotos.

Aun así, Wren no tenía la sensación de que estuvieran haciendo la más mínima mella en las líneas enemigas. Tan pronto mataban uno, este era remplazado por dos más. Cuanto más férrea era su defensa, más feroz se volvía el ataque de los Camazotz. Actuaban de manera estratégica. Sincronizada. Igual que un escuadrón. Como si cada uno de ellos formara una pequeña parte de un todo más grande. Conformando una única y misma red. Con la mentalidad de un enjambre. Como abejas o pájaros volando en formación.

—¡Son demasiados, Dyami!

Este asintió con la cabeza, sin mediar palabra.

—¡Quédate aquí! ¡Llamaré su atención para que se alejen de aquí!

Salió corriendo y se esfumó en la oscuridad, vociferando, tratando de que lo persiguieran. Muchos lo hicieron, aunque no todos. Algunos se quedaron atrás, revoloteando alrededor de la cabeza de Wren mientras ella lanzaba golpes a diestra y siniestra.

Consiguió mantenerlos a distancia durante un rato, pero empezaba a estar cansada; los brazos le pesaban y el dolor de espalda era tan intenso que apenas se tenía en pie. Jadeando e incapaz ya de seguir erguida tras cada palazo al aire, Wren se acurrucó contra el tronco retorcido del ciprés. Las criaturas debieron de percibir su extenuación, porque se reagruparon en las ramas de los árboles cercanos, donde solo el brillo de sus ojos inyectados en sangre permitía adivinar su posición en la negra noche.

—¡Dyami! —llamó, escudriñando la oscuridad.

No obtuvo respuesta.

Wren ya no podía divisar la luz de su antorcha entre la vegetación del bosque. Estaba sola, y las llamas de su hachón se estaban extinguiendo con rapidez. Una vez completamente a oscuras no tendría la menor oportunidad.

«Tendría que haberle hecho caso», pensó presa del pánico.

Entonces, respiró hondo y hundió sus pies en el manto de ramas podridas, cortezas astilladas y hojarasca que cubrían la tierra enlodada. El crujido de las hojas le dio una idea.

—Necesito una antorcha más grande —dijo en voz alta.

Se metió la mano en el bolsillo, sacó el frasco de desinfectante para las manos y roció con la práctica totalidad de su contenido las pequeñas ramas cubiertas de hojas secas que pendían sobre su cabeza. Esperó a que los Camazotz tomaran la iniciativa del ataque y, cuando lo hicieron, vertió el líquido sobrante sobre las llamas de su antorcha. Luego, la levantó hacia las ramas y prendió el árbol como si de un cohete del 4 de Julio se tratara, permaneciendo allí, con el brazo en alto, como una Estatua de la Libertad del siglo XXI.

Algunas de las criaturas perecieron con el estallido de las llamas, tal y como ella pretendía, las otras cambiaron su trayectoria y se lanzaron en picado al ataque. Pero, esta vez, Wren estaba preparada. Podía verlas aproximarse.

—¡Vamos, malditos chupasangres, venid a por mí! —los retó—. ¡Estoy aquí!

Mientras abatía un Camazotz tras otro, llamando a gritos a Dyami a cada porrazo, Wren no pudo evitar preguntarse si serían estas mismas criaturas las que habían acabado con la vida de su madre.

Por cada dos que mataba, otro conseguía alcanzarla. Le mordían la ropa y la piel, y le rasgaron la camisa y la faja. Podía sentir su cálido aliento, el tacto de sus largas lenguas viperinas, los aguijonazos de aquellas alas huesudas que batían sin cesar. Aunque lesionada y dolorida, Wren siguió defendiéndose de manera despiadada. La pila de demonios muertos crecía conforme estos iban estrellándose contra el suelo, a su alrededor, con un crujido de huesos rotos. Se percató de que uno de ellos había conseguido llegar hasta su mochila justo en el momento en que este emprendía el vuelo portando entre sus dientes la instantánea en la que aparecía su madre con el anillo puesto.

—¡No! —gritó—. ¡Devuélvemela!

La criatura desapareció en el cielo nocturno. La había perdido para siempre. El pálido y hermoso rostro angelical de su madre en las fauces de un monstruo demonio.

Las llamaradas que habían envuelto al árbol menguaron y dejaron las ramas en ascuas y humeantes. El tableteo de alas y los chillidos de los demonios moribundos cesaron. Todo quedó en silencio.

Entonces Wren vio unos ojos rojos que la escudriñaban desde un árbol cercano y resopló exhausta. «Esto no se ha acabado», se dijo. Todavía había uno aguardando a lanzarse al ataque desde la negrura.

Wren resistió la tentación de salir corriendo.

—Solo quedamos tú y yo —suspiró entre dientes, ignorando la sangre y el dolor.

Esperó como un jugador de tenis anticipándose al servicio del contrario. Y, entonces, sin previo aviso, el demonio despegó del árbol, chillando, con la boca abierta y salivando, al mismo tiempo que ella lo invitaba a acercarse con su mano diminuta.

El último de los Camazotz se lanzó en picado contra ella y aterrizó sobre su cabeza, donde se enredó entre sus rizos de color rubio sucio, que empezó a arañar con sus garras. Wren sintió cómo se desgarraba su cuero cabelludo y un cálido hilo de sangre empezaba a descenderle por la nuca. La criatura siguió cebándose en su pelo, revoloteando frenético sobre la cabeza. Ella soltó la antorcha y se quitó el bicho de encima atrapándolo por el cuello. El Camazotz se retorcía entre sus manos, lanzando chillidos. Al tacto, su piel flácida parecía la de un gato sin pelo. Wren levantó los brazos y sostuvo delante de ella a la criatura, que tenía mechones de su pelo colgando de las alas y la boca.

Se miraron de hito en hito.

El animal extendió las garras y enseñó sus afilados dientes, resistiéndose a rendirse, amenazándola, provocándola. Wren quiso volver la cabeza. Mirar para otro lado. Soltarlo. Jamás había matado a una criatura con sus propias manos, aparte de la urraca aquella, y en esa ocasión lo hizo por compasión. Pero, claro, hasta entonces nada ni nadie había intentado matarla. De repente, se vio poseída por un feroz instinto animal, una suerte de impulso primigenio que acabó de un plumazo con todas sus dudas. Miró a la criatura y apretó su cálido cuerpo con todas sus fuerzas.

—¿Le hiciste daño a mi madre? —preguntó rabiosa, estrujándolo más aún.

La entendió, o al menos eso le pareció a Wren. En sus ojos pudo captar una mirada cargada de inteligencia así como de malvadas intenciones.

La criatura volvió a mostrarle los dientes y sacó su lengua bífida, casi como si se riera de los esfuerzos de ella.

—¿Lo hiciste? —preguntó de nuevo, tensando las manos en torno al animal.

La mandíbula del Camazotz se relajó y su boca quedó abierta, muda. La cabeza se le abatió hacia un lado. La vida que quedaba en sus ojos inyectados en sangre y en su repugnante cuerpecillo desapareció. Wren abrió las manos y la bestia cayó al suelo.

Muerta. Por primera vez desde que entraron en el bosque Wren se sintió realmente aterrada. Hincó las rodillas en el suelo.

—¡Dyami! —gritó con desesperación una y otra vez, incapaz de contener las lágrimas.

Pero la única respuesta que obtuvo fue el eco de su propia voz, resonando entre los árboles.

Se había marchado.

Estaba sola.

En lo único que podía pensar era en el diario de Hen. No se equivocaba. El lugar estaba maldito. Y Dyami…, él también tenía razón. Tendrían que haberse quedado en aquel claro del bosque, como él le había pedido.

Vencida por el cansancio y cubierta de heridas sangrantes, Wren hizo acopio de cuantas fuerzas le quedaban para gritar su nombre por última vez.

—¡Dyami! —llamó, mientras regresaba a duras penas al claro y se desplomaba en el suelo.

Rompió a llorar otra vez, aunque ahora no lo hizo de miedo ni de tristeza por haber perdido a Dyami, sino a causa del dolor insoportable que sentía en los omóplatos. Notó que se estaba mareando. Debajo de ella, el suelo del bosque empezó a girar vertiginosamente hasta que, finalmente, cedió y se dejó vencer por el sueño.

24
MARIONETA

Antes de recuperar la conciencia del todo, Wren sintió que algo tiraba de uno de sus tobillos. Luego le tiraron del otro y, a continuación, también de ambas muñecas. No sabía si eran ligaduras o si la estaban atando a algo. De lo único que estaba segura era de que no estaba del todo despierta, pero sí totalmente inmovilizada. Con enredaderas. Podía notar cómo se las liaban con fuerza a brazos y piernas, casi cortándole la circulación.

—¿Qué me estás haciendo? —gritó a su desconocido asaltante, mientras una descarga de adrenalina la empujaba a intentar zafarse de las ligaduras—. ¡Para!

De pronto sintió cómo su cuerpo era levantado del suelo muy despacio. Hizo un esfuerzo para abrir sus párpados pesados y descubrió que empezaba a elevarse hacia las copas de los árboles, como el mercurio en un termómetro. Entonces vio a los pájaros. Volando por encima de ella. Wren dejó de retorcerse, pues habiendo alcanzado ya semejante altura, una caída sería mortal. Solo podía dejarse llevar. Ceder y ponerse en sus manos.

Wren siguió ganando altura, sobrepasando la línea de árboles, izada por los pájaros. Desde lo alto, el mundo le pareció distinto y, a la vez, curiosamente familiar. Era como un sueño recurrente que tenía de niña, en que sobrevolaba desde las alturas la linde del bosque de Maine, siguiendo la rocosa línea costera donde el agua se encontraba con los árboles.

Ahora podía ver a kilómetros de distancia. Una vista de pájaro. El exuberante verdor del bosque y la cuenca se extendía bajo ella, donde canales, riachuelos y afluentes parecían discurrir entre los pantanos como venas y arterias, confiriendo vida a los humedales.

Mientras tanto, surcaba el cielo como una marioneta humana.

—¿Adónde me lleváis? —gritó.

Pero los pájaros tenían una misión que cumplir y no le hicieron caso. Debían concentrar todos sus esfuerzos en transportarla.

Wren podría haber jurado que reconocía la zona por los mapas de Hen. El claro, la disposición de los viejos graneros y el lago de aguas mansas, que tenía la misma forma que un corazón roto, con una mitad ligeramente desplazada hacia arriba. «El lago de las Lágrimas —pensó—, ahora lo entiendo.» Al instante supo dónde estaba. Era el campamento de su abuelo. Los pájaros la estaban llevando hasta Hen.

A punto estuvo de romper a llorar de puro alivio.

Ahora solo podía pensar en una ducha de agua caliente, en una cama más calentita aún y en un abrazo de la familia. Eso era todo lo que necesitaba.

A lo lejos, por una abertura entre las copas de los árboles, se elevaba una columna de humo demasiado fina para que proviniese de un incendio, pero lo suficientemente gruesa como para descartar una hoguera de campamento. Los pájaros lo sobrevolaron, ladeándose hacia la derecha y dibujando círculos a su alrededor. La humareda procedía de una pequeña choza pintada de azul y verde que parecía flotar sobre la pantanosa orilla, sostenida como estaba sobre unos pilotes lamidos por las aguas del lago: era la casa de Hen. Cuando las aves iniciaron el descenso, Wren se dio cuenta de que salían llamas de debajo de la casa.

—¡Fuego! —gritó en el aire estancado—. ¡Se está incendiando! ¡Soltadme!

De pronto, sintió cómo las ligaduras que ataban sus muñecas y sus tobillos se aflojaban. Y empezó a caer. Dando tumbos. No como una hoja, sino más bien como un ladrillo. Un peso muerto. Traicionada por sus amigos emplumados y por sus propias alas.

Los pájaros permanecieron en formación en lo alto, muy por encima de ella, observando cómo caía. Wren no hubiese podido decir con certeza si era ella la que se precipitaba hacia el suelo, o si era este el que ascendía a toda velocidad hacia ella. Aunque tampoco es que importara demasiado.

Cerró los ojos y pudo sentir el viento girando a su alrededor.

La caída debería de haber bastado para hacerla perder el conocimiento y, de hecho, así habría sucedido de no ser por el dolor de su espalda. Era agudo, insoportable, como si la piel de sus omóplatos se estuviera desgarrando. Y entonces escuchó un crujido tremendo, un sonido semejante al que se imaginaba que podría sentir un atleta al romperse un ligamento o fracturarse un hueso.

Vio un chorrillo de una fina sustancia sanguinolenta de aspecto pegajoso caer por delante de ella.

Y el dolor se esfumó de repente. Miró hacia el suelo y contempló cómo dos sombras aerodinámicas se desplegaban a ambos lados de su cuerpo. Pasados unos segundos supo con toda claridad que aquellas sombras eran alas, sus alas, y que ya no iba a necesitar un espejo ni nada semejante para verlas. Estaban completamente desarrolladas, abiertas como un paracaídas, y su silueta era ahora la de un ave poderosa que hacía honor al nombre que su abuelo había elegido para ella.

Trató de batirlas, desesperada, para poder volar, pero no lograba controlarlas. Aunque tambaleándose, consiguió estabilizarlas lo suficiente como para reducir la velocidad del descenso justo antes de estrellarse contra los árboles. Luego fue golpeándose contra una rama tras otra hasta que aterrizó en el suelo. Con fuerza.

Acarició las sedosas plumas de color gris plateado y puntas rosáceas que, aunque lamidas por el viento, seguían húmedas. Al tacto, parecían las de esos polluelos de águila que exhiben en algunos parques de conservación de la naturaleza. Y, aunque asqueada, sentía demasiada curiosidad como para no tocárselas.

Estaba frustrada, pero también orgullosa, como cuando uno de esos pilotos de caza de antaño regresaban a la base con una de las alas de su avión destrozada de metralla. Y, al igual que ellos, tosía sin parar a causa del humo que, en su caso, avanzaba entre los árboles. El campamento del abuelo Hen, o lo que quedara de él, no estaba lejos de allí.

Echó a andar por el bosque y siguió la densa humareda en dirección al fuego, arrastrando por el suelo una de sus alas. El chisporroteo de la madera ardiendo y el crujir de los tablones viniéndose abajo resonaba en el aire y, cuando por fin llegó a la choza, comprobó que esta tenía todo el aspecto de estar a punto de venirse abajo.

—¡Abuelo! —chilló mientras echaba a correr hacia la casa.

Antes de que pudiera darse cuenta, se encontraba en medio de las ruinas humeantes, buscándolo. Entre el humo pudo distinguir, en la parte de atrás de la cabaña, una silueta escuálida y barbuda. Un hombre para ella casi irreconocible que yacía en su cama, sin conocimiento e indefenso.

Lo agarró del cuello de la camisa y tiró de él con todas sus fuerzas. De cerca, parecía más que viejo, casi como un faraón recién sacado del sarcófago. Y fue entonces, al levantarlo, cuando la vio. Una corona de muerte, igual de elaborada que la de la almohada de su madre, solo que Hen la tenía pegada a la coronilla, enredada en su abundante mata de pelo canoso.

—Abuelo, despierta, soy Wren —dijo, con la esperanza de que su voz pudiera reparar el daño que ya le habían hecho—. Ya estoy aquí. Ahora todo irá bien.

La cabaña había empezado a tambalearse; era solo cuestión de minutos que los pilotes cediesen. Wren lo cogió por debajo de los brazos y lo sacó a rastras, alejándolo de la estructura en llamas.

Y lo hizo justo a tiempo.

La choza de Hen se derrumbó sobre el pantano y desapareció bajo las aguas, dejando como único rastro de su existencia una capa de cenizas y su recuerdo.

—Por favor, abuelo, dime que estás bien. Te lo ruego —suplicó.

Levantó la vista hacia las volutas de humo que ascendían hacia las estrellas y formuló un deseo desde el fondo de su alma.

Al cabo de unos momentos, Hen abrió los ojos lentamente.

—¿Wren? —murmuró, tanteando débilmente en busca de la mano de la muchacha.

Se notaba que estaba sufriendo, que le costaba hablar. Tenía la barba blanca manchada de barro, y las manos, con cortes y sangrando, le temblaban. Fuera lo que fuese que le hubiese ocurrido, pensó, tenía suerte de seguir vivo.

Poco a poco, sus ojos empezaron a enfocar la vista, primero en las lágrimas de ella y, luego, en sus alas. Los abrió como platos.

Y también los suyos se llenaron de lágrimas.

—Estoy aquí —lo tranquilizó Wren, apartándole el pelo de la cara—. Ya estoy contigo.

Wren sacó su botella de agua, le levantó la cabeza y con delicadeza le dio de beber. Le limpió de sangre de la frente mientras las pavesas se elevaban desde su casa al cielo nocturno.

—Magia negra —susurró—. Hay mucho mal en este lugar.

El anciano divagaba confuso. Respiraba con dificultad. Estaba pálido. Cubierto de picotazos. Tenía heridas abiertas y, sobre todo, miedo. Estaba asustado.

—No tendrías que haber venido —dijo.

—¿Por qué, abuelo?

Puso los ojos en blanco y de sus labios brotó una seria advertencia justo antes de que perdiera de nuevo el conocimiento.

—Es una trampa, Wren.

25
EL LENGUAJE DE
LOS PÁJAROS

Wren no perdía de vista a su abuelo mientras este, al que siempre había considerado un hombre alegre y lleno de vida, luchaba por sobrevivir. Había tantas preguntas que deseaba hacerle…, pero no era el momento. Hen necesitaba dormir.

Aun así, era reconfortante estar a su lado. Con la familia. Le invadió una rotunda sensación de satisfacción por haber conseguido dar con él, a pesar de todo, y por hallar de esta manera, finalmente, la razón que justificaba su viaje.

«Puede que ahora papá ya no me castigue para siempre», pensó mientras agarraba a su abuelo fuertemente de la mano, negándose a soltarlo ni por un segundo.

Al cabo de un rato, Hen volvió a abrir los ojos.

—Creía que estaba soñando —dijo en un susurro.

—No, abuelo, estoy aquí de verdad —repuso ella, tratando de tranquilizarlo.

Le levantó la cabeza y le dio agua de beber.

—¿Cómo has logrado dar conmigo?

Wren se echó una mano a la espalda y tiró de una de sus alas hacia delante. Hen consiguió esbozar una sonrisa melancólica. Soltó un gruñido de dolor y se incorporó, apoyándose sobre los codos para no perder el equilibrio. Luego, la miró como lo hacía cuando ella no era más que una niña y estaba dando sus primeros pasos.

—Estaba seguro de que este día llegaría —dijo—, pero no tenía ni idea de que sería de esta manera.

—Entonces ¿lo sabías? —replicó ella.

Hen asintió ligeramente con la cabeza, extendió una mano y tocó el ala, recorriendo con sus dedos las puntas de sus plumas. Wren adivinó que no era la primera vez que él veía unas alas como aquellas y se le hizo un nudo en la garganta.

«Mamá. Claro.»

—Hubiese querido estar contigo llegado el momento —admitió—. ¡Qué miedo y qué dolor habrás pasado! Y estabas sola y confusa, sin nadie que te consolara.

—Estoy bien —respondió ella dándoselas de valiente.

—Son verdaderamente extraordinarias, ¿a que sí? —comentó él con asombro—. La gente no tiene la menor idea de lo que pasa por ahí; viven en la inopia con respecto a todas estas cosas.

—¿Se parecen a las de ella? —preguntó Wren.

Hen supo que había llegado la hora de sincerarse; su nieta había clavado su mirada en sus ojos azules y buscaba respuestas.

—Sí, Wren —afirmó—. Eres igual que tu madre.

Wren bajó la mirada.

—De una belleza sobrenatural —declaró—. Exactamente como la de ella.

Wren se inclinó hacia él para ayudarlo, pero su abuelo la rechazó obstinadamente con un gesto de la mano. Se puso de rodillas tras contener la respiración, se levantó y, después de inspeccionar sus alas, pasó a contemplar los daños que había sufrido su campamento. Sus trabajos de investigación, su equipo, su vida, todo yacía desparramado por el lugar hecho trizas o quemado. No había nada que pudiera rescatarse.

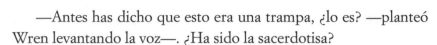

—Antes has dicho que esto era una trampa, ¿lo es? —planteó Wren levantando la voz—. ¿Ha sido la sacerdotisa?

—¿Quién te ha hablado de ella?

—He leído tus notas —contestó Wren, sujetándolo del brazo para que no perdiera el equilibrio—. Y también mi amigo me ha contado cosas sobre ella.

—¿Amigo? ¿Qué amigo? —preguntó él con suspicacia—. No he escuchado a nadie utilizar esa palabra por estos lares.

—Al parecer, todo el mundo la teme —prosiguió Wren—. Tienen miedo hasta de pronunciar su nombre.

—Ahora ya sabes por qué.

—¿Ha sido ella la que te ha hecho esto?

Hen asintió con la cabeza. Luego se acercó renqueante hasta Wren para darle un abrazo en condiciones.

—Ven aquí, mi pequeña valiente.

Ella se encogió de dolor antes de que él pudiera tocarla siquiera. Tenía las plumas despeluchadas y uno de los huesos de un ala desencajado.

—¿Qué? ¿Un aterrizaje forzoso? —comentó él.

—Bueno, difícilmente podría llamársele un aterrizaje —contestó ella—. Me he estrellado, más bien.

Hen observó el ala con atención y la examinó delicada y metódicamente, como si estuviese diagnosticando un simple esguince de tobillo. Por fantástico o increíble que fuera el problema que se le presentase, él siempre actuaba de manera práctica. Y por eso precisamente era el mejor ornitólogo forense que existía: no necesitaba pruebas para creer en algo; al contrario, exigía evidencias para no hacerlo.

—Mi ángel caído del cielo —terció—. Por la pinta que tiene, debe de doler.

—Pues sí.

—Bueno, ya sabes qué se hace cuando un pájaro se rompe un ala o un caballo se fractura una pata, ¿no? Se le pega un tiro y punto.

Ella lo miró boquiabierta.

—¡Venga ya, abuelo! ¡No lo dirás en serio!

Hen le dedicó aquella mueca traviesa que ella tan bien conocía y adoraba, y Wren sonrió. Su abuelo volvía a ser el mismo de siempre.

El anciano recogió de entre los restos diseminados por el suelo unos cuantos pedazos rotos de malla, algunas astillas de madera y un trozo de cuerda quemada.

—Tendrías que estar descansando —dijo Wren, mientras observaba cómo su abuelo fabricaba un entablillado con manos temblorosas.

—Me encuentro bien —la tranquilizó él—. Tú has pasado lo indecible, así que no te preocupes por este viejo.

Palpó el hueso con delicadeza, pero con mano firme.

—Muy bien —prosiguió mientras sostenía el ala en posición—. Ahora respira hondo.

Wren tomó aire mientras Hen colocaba la cuerda alrededor del hueso roto y luego la ataba con firmeza, inmovilizándola.

—¡Ayyy!

—Lo siento, cielo —se disculpó, mientras le limpiaba las lágrimas igual que lo había hecho siempre que ella lloraba—. Antes de que te des cuenta estarás como nueva.

—¿Me lo prometes? —preguntó ella riendo y llorando a la vez.

Su abuelo se alejó y empezó a recoger lo que quedaba de su choza, despejando un espacio en el interior de la estructura superviviente y deshaciéndose de los restos formando una pila.

—Leña —bromeó, o al menos trató de sonar divertido.

—¿Y qué pasa con Dahlia? —preguntó Wren.

Hen dejó lo que estaba haciendo y le dedicó a Wren toda su atención.

—Dahlia es una sacerdotisa vudú. Una bruja de los pantanos. Practica la magia roja y la magia negra: hace sortilegios, lanza maldiciones, ya sabes, esa clase de cosas.

—¿En serio te crees eso?

—… preguntó la niña con alas… —contestó él con una risita—. De todos modos, lo que yo crea o no es irrelevante, Wren. Yo soy científico. Me guío por las pruebas. Y lo que estás viendo aquí en este momento es la prueba de un poder increíble.

Ella solo pudo pensar en Dyami y en qué habría sido de él.

—De una ira increíble —añadió Wren.

—La temen y con razón. Prácticamente todos los proyectos de investigación científica que se desarrollaban en esta zona han cesado su actividad. Los jefes de departamento de las universidades y los burócratas de las agencias estatales lo han justificado dando las excusas de siempre. Que si falta de fondos, que si alteración del hábitat, que si impacto medioambiental. Pero es todo mentira —prosiguió—. Hasta la policía local evita este lugar como a la peste.

—¿Por qué? ¿Porque le tienen miedo?

Él hizo un gesto de asentimiento.

—Yo he visto cosas aquí… —dijo Hen, dejando que su voz se apagara—. Cosas monstruosas. Criaturas de los pantanos que se sabe que solo existen en las leyendas del lugar y a las que ella ha dado vida.

—Yo también las he visto —confesó Wren—. Murciélagos vampiro con ojos rojos brillantes.

Hen tragó saliva.

—Este no es un lugar seguro para ti, Wren —afirmó muy serio—. Si apenas consigo protegerme a mí mismo, ¿cómo voy a protegerte a ti?

—Entonces ¿por qué te quedaste? —le presionó Wren—. ¿Por qué no te fuiste de aquí?

Él no contestó. Se limitó a sacudir la cabeza y a bajar la mirada hacia el suelo.

—¿Y qué tenemos mamá y yo que ver con todo esto? —insistió Wren.

—Cuando te he dicho que esto era una trampa, me refería a que te han atraído hasta aquí, Wren. Creo que Dahlia os quería a las dos, y sabía que tú acabarías viniendo en busca de respuestas.

—¿Por qué nos quiere? ¿Para completar su colección de criaturas monstruosas?

La mirada de Hen se enterneció.

—No me estarás diciendo que te consideras un monstruo, ¿verdad?

Wren hizo un gesto abrupto señalándose la espalda.

—¿Cómo que no? ¿Y esto de aquí? ¿A ti qué te parece?

—Ay, mi pequeña Wren. No conozco todas las respuestas. Todavía no —contestó Hen—. Pero estuve tan cerca…

—¿Qué quieres decir con que *estuviste* tan cerca?

—Tu madre tomó las riendas del asunto en contra de mi voluntad cuando… cuando desapareció. —Hen bajó la cabeza, abatido.

—¿Qué hizo?

Él sacudió la cabeza y levantó las manos con las palmas hacia arriba.

—Me he pasado este último año intentando averiguar la respuesta a esta pregunta.

—Pues yo no pienso marcharme de aquí hasta que descubra qué le pasó a mamá y qué me ha pasado a mí. Porque, vamos, ¡que yo sepa los humanos no tienen alas!

La expresión de Hen se tornó circunspecta de repente.

—Tú sí —replicó—. Y, no obstante, sigues siendo Wren. Ni unas alas ni ninguna otra cosa podrán cambiar eso jamás.

Wren miró al suelo y contempló su sombra. Desde aquella perspectiva, tenía el aspecto de algún tipo de ave de presa monstruosa. Meneó los omóplatos, y sus alas se abrieron un poco. Tenía que reconocer que las líneas de su silueta eran fabulosas. Lo más probable era que con las dos alas extendidas del todo, una vez sanada la fractura, contara con una envergadura impresionante.

—Es curioso, me siento como si las hubiera tenido toda la vida.

—Eso es porque siempre han estado ahí —dijo él—. Dentro de ti. Y el interior es lo que cuenta, Wren, lo sabes, ¿verdad?

Ella rio con acritud. ¿Cuántas veces le habían dirigido sus padres esas mismas palabras?

—Siempre he pensado que esa frasecita no era más que uno de esos eslóganes estúpidos sobre el poder de las chicas que mamá y papá me endosaban cada dos por tres para que no me sintiera mal por no tener amigos.

—Tus alas han madurado contigo, pero siempre han formado parte de ti; tanto como las plumas con las que naciste.

—¿Qué plumas? —Wren miró a su abuelo como si pensara que este se había vuelto loco.

—Ese exquisito plumón que tu padre guarda bajo una campana de cristal en su despacho y por el que no dejabas de preguntar.

Al escuchar esas palabras, Wren sintió como si le hubiese caído encima una tonelada de ladrillos. Se puso a temblar.

—Sí, papá me dijo que esas plumas pertenecían a una rara especie que llevaba años estudiando.

—*Tú* eres esa especie rara —declaró Hen.

—¿Qué?

—Tú naciste cubierta con ese plumón.

—¿Me estás diciendo que mi padre lo sabía? —preguntó—. ¿Que mamá sabía que me iba a pasar esto?

Él asintió con la cabeza.

—¿Y por qué no me lo dijeron?

—Ninguno sabíamos realmente lo que significaba. Es más, seguimos sin saberlo. Tu padre hizo lo que creyó correcto —dijo Hen. Era la primera vez que Wren lo escuchaba ponerse de parte de su yerno.

«Por supuesto que lo sabían —pensó Wren—, ¿cómo no iban a saberlo?»

Pero en lugar de sentirse traicionada, solo experimentó alivio. De repente, todo cobró sentido. Hay personas que, en un momento de crisis, ven cómo su vida se rompe de golpe en mil pedazos delante de sus ojos. En el caso de Wren, fue todo lo contrario, casi como si en ese mismo instante esa última pieza del rompecabezas gigantesco que era su vida hubiese encajado por fin en su lugar. Todas aquellas preguntas a medio resolver acerca de qué la hacía diferente y por qué nunca parecía encajar en ninguna parte se vieron respondidas en un abrir y cerrar de ojos.

Wren levantó la mano y contempló el anillo del ojo de pájaro que llevaba en el dedo. Por primera vez se vio reflejada en él. No era la piedra, sino ella misma, la que le devolvía la mirada desde la brillante superficie.

Hen cogió la mano del anillo y la apretó fuerte.

—El anillo es de tu madre —explicó—. Lo llevaba puesto cuando desapareció. Ahora bien, no tengo ni idea de cómo ha podido llegar hasta ti el condenado.

Los pájaros de los árboles empezaron a piar y cantar con un regocijo desatado, revoloteando de rama en rama, hinchando el pecho con orgullo.

—Yo sí lo sé —dijo ella, un poco disgustada por cómo los había tratado en el pasado—. Han sido los pájaros. Todo este tiempo han estado intentando decirme algo, transmitirme un mensaje. De parte de ella. Ojalá comprendiera qué es.

—Dahlia lo sabe. Desde que estoy aquí, ha tenido una decena de ocasiones para matarme y, sin embargo, no lo ha hecho —dijo Hen con escepticismo.

—¿Por qué? ¿Acaso sabía que yo acabaría viniendo?

Hen paseó la mirada por el campamento devastado.

—Sí —contestó—. Y ahora sabe que estás aquí.

26
TROTAMUNDOS

Hen subió la escalera improvisada que había fijado a un viejo ciprés y se dispuso a montar guardia sobre el lago desde su desvencijada atalaya, la única estructura del campamento que no había quedado inservible. La plateada superficie estaba tranquila, y poco o nada dejaba traslucir de la naturaleza maldita de sus aguas. El anciano poseía el temperamento idóneo para su oficio, tanto para ser científico como investigador. Podía permanecer a la espera, vigilante, hasta el fin de los días. Una cualidad que Margot había heredado de él, no así Wren. Su impaciencia estaba acabando con ella, reconcomiéndola por dentro como si de alguna suerte de parásito se tratara.

—Llévame a la otra orilla del lago, abuelo —le rogó—. Por favor.

Hen se enjugó la frente y el labio superior para secarse el sudor provocado por el aire húmedo y estancado de la mañana y, ahora, por la inquietante petición de su nieta.

—Eso es precisamente lo que quiere Dahlia. No puedo correr ese riesgo —dijo—. No podemos.

—Pero, en realidad, no sabes lo que quiere.

—Sé que no es nada bueno, Wren.

—No podemos quedarnos aquí esperando para siempre —rezongó ella, paseando la mirada por el asolado campamento—. No tenemos comida ni tampoco un sitio donde refugiarnos. Hay que hacer algo.

Hen guardó silencio. Wren podía sentir cómo la desaparición de su madre pesaba como una carga invisible en el corazón de su abuelo. Tenía la sensación de que ella era la razón por la que él se había quedado allí. No para proseguir con la expedición en su nombre, como les contó en la carta, sino porque no podía soportar la idea de abandonarla.

Sobre el lago empezaron a congregarse unos nubarrones que ensombrecieron el cielo proporcionando un telón de fondo propicio para la incómoda conversación que mantenían en ese momento. Poco después, una lluvia ligera comenzó a caer: el mismísimo firmamento se enjugaba la humedad reinante estrujando las nubes como si fueran una gran esponja empapada.

—Date un poco más de tiempo —respondió él—. Esa ala tiene que curarse.

—No sirven para nada, lo mismo que yo —se lamentó Wren—. Porque, a ver, ¿quién se destroza un par de alas que no funcionan? Ni siquiera he tenido la oportunidad de utilizarlas todavía.

—Ten paciencia, Wren.

Wren andaba dando vueltas por el bosque, murmurando para sí y tratando de idear la manera de convencer a Hen para que la condujera hasta el campamento de Dahlia, cuando le escuchó dar un grito de alarma.

—¡Ahí está otra vez!

Wren echó a correr hacia la atalaya pensando que un oso, un caimán o una de aquellas criaturas legendarias que su abuelo decía que Dahlia había recreado estaba invadiendo el campamento; su ala rota haciendo que se estremeciera de dolor a cada zancada y el entablillado enganchándose e impidiéndole la marcha. Pero cuando llegó, casi sin aliento, solo vio a Hen, que con la mano apoyada en la frente a modo de visera miraba concentrado algo situado a lo lejos, al otro lado del lago.

—¿Qué es? —preguntó Wren, aplacados rápidamente sus peores temores.

Hen no contestó, sino que siguió escudriñando la lejanía con los ojos entornados. Era evidente que estaba perdido en sus pensamientos.

Wren trepó hasta la plataforma y lo vio: sobrevolaba en círculos el extremo más alejado del lago, pespunteando las nubes bajas como una aguja voladora.

—Un cuervo blanco —susurró abriendo mucho los ojos.

—Hasta ahora solo lo había visto dos veces en mi vida. Ayer, antes de que atacaran mi campamento, lo estuvo sobrevolando un rato y luego se posó sobre el tejado de mi cabaña. Pude sacarle un puñado de fotografías antes de que alzara el vuelo.

Hen sacó una pequeña cámara fotográfica del bolsillo de su pechera y empezó a pasar fotos para demostrárselo, como buen científico e investigador que era.

—Tenía que asegurarme de que no era un cuervo albino. Son distintos, tanto desde el punto de vista genético como desde el simbólico. El cuervo blanco es un pájaro leucístico, es decir, carece de pigmentación en las plumas, sobre todo, pero no en los tejidos blandos. Tiene los ojos negros y no rosas como los de los ejemplares albinos.

—Mutantes —murmuró Wren—. Inadaptados.

—Los cuervos pueden simbolizar muchas cosas. Hay quien los ve como portadores del mal agüero y otros los consideran mensajeros. Para unos dan vida, para otros son aves carroñeras. Cuentan que Apolo, el dios de las profecías, envió un cuervo blanco para que espiara a su amante.

—Pues no debía de ser muy clarividente si tuvo que recurrir a un pájaro para que le contara qué estaba pasando.

Hen sonrió.

—Ni siquiera los más poderosos están libres de los celos y el autoengaño cuando la verdad es demasiado dolorosa.

—Lo recuerdo. Me lo contó mamá. La amante de Apolo lo engañaba. A él no le gustó la noticia que le dio el cuervo y lo volvió negro.

—Así es.

—Yo también he visto antes a ese cuervo —reconoció.

Hen guardó silencio.

—Cuando estaba en el cementerio y empezaron a salirme las alas —prosiguió Wren—. Este pájaro se puso a picotearlas, me las sacó del todo. Yo creía que era Marie Laveau, ya sabes, por eso que cuentan de que se dedica a sobrevolar el cementerio por las noches encarnada en un pájaro de color blanco.

El anciano se la quedó mirando con los ojos como platos durante un rato, sin habla.

—No conocía esa historia, pero estoy convencido de que, de un modo u otro, ese pájaro forma parte del rompecabezas.

—Has dicho que lo habías visto antes en dos ocasiones, ¿no? ¿Cuál fue la segunda?

—Fue justo antes de que tu madre desapareciera, volaba en círculos sobre la otra orilla del lago.

—Igual que ahora.

Hen asintió.

—Sí.

—Ella lo siguió hasta allí, ¿verdad?

—Así es.

El corazón de Wren dio un vuelco.

—Llévame hasta ahí, abuelo. Por favor.

Hen la contempló unos instantes, rascándose la sien. Luego, hizo un gesto de asentimiento, bajó de su atalaya y se adentró en el bosque sin decir palabra. Wren lo siguió. Avanzaban lo más próximos al perímetro del lago que les permitía la espesura. Se trataba de un ejercicio lento y difícil, no como las vigorizantes caminatas que daban a paso ligero por los senderos de los acantilados de Maine. La vegetación era tan densa que Wren apenas lograba ver a escasos pasos de distancia en cualquier dirección, y la humedad era agobiante. Por mucho que intentara mantener sus nuevos apéndices recogidos y bien pegados al cuerpo, el ala rota se enganchaba una y otra vez en la maleza, igual que cuando uno tiene lastimado el dedo del pie y no para de golpeárselo contra todo. Los mosquitos zumbaban alrededor de sus brazos y piernas, donde aterrizaban y le daban algún que otro picotazo antes de que ella tuviera tiempo de espantarlos. Al poco, Wren estaba con el ánimo por los suelos.

—No puedo creer que mi madre hiciera toda esta caminata.

Hen se detuvo en seco y se giró hacia ella.

—Yo no he dicho que fuera andando.

Hen iba apartando las enredaderas, los colgajos de musgo español y las ramas retorcidas de los árboles que le bloqueaban el paso. Pegada a sus talones, Wren quiso imaginarse que ella y su abuelo eran un par de guerrilleros en misión de combate, abriéndose camino por una jungla misteriosa repleta de peligros. Y, en cierto sentido, lo eran. Sabía adónde se dirigían, pero no lo que encontrarían allí. Había pasado toda su infancia escuchando las historias que su abuelo y sus padres relataban acerca de expediciones muy parecidas a esa, pero ella siempre se había inclinado por restarles importancia, convencida de que no eran más que cuentos chinos, anécdotas cargadas de adornos entretenidos y emocionantes para hacer más amenas las veladas junto a un fuego de campamento. Pero ahora se daba cuenta de que se equivocaba de parte a parte.

No estaba segura de cuánto tiempo llevaban caminando. Wren estaba atrapada en la jungla y también en sus pensamientos. La tortura de las picaduras, el sudor y el dolor del ala rota que la estaban abrumando se esfumaron ahora de repente.

—Ya casi estamos —le anunció Hen elevando la voz desde algo más adelante—. Será mejor que hagamos una pequeña parada aquí para descansar.

El anciano le hizo señas para que se uniera a él junto al gigantesco viejo tocón de un árbol que sobresalía del suelo y cuya silueta se asemejaba al perfil de una bruja, con verrugas en la nariz y todo.

—¿A qué te referías cuando has dicho que mamá no vino andando?

Wren notó que la pregunta le había inquietado. Hen respiró hondo un par de veces y dejó salir su yo catedrático y racional.

—Hay personas que tienen los dedos de las manos o de los pies palmeados, lo sabes porque lo has visto, ¿verdad? Y otras a las que les sale una pequeña protuberancia al final de la espalda, como un pequeño rabito, ¿no? Incluso hay gente que tiene el cuerpo tan cubierto de vello que parecen lobos o monos, ¿a que sí?

Wren se giró y miró por encima de su hombro a las extremidades cubiertas de plumas que le habían brotado de los omóplatos.

—¿Te refieres a algo así como un tercer pezón? Eso son cosas de barraca de feria. Ninguna de ellas sería comparable a lo mío.

—Se llama atavismo. Es la aparición en algunos humanos de caracteres propios de una etapa evolutiva de nuestro pasado lejano.

—Vale, pero yo siempre había pensado que eso eran rasgos vegetales.

—Querrás decir, *vestigiales*.

—Vale, como se llamen. Son restos de caracteres, caprichos genéticos, pero en realidad no sirven para nada. Algo así como las alas de los avestruces. Pero las mías no son ningún capricho accidental.

Hen extendió la mano para tocarle el ala.

—Papá piensa… —se detuvo—. Papá piensa que son… mutaciones. Y eso es malo, ¿no? Por eso nunca lo mencionó.

—Sí, tal vez. Sé muy bien lo que piensa tu padre, y no le culpo, pero no se puede hallar una explicación científica a todo. Yo aprendí a base de cometer errores —añadió—. Esto, sin embargo, es totalmente distinto. ¿Te acuerdas de los cuentos de hadas que te leíamos cuando eras niña? ¿Historias fabulosas sobre criaturas mágicas mitad hombres mitad animales como los minotauros, los centauros y los caballos alados?

—Eso es pura mitología, abuelo. Igual que los personajes de los hermanos Grimm.

Él levantó una ceja.

—¿Tú crees, Wren?

No cabía duda de que su estancia en Moon Island le había afectado. Aunque hasta ese momento no lo hubiese notado, su abuelo era otro hombre. Quizá todos aquellos rumores que aseguraban que había perdido la chaveta fueran verdad, después de todo. Quizá esa fuera la razón de que su padre se pusiera a refunfuñar cada vez que recibía una carta suya, sucia y arrugada, con la tinta emborronada por la climatología, casi como si hubiese atravesado un campo de batalla de camino al buzón.

—Me refiero —prosiguió el anciano— a que cada vez hay más evidencias fósiles de criaturas hasta ahora no identificadas que presentan características híbridas como las de esos seres.

Ella soltó un bufido de incredulidad.

—¿Eran reales?

—¿Acaso no lo eres tú? —preguntó él—. La línea que separa lo humano de lo mágico y mitológico es muy fina. A veces esas líneas se desdibujan o desaparecen por completo. A veces son una misma cosa. El registro fósil tiene tantos agujeros que casi podría pasar por un colador. La suma de nuestros conocimientos prácticamente iguala el total de lo que desconocemos. Todos los científicos lo reconocen, aun cuando no lo digan en voz alta.

—¿Estás diciendo que yo soy una de esas criaturas? ¿Un híbrido?

—Creo que perteneces a ese linaje, sí. Una especie muy rara, en efecto, pero no la única. Yo las llamo *featherveins* —dijo él, mientras escaneaba el cielo con los ojos.

Ella susurró la palabra *feathervein* una y otra vez, dejando que calase en ella. Era como para sentirse orgullosa, aquello de pertenecer a una especie rara.

—¿Sabes que todo el mundo piensa que estás loco? Papá, la gente de la universidad... —le planteó Wren, adelantando un ala—. Incluso yo me lo temía un poco. Pero solo hasta que me salieron estas cosas.

—No culpo a Miles por no haber contestado a ninguna de mis cartas. Tiene un motivo de peso para estar enfadado conmigo.

—Sí, ya, pero al menos podría haber venido hasta aquí para buscarla personalmente —repuso ella apenada—. Ni siquiera lo intentó.

Él apretó los labios.

—Tu padre no quería ni oír hablar de la expedición. Y tú ya conoces a tu madre. Cuanta más resistencia encuentra, más se obstina en que eso es precisamente lo que hay que hacer. Creo que a él se le rompió el corazón cuando ella decidió acompañarme, en contra de sus deseos. Le resultó más fácil creer que alguien se la había arrebatado que reconocer que ella se marchó empujada por él y su insistencia por que se quedara.

Wren suspiró.

—Siento no haber estado en contacto contigo. Mi padre quería mantenerme lo más alejada y a salvo de este lugar como fuese posible. Ni siquiera habla de mamá, nunca.

Estas últimas palabras no brotaron con facilidad de su boca. Wren era extremadamente protectora con su padre y su abuelo, y sabía que con aquella afirmación le estaba haciendo daño a Hen y, a la vez, traicionando a su padre.

Él permaneció un rato callado.

—Hizo lo correcto, Wren. Tu padre te quiere.

—Lo sé. Pero creo que no acaba de asimilar toda esta historia de la desaparición de mamá aquí. Y, aun así, cuando se esfumó, nunca intentó encontrarla. Lo aceptó sin más.

—Ya sabes que él no quería que ella viniese —dijo su abuelo—. De ninguna de las maneras.

—Y yo tampoco —admitió Wren, bajando la cabeza.

Hen le dedicó una sonrisa indulgente y comprensiva, le tocó la barbilla y, con suavidad, hizo que volviera a levantar la cabeza.

—Tu padre no estaba preocupado porque me creyera loco, Wren, sino porque sabía que no lo estoy.

—Entonces, si tenías razón, ¿por qué perdiste tu cargo en la facultad?

—Ir contra la corriente del pensamiento convencional no es la mejor forma de hacer amigos —expuso—. Hay gente muy poderosa a la que enojé, personas que habrían puesto la mano en el fuego por mí, pero que tuvieron miedo de que los lanzaran a la hoguera. A veces el temor mueve a algunos a hacer cosas así, Wren.

—Pero, entonces ¿por qué lo hiciste? Ya sabes, arriesgar todo lo que tenías. Tu reputación. Tu familia —presionó—. A mi madre…

Él la miró sorprendido. Y no era de extrañar, porque ella nunca le había plantado cara de esa manera. Hablar de su madre era un tema muy sensible, pero Wren creía necesario abordarlo si es que quería averiguar lo que había sucedido realmente.

—Después de haber visitado este lugar en varias ocasiones, después de haber estado en el Larme, decidí que necesitaba pasar mucho más tiempo para llegar al fondo de lo que de verdad estaba pasando aquí. Que tenía que vivir aquí. Y que necesitaría ayuda. Me imaginé que estaban planeando apartarme del departamento de todas formas, debido a los informes que ya había entregado. Documentación sobre la existencia de estos *featherveins*.

Wren asintió con la cabeza. Su padre se lo había contado, pero lo que no sabía era que esos informes trataban de ella.

—Pero se lo podías haber pedido a cualquiera. ¿Por qué a tu propia hija? ¿Por qué ponerla en peligro a ella precisamente?

—Margot se sentía atraída hacia este lugar. Igual que tú. Hizo lo que creyó correcto, Wren. Lo que su corazón le pedía que tenía que hacer. Yo no la obligué.

—Ella te quería y te respetaba —dijo Wren, restregándose una lágrima—. Nunca te habría dado un no por respuesta.

—Mira, Wren, escúchame…

—No. No son solo papá y tus colegas. En el pueblo, todo el mundo cree que te falta un tornillo —le espetó con el mismo tonillo altanero de las niñatas del colegio.

—Ya me lo imagino. Confieso que, desde que estoy aquí, he tenido motivos para poner en duda mi cordura más de una vez. Es la naturaleza de este lugar. Pero hay cosas más importantes que la reputación de uno mismo, y que incluso la propia familia.

—¿Y qué demonios podría ser más importante que eso? —preguntó Wren.

—La verdad —contestó él.

27
SECRETOS DE FAMILIA

Hen se abrió paso entre unos matorrales y, como quien descorre unas cortinas, apartó de un tirón los retorcidos tallos de unas enredaderas que les tapaban la vista. El lago se reveló frente a ellos. Con un gesto, instó a Wren a que se acercara, tal como haría un portero invitando a un cliente habitual a pasar por una entrada privada. Wren se aproximó para obtener una visión más clara de la panorámica. Fue como si se hubiese abierto una puerta a otro mundo.

El Larme era vasto y, sin duda, tan bello como siniestro. Destilaba serenidad y, al mismo tiempo, hacía honor a su nombre, pues una palpable sensación de tristeza embargó a Wren en cuanto lo vio.

La muchacha se asomó a lo que, a primera vista, le pareció un viejo jardín, repleto de pájaros congelados como estatuas junto al agua y también en los árboles.

Había una garza azul cerca de donde ella estaba. Su pose y quietud le resultaron tan naturales que Wren no pensó que el ave tuviera nada de raro. Sin embargo, pasados unos minutos, miró más allá de la garza y vio que había pájaros salpicando la orilla hasta donde alcanzaba la vista. Al observarlos con detenimiento, se dio cuenta de que ninguno se movía. Estaban petrificados, como sin vida. En el sofocante ambiente del Larme, los pájaros sobresalían como lápidas entre la melancólica neblina que se elevaba erizada de las aguas estancadas, arrojando gélidas sombras sobre la calima. Aves de todos los colores y moteados posibles reducidos a una única tonalidad: un gris ceniciento y granítico, como la coloración de la piel muerta.

—Si no lo veo, no lo creo —admitió Wren, completamente asombrada.

Pegó sus alas al cuerpo, pasó con cautela por el hueco que Hen había abierto entre la vegetación y se acercó al borde del agua, donde la vista era mejor.

Había centenares de pájaros: a unos se los veía mustios y deteriorados, mientras que en otros la pose era semejante a la que podrían haber adoptado en vida, conformando así una suerte de diorama antropológico parecido al que uno puede encontrar en los museos de ciencias naturales. Así de cerca el espectáculo resultaba bastante menos mítico y hermoso. Era un páramo que apestaba a muerte y fracaso.

—He sido yo quien ha recolocado a muchos de ellos. Es demasiado deprimente dejar que se descompongan sin más —le dijo Hen—. Al menos les devuelve algo de dignidad.

Wren sintió un respeto reverencial ante aquel héroe silencioso al que tenía el orgullo de llamar abuelo. Divisó una espátula rosada junto al agua; era uno de sus pájaros preferidos y se figuró que conservaría el imponente color rosado de sus plumas —en todas sus tonalidades— bajo aquella gruesa capa de ceniza. Luego se acercó al enorme cóndor que había junto a esta, acarició una de sus tiesas alas y se preguntó si su pose sería obra de Hen o si era así como había quedado petrificado, mientras notaba cómo el residuo seco y basto se quedaba prendido en sus dedos. Se llevó la mano a la nariz y lo olió. Tenía un aroma salado, como el que se respiraba en el puerto de Maine en las mañanas húmedas, aunque este era cien veces más intenso.

—¿Es sal? —preguntó, mientras se sonaba la nariz para deshacerse de los restos—. ¡Qué asco!

—Lo he analizado y, sí, es sal —contestó Hen—. Está formado por dos compuestos salinos, para ser más exactos. Bicarbonato de sodio y sulfato de sodio.

—En cristiano, por favor —dijo Wren.

—Bicarbonato y sosa. Conservantes —continuó Hen, resquebrajando las alas de un murciélago que colgaba sobre sus cabezas, entre las ramas—. A los pocos minutos de beber de sus aguas o de posarse en la orilla, los pájaros se osifican. Se convierten en piedra.

—Entonces ¿qué es? ¿Magia o solo química?

—Las dos cosas —apuntó Hen—. Dahlia ha alterado la composición química de este lago convirtiéndolo en una masa de agua extremadamente alcalina.

—¿Por qué estás tan seguro de que ha sido ella?

—Bajo el Larme no existen fuentes de aguas termales que puedan producir este efecto —explicó Hen—. Las aves y los animales suelen saber a la perfección lo que no tienen que hacer. Es un instinto de supervivencia básico. Pero, a pesar del peligro aparente, los pájaros siguen viniendo. La única conclusión a la que he podido llegar es que ella quería que lo hiciesen.

—Porque sabía que, si los pájaros venían, también lo tendría que hacer, tarde o temprano, el ornitólogo más eminente del país para poder estudiarlos.

Él asintió con la cabeza.

—Y entonces podría acceder a ti.

—Aunque olvidas un pequeño detalle —observó Wren—. ¿Qué tiene todo esto que ver con mamá?

Hen le dio la espalda, embutió las manos en los bolsillos y miró hacia el lago. Aspiró con fuerza y luego resopló.

—¿Quieres saber lo que le pasó a tu madre? —murmuró con un susurro apenas audible.

—Sí.

El anciano señaló con el dedo el centro del lago, hacia un pequeño islote solitario. Wren divisó allí otro ejemplar, un único pájaro, cuya especie no reconoció. Con su cristalina costra de sal rutilando bajo el sol, parecía un valioso jarrón de cristal iluminado en la hornacina de una tienda de lujo. Wren sintió que su corazón empezaba a latir con fuerza, desbocado.

—Ahí la tienes —dijo él—. Ahí está tu madre.

Al escuchar estas palabras, con los ojos clavados en el ave estática, Wren abrió sus alas, rompiendo la tablilla que le había fabricado Hen. La figura brillaba al sol, despidiendo una luz de tal intensidad que, a través de las lágrimas amargas de Wren, no hizo sino magnificarse. Dolía mirar, pero no podía apartar la vista. Se llevó la mano a la frente a modo de visera y siguió contemplando la hermosa criatura.

Una estatua. Bella y completamente exánime.

Una criatura con alas, una mujer, en pose de cisne.

Su madre, y a la vez, no, no era su madre.

Wren no pudo evitar pensar en el avestruz de la vitrina de su casa: atrapada e incapaz de volar. Y en lo mucho que su madre la apreciaba. Casi como si lo hubiese sabido desde siempre.

Cuando volvió a hablar, se le quebró la voz.

—Entonces ¿era como yo? ¿Una especie de híbrido?

—Tú eres como ella —la corrigió Hen—. ¿Entiendes ahora por qué sintió esa necesidad irrefrenable de acompañarme hasta aquí? Es el mismo instinto que te ha traído también a ti hasta este lugar.

—Entiendo que me habéis estado mintiendo durante toda mi vida. Sobre ella. ¡Sobre mí misma! —gritó Wren—. No me lo explico. ¿Cómo consiguió ocultármelas? ¿A mí y a todos los demás?

—Aprendió a controlarlas mejor conforme se fue haciendo mayor. Claro que hasta entonces pasó por algún que otro momento embarazoso. Pero luego aprendió a plegarlas. A esconderlas. Puede que al principio le parecieran una carga, pero…

—¡Y te crees que eso me sirve de consuelo! —dijo Wren—. Tienes delante a la Reina de los Momentos Embarazosos, por si no te has dado cuenta. ¿Por qué no me avisó?

—Lo iba a hacer.

—Demasiado tarde.

—Solo intentábamos protegerte.

—Pues no veo que haya funcionado.

Wren se tiró de un ala hacia delante, la cruzó sobre el pecho y luego la soltó para que regresara a su sitio de golpe.

—Tu madre jamás te mentiría, Wren. Ninguno de nosotros lo haríamos. Lo que pasa es que creo que el instinto que la atraía hacia este lugar era demasiado poderoso. Y una vez estuvo aquí y se dio cuenta de lo que Dahlia estaba haciendo, creyó que podría convencerla para que liberase al Larme de su maleficio y salvar a estas criaturas —expuso Hen.

—Dime por qué le ocurrió esto —lo presionó Wren, mordiéndose el labio, tratando de ser valiente, sabiendo en el fondo que ella podría fácilmente correr la misma suerte—. Necesito saberlo.

—Tu madre estudió los movimientos migratorios a conciencia y fue la primera en descubrir que algo atraía a los pájaros hasta aquí. Al final, quedó claro que lo que sucedía era intencionado, que no era natural y que Dahlia era la última responsable.

—¿Y se enfrentó a ella?

—Sí.

El cuerpo de Wren se estremeció, consciente de lo que aquello significaba.

—Entonces ¿estás diciendo que es una maldición? ¿Que no es… permanente? Ella no está… —Se detuvo en seco, incapaz de pronunciar la palabra.

Hen se limitó a encogerse de hombros. No hacía falta que añadiera nada más.

Wren miró a la efigie de Margot y respiró hondo, limpiando sus pulmones, más decidida que nunca.

«Si estás bajo el efecto de una maldición, mamá —pensó—, la romperé. Voy a traerte de vuelta.»

28

AVE BURLONA

—¿Volar?

La risa resonó en la oscuridad. Oyó voces en su cabeza. Hostigándola. Se volvía y revolvía a un lado y a otro, pero nada conseguía acallarlas, y estaba demasiado cansada para despertarse.

—Tú no puedes volar —dijo una voz, muy parecida a la de Audrey.

—Sí que puedo. Tengo alas —replicó Wren.

Audrey extendió un brazo y señaló a lo lejos, hacia la neblina que envolvía el lago.

—No, de eso nada —habló otra voz, delatándose. Era Cleo.

—Claro que sí —repuso Wren—. ¿Lo ves? —Se llevó la mano a la espalda tratando de palparse las plumas, pero solo consiguió tantear el aire.

—¿Dónde están mis alas? —preguntó, elevando la voz.

—¿Y por qué te importa tanto? —preguntó a su vez Audrey—. Tu madre tenía alas, y mira para qué le sirvieron.

—¡No hables de mi madre!

—¿Por qué no, pajarito? —contestó Cleo con voz cortante—. Todo el mundo lo hace.

Wren miró por todas partes, pero nada, no las encontraba. Daba vueltas y vueltas sobre sí misma, como un perro persiguiéndose la cola.

—¿Conoces la historia de Ícaro? —preguntó Cleo en aquel tonillo impertinente tan característico.

—Es el mito de un niño con alas de cera al que por volar demasiado cerca del sol se le derritieron —respondió Wren—. ¿Y qué?

—Se lo advirtieron, pero él no hizo caso —añadió Cleo—. Y. Se. Mató.

—Vale. Me he dejado esa parte. Pero, espera un momento. ¿Cómo es que tú conoces la historia? —inquirió Wren.

—¿Te extraña? A ver, ¿te crees que porque soy guapa y popular y no un bicho raro no leo nunca?

—Pues sí, más o menos —reconoció Wren—. Sea como sea, ¿adónde quieres llegar?

—La parte del sol es lo de menos; es decir, me refiero a que, de todos modos, tu vida entera es como un contenedor de basura en llamas.

—¿Has terminado?

—No. El capitán te dijo que no volaras demasiado alto —dijo Cleo—. Y tu padre, ¿no te advirtió él también de que no vinieras aquí?

—Sí.

—Y ahora tu novio se ha esfumado —agregó Audrey.

—No es mi novio. Es mi amigo. Era mi amigo.

—No deberías negarlo; para empezar, deberías sentirte afortunada de que al menos alguien te preste atención.

—¡Basta! —clamó Wren.

—Tu abuelo está casi muerto y tu madre, bueno, tu madre está…

—¡Salid de mi cabeza! —gritó Wren.

—¿Es esto lo que andabas buscando?

Cleo levantó en alto un par de preciosas alas atadas a un arnés y, a continuación, las depositó en el suelo, junto a Wren. Ella pasó los brazos por las correas, que le dejaron un residuo aceitoso en la piel. Algo así como el rastro de un caracol.

—¿Son estas mis alas?

—Por ahora, sí —respondió Audrey—. Sé que piensas que eres especial, pero solo eres una niña rarita que aletea sus manos. Nada más que Wren Grayson. Lo que importa no es que tengas alas, sino cómo las usas. Y tú no tienes ni idea.

—Ni siquiera las has usado, ¿a que no? —se burló Cleo—. ¿Por qué será?

Aquello fue la gota que colmó el vaso y Wren no pudo contener su ira ni un segundo más.

—¡Mirad! —chilló al mismo tiempo que echaba a correr hacia el lago a toda velocidad, preparándose para despegar.

Pero justo en ese momento apareció junto a la orilla una mujer que caminaba hacia ella entre la niebla. Su largo vestido de gasa blanca se hinchó con la leve brisa como la vela de un barco. De su boca no brotó palabra alguna, pero Wren pudo escuchar cómo le hablaba. No tanto a través de la voz, sino más bien mediante una vibración que la recorrió entera, su mente, su cuerpo y su alma.

—No hagas caso, Wren —oyó que le hablaba directamente al alma.

La mujer se detuvo, plantándose entre ella y las dos muchachas.

—¿Mamá? —preguntó—. Mamá, ¿eres tú?

—Sabes que soy yo —contestó Margot.

—¿Por qué no me lo contaste? ¿Por qué no me hablaste de ti? ¿De mí?

—Cada uno ha de averiguar por sí mismo lo que lleva dentro, quién es y lo que es.

—Lo que llevas dentro, ese es tu problema —interrumpió Audrey—. Eres un monstruo. No deberías estar aquí ni en ninguna otra parte que no sea un tarro de cristal en un laboratorio científico.

—Ha llegado el momento de volar, Wren —dijo su madre.

—No demasiado alto —la avisó Cleo con sarcasmo, haciéndose eco de la advertencia del pescador.

—Esta es la razón por la que estás aquí, Wren —añadió Margot.

—No, yo estoy aquí porque quería encontrarte —replicó Wren.

—Quizá te encuentres a ti misma, en cambio —respondió Margot.

—Eres un ser patético y sin amigos —añadió Cleo.

—Puedo ver un sitio perfecto para ti ahí fuera, en mitad del lago —dijo Audrey—. Justo al ladito de ella.

Cleo y Audrey se arrimaron la una a la otra, riéndose descontroladamente.

La niebla se disipó y, en un abrir y cerrar de ojos, su madre, Cleo y Audrey desaparecieron sin más. Pero no la risa. Esta siguió resonando en su mente, apagándose poco a poco conforme las tres figuras eran remplazadas por una sola. La sacerdotisa. Esta habló.

«Mami, ¿puedo ir a nadar?»
«Sí, mi hijita querida.
De la rama del roble tu ropa puedes colgar,
pero cerca del agua no quieras estar.»

¿Qué era? Una advertencia o un reto, se preguntó. Volar o no volar, esa es la cuestión. Levantó la vista hacia el cielo y despegó como un cohete.

«Estoy volando.»

Cabalgaba corrientes de aire como olas en la playa mientras surcaba el aire.

Ascendía. Hacia lo alto. A vertiginosa y peligrosa altitud. Hacia el cielo. Tan alto que empezó a faltarle el oxígeno en aquel aire cada vez más frío y fino. Miró abajo. La tierra se veía como un conjunto de parches de color verde, azul, amarillo y marrón. La tierra y el mar se arremolinaron en un único cuerpo. El destellante y plateado lago de las Lágrimas parecía un espejo y estaba justo debajo de ella. Llamándola. Podía verse a sí misma en él, invertida, asomándose desde debajo del agua. De repente, como salido de la nada, un fogonazo de luz y calor explotó a su espalda. Y empezó a perder altura. Las alas de sebo se derritieron. Lo único que podía ver era el cuervo blanco, volando en círculos por encima y por debajo de ella, y la figura diminuta de la sacerdotisa, de pie junto al Larme. Observando.

Trató de alcanzar al cuervo, rogándole que la ayudara a la vez que intentaba controlar la caída a la desesperada, pero siguió precipitándose en picado como una cometa al cambiar el viento. Atravesando a toda velocidad las nubes. Sintiendo el tirón de la gravedad. Cayendo cada vez más rápido. Como una nave espacial que regresa a la Tierra. Las risas volvieron a escucharse.

En algún lugar, alguien se carcajeaba a gusto. Intencionadamente. La voz femenina que solo había escuchado en sueños habló en voz alta y sus palabras resonaron en los oídos de Wren:

—Qué desperdicio de alas.

29
SALVAJISMO

Wren se despertó de su pesadilla sobresaltada, estaba empapada de sudor y casi no podía respirar. Se llevó la palma de las manos a los ojos y se los frotó, tratando de borrar de su cabeza ya de paso el recuerdo de Audrey y Cleo. Por no hablar del eco de aquella espantosa risa socarrona y de la imagen de sus alas calcificadas.

Se estremeció y desplegó las alas para asegurarse de que seguían allí. Sin embargo, no consiguió plegarlas de nuevo. Parecían atascadas, como si la hubiesen arrojado al interior de una cuba de pegamento. Y lo mismo le pasaba a su cenicienta cabellera rubia. Estaba pringosa, igual que una tela de araña.

«Será que sigo dormida», pensó. Sin embargo, no lo estaba.

Después de batallar un rato con sus alas, levantó los brazos para tratar de despegarse, pero fue inútil. Cuanto más se retorcía, más atrapada se sentía, como una mosca en una tela de araña.

—¡Abuelo! —gritó—. ¡Ayúdame!

Los ojos de Hen se abrieron como platos. Se apeó de un brinco de su atalaya en la plataforma y se acercó corriendo, espantado.

—Pero ¿qué demonios?

—¿Qué…? ¿Qué me ha pasado?

Wren consiguió articular estas palabras a duras penas, le castañeteaban los dientes. Se miró las alas. Alguien o algo se las había extendido perfectamente a ambos lados, dejándole las piernas libres. Estaba pegada por las alas a una especie de estaca, como un burdo trofeo de caza.

Hen cogió una muestra de aquella pringosa sustancia, y sus dedos se quedaron pegados al instante.

—¡Liga para pájaros! —exclamó.

—¿Qué es eso? —preguntó Wren con nerviosismo.

—Se obtiene de los árboles de la zona; es lo que emplean los cazadores furtivos para atrapar pájaros cantores —dijo, con la frente rubicunda ya perlada de sudor—. Hay que sacarte de ahí antes de que sea demasiado tarde.

—¿Demasiado tarde para qué?

Hen abrió la boca para hablar, pero antes de que pudiera articular una sola palabra, algo lo golpeó en la cabeza con la misma rotundidad que un taco de billar a una bola y el anciano perdió el conocimiento y se desplomó.

Dejándola sola.

—¡¿Abuelo?! —gritó, tratando ahora de liberarse por todos los medios.

Entonces algo empezó a tirar de la estaca hacia el extremo de la plataforma. Wren sintió cómo arrastraban su cuerpo sobre los tablones de madera mientras intentaba alcanzar algo a lo que sujetarse.

Levantó la vista y soltó un grito ahogado. En el borde mismo de la tarima había una figura vestida con túnica y capucha que tiraba de ella, acercándola cada vez más hacia sí. Observándola.

—¿Quién eres? —preguntó Wren—. ¿Qué es lo que quieres?

Una carcajada socarrona llenó el aire, la misma que había escuchado en sueños.

Wren se puso a gritar.

Pero fue inútil. Allí no había nadie que la oyese. Con la figura tirando de ella en todo momento, atravesaron lo que a Wren le parecieron varios kilómetros de terreno pantanoso cubierto de vegetación. Al principio se las arregló para caminar, pero enseguida perdió las fuerzas de tanto vano forcejeo y aleteo para liberarse, y a causa del dolor provocado por los cortes que las piedras y los arbustos le iban haciendo por el camino. Cuando las piernas le flaquearon, se derrumbó en el suelo y tuvo que soportar que la llevasen a rastras lo que quedaba de camino, pegada a una estaca como un pájaro en vuelo contra su voluntad.

Llegado un momento, cesó la marcha y Wren se encontró en un pequeño claro, junto a un árbol enorme. La figura encapuchada prendió los extremos de la estaca a sendos ganchos engarzados a las cadenas de una polea; luego accionó una manivela y elevó a Wren en el aire. Ella trató de resistirse, aunque muy débilmente y solo durante unos instantes, porque en cuestión de segundos la polea se aflojó y Wren empezó a caer hacia unos tablones de madera podrida, si bien casi igual de repentinamente las cadenas se tensaron y ella quedó suspendida como a un metro del suelo, con los pies colgando.

Miró a su alrededor y descubrió que se hallaba en un pequeño y decrépito granero de listones de madera. Magullada y maltrecha. Atrapada. Colgada como una especie de piñata mutante.

La figura encapuchada iba y venía a su alrededor, encendiendo velas y tarareando una melodía cadenciosa. Entonces escuchó una portezuela que se cerraba a su espalda con gran estrépito. Ahora no era más que un pájaro en una jaula, y la estaca a la que estaba pegada era su columpio. Empezó a balancearse adelante y atrás, con las piernas y el cuerpo colgando, y el dolor punzante de sus alas, cabeza y brazos inmovilizados hizo que se le saltasen las lágrimas.

—Mira, estás volando —se burló socarrona la figura con una voz rasposa—. Mira, no te resistas, es inútil y lo único que vas a conseguir es dañar esas alas tan extraordinarias.

Wren gimió abatida. Luego alzó la cabeza lentamente a tiempo de ver cómo la figura se desprendía de la capa, revelándose como una mujer de tez aceitunada que, además de irradiar una oscura belleza, poseía un porte majestuoso e iba completamente vestida de fastuoso morado. Tenía la cara pintada de blanco, como una calavera, y su larga melena de pelo negro estaba adornada de cuentas y joyas.

El corazón empezó a latirle con fuerza mientras pataleaba y se retorcía inútilmente, tratando de liberarse. Intentó alcanzar la portezuela que tenía detrás, pero eso solo empeoró las cosas. La jaula era fría y robusta. Se balanceaba y giraba sin control, como una atracción de feria.

La muchacha empezó a llorar desconsolada, pensando en Hen, en Dyami, en su madre, en ella misma. La mujer esbozó una amplia sonrisa y, deleitándose con el sufrimiento de Wren, soltó una carcajada que resonó sobre las aguas del Larme y a lo largo y ancho del bosque.

Entonces se acercó a ella muy despacio e introdujo los dedos en un desgastado saquito de cuero que llevaba colgado del hombro. Extrajo un pellizco de polvos amarillos y los depositó en la palma de su mano; se situó delante de Wren y se aproximó, mirándola de hito en hito, nariz contra nariz, como lo haría una serpiente antes de atacar. Se llevó la mano a la altura de la boca y sopló los polvos con suavidad, de tal forma que una pequeña nube cubrió el rostro y el pelo de Wren al mismo tiempo que invadía sus fosas nasales.

Empezó a toser y a verlo todo borroso. Todo le daba vueltas y sintió como si un gigante estuviera cerrándole los párpados.

—¿Dahlia? —acertó a decir Wren justo antes de perder el conocimiento, balanceándose ligeramente.

En ese instante, el cuervo blanco soltó un graznido y, abandonando la rama sobre la que se hallaba, sobrevoló el lago y fue a posarse en el hombro de la mujer, portando la fotografía que había robado en el cementerio y en la que aparecía Margot con el anillo que ahora Wren lucía en su dedo.

—Bienvenida seas, Wren —dijo la mujer con una mueca triste—. Te esperaba hace tiempo.

30
POR QUÉ CANTA EL PÁJARO ENJAULADO

Los primeros rayos del sol se colaron por las grietas del tejado como si la enfocaran con un reflector de luz tenue y Wren se despertó, todavía desorientada debido al efecto de los polvos de la sacerdotisa. La cabeza le daba vueltas mientras intentaba recordar todo lo sucedido. Apenas se podía mover. Sus alas seguían pegajosas, pero se dio cuenta de que ya no se hallaba colgada de la estaca, sino en el suelo de la jaula. Las desplegó para comprobar que aún podía moverlas, para asegurarse de que estaban libres.

Y así era. De momento.

—¿Abuelo? —llamó en la oscuridad, con voz queda al principio y luego con desesperación—. ¡ABUELO!

Los latidos de su corazón se aceleraron. Sacudió con fuerza los barrotes de la jaula, que se balanceó violentamente haciendo que perdiese el equilibrio. Sus esfuerzos por liberarse solo empeoraban la situación. La jaula giraba frenética y Wren empezó a sentir un mareo terrible, igual que le pasaba en el tiovivo de Old Orchard Beach. Se cayó al suelo y se agarró a él lo más fuerte que pudo, sintiéndose algo así como la protagonista de una película de terror de bajo presupuesto.

Como su abuelo no contestaba, Wren vociferó el nombre de la única persona capaz de escucharla.

—¡Dahlia!

Gritó su nombre una y otra vez, hasta que se le quebró la voz. Su desesperación le llenó los ojos de lágrimas de ira. Estar allí cautiva era terrible, pero no recibir respuesta era más insoportable aún. Hasta entonces y desde que tenía uso de razón, siempre había acudido alguien cuando ella pedía ayuda en sus momentos de bajón o de mayor vulnerabilidad. Su padre. Su madre. Hen.

Alguien. Hasta entonces.

Una palpable sensación de soledad la embargó por completo. La jaula oscilaba como un péndulo, suavemente, con cada espasmo de su respiración, marcando el paso de cada solitario e inquietante segundo.

Conforme la luz del día iba llenando la estancia, iluminando todo a su alrededor, la poseyó una extraña sensación de calma. Las lágrimas cesaron y se secaron en sus mejillas. Los barrotes dorados de la jaula, su prisión, brillaban al sol.

Cuanto más calmada estaba, más se estabilizaba el movimiento de la jaula. Lo que tenía sentido, claro. Para poner a prueba esa teoría, se sentó en el centro, con las piernas cruzadas y las alas plegadas en torno a ella, compactando al máximo su cuerpo.

Recuperado el sosiego, lo primero que procesó su mente fue la jaula en sí. A la luz del día, comprobó que esta no era un artilugio cualquiera comprado en un supermercado; no, se trataba más bien de una obra de arte. La clase de objeto que uno encontraría en algún selecto anticuario parisino, imaginó, si es que existía un mercado de piezas semejantes. Lo que encerrara esa jaula por fuerza debía significar mucho para la sacerdotisa y Wren, consciente de su situación, enseguida asumió que esa persona especial no era otra que ella misma.

Poco a poco fue entendiendo también otras cosas. La luz del sol era, sin duda, el mejor aliado. ¿Qué era lo que Dahlia había dicho antes de que ella perdiera el conocimiento? «Te he estado esperando», ¿no era eso? Sí, Dahlia la había atraído hasta allí, pero no para matarla. Ahora bien, ¿para qué, entonces? ¿Para tenerla encerrada en una jaula?

Escudriñó el granero en penumbra buscando pistas. En las paredes había colgadas todo tipo de piezas naturales disecadas: cabezas de lobo, zorros rojos, garras de oso, testas de alce y una amplia variedad de búhos y cuervos. Sin embargo, había otros animales que le resultaban desconocidos. Criaturas como las que les habían atacado a Dyami y a ella en el bosque. Seres que no eran de este mundo. Criaturas sobrenaturales.

De manera inevitable, le preocupó que ella pudiera ser la siguiente en unirse a la colección, casi como enmarcando su destino. Una decorativa niña muerta colgando de la pared.

«No, si quisiera matarme, ya lo habría hecho», pensó Wren, mientras estiraba el cuello e interceptaba la serena mirada de todos aquellos ojos negros tan redondos que la observaban. «O eso espero.»

Y entonces las vio. Un par de alas, viejas y despeluchadas, pero todavía intactas, colgadas encima de la entrada. La preocupación y el enfado de Wren se tornaron en puro miedo. Eran exactas a las suyas, solo que estas se veían cubiertas de polvo y deslucidas por el tiempo, casi como si fueran una reliquia. Apoyada en la pared junto a ellas había una enorme guadaña, manchada de sangre reseca.

Se le hizo un nudo en el estómago.

Antes de que tuviera tiempo de pensar en nada más oyó el sonido amortiguado de unos pasos sobre la tierra blanda. Alguien se acercaba. Aterrada, Wren trató de reunir todo su valor, de ninguna de las maneras quería que Dahlia se encontrara a un pajarito asustado, a una presa fácil, temblando en la sombra. Hinchó el pecho y levantó la barbilla con una mueca desafiante en el rostro.

Oyó cómo alguien introducía una llave en el cerrojo y este se abría. El pasador se deslizó fuera del pestillo y la puerta del granero empezó a abrirse lentamente con un crujido.

Entornó los ojos contra la penetrante luz del sol, tratando de distinguir la figura que se perfilaba en el hueco de la puerta. Wren dejó escapar un grito ahogado y se echó a temblar, a pesar de haberse jurado que no lo haría.

—Dyami —susurró.

31
ALTERIDAD

Dyami se quedó plantado junto al umbral, como si estuviera esperando a que lo invitaran a entrar. Se miraron el uno al otro en silencio, recelosos, durante un instante que a Wren se le antojó eterno.

Finalmente, ella habló:

—Tu *amiga* no ha sido muy amable conmigo.

Él bajó la vista al suelo.

¿Era eso una disculpa? Demasiado tenue, demasiado tarde.

Se sintió estúpida por haberle creído, por haberle considerado un amigo. Aunque había decidido que le importaba un comino lo que él dijera o pensara, odiaba que la viera así. Sucia, descuidada, indefensa. Enjaulada como un animal salvaje. Un monstruo de circo expuesto en la barraca de feria de Dahlia. Reculó hasta que sintió los barrotes contra su espalda y se envolvió con sus alas, tratando de taparse, de ocultarse de él, aun cuando seguía allí colgada a plena vista. Sintió un escalofrío cuando él hizo ademán de acercarse.

—¡Quédate donde estás! —gritó.

—Te he traído algo de comer —dijo él, extendiendo la mano de la manera menos amenazante de la que fue capaz para enseñarle un pedazo de pan y unas bayas silvestres.

—No tengo hambre.

La jaula osciló levemente con cada una de sus palabras.

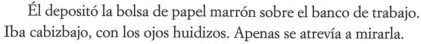

Él depositó la bolsa de papel marrón sobre el banco de trabajo. Iba cabizbajo, con los ojos huidizos. Apenas se atrevía a mirarla.

—Sé lo que estarás pensando —dijo en voz baja.

—Sí, ya, pensé que estabas muerto y que era por mi culpa. Eso es lo que querías que pensara, ¿no es así?

—Lo siento mucho, Wren.

—¿Que lo sientes? Vaya, pues es un poco tarde para eso, ¿no? Además, no necesito tu compasión, gracias. Lo tenías todo pensado, ¿verdad? Desde el principio. La noche en el cementerio, esa travesía mágica en el cisne, la peligrosa caminata por el bosque. Huiste y me abandonaste a mi suerte, me dejaste para que me mataran esos... esas *cosas* de los pantanos. Esas criaturas que me había enviado tu amiguita Dahlia, ¿eh?

Cuando Dyami contestó, lo hizo con un hilo de voz apenas perceptible.

—No te habrían matado. Te querían viva.

—Oh, vaya, pues muchas gracias, eso sí que es reconfortante —se burló Wren—. ¿Y tú eso cómo lo sabes? —Hizo una pausa—. Ah, claro, qué tonta, lo planeaste de principio a fin con esa muñequita vudú amiga tuya.

—Dahlia controla a las criaturas de este bosque, y me dio su palabra.

—Las palabras no significan nada, Dyami. Tú me lo enseñaste —le espetó furiosa, plantando las manos contra los barrotes de su prisión.

—Wren, te juro que... —empezó él.

—Lo que más me duele de todo es que me mintieras —lo interrumpió ella.

—Yo nunca te he mentido.

—No me lo contaste todo, lo que viene a ser lo mismo, a fin de cuentas. Ella te envió a buscarme, ¿a que sí? Tú sabías que iba a pasar esto y me trajiste hasta ella. ¡Un amigo de verdad me habría dicho que huyera!

Todas sus pretensiones de permanecer calmada se esfumaron por las puertas del granero mientras tiraba desesperada de los barrotes, intentando liberarse. Sus alas se abrieron, desplegándose hasta donde les fue posible dentro de tan angosto espacio. Aletearon con violencia provocando que algunas plumas se desprendieran y salieran volando en todas las direcciones para luego descender flotando lentamente hasta el suelo, como una iracunda nevada.

—Te vas a hacer daño —le advirtió él, en un intento de sosegarla.

—¿Hacerme daño? Estarás de broma, ¿no? —dijo ella, enfureciéndose todavía más.

—Yo no sabía demasiado —empezó él—; solo lo que me dijo Dahlia.

—Y ¿qué te dijo? —preguntó Wren.

—Pues que si yo no la ayudaba, mi familia lo pagaría caro. —Sus ojos brillaron a la luz del sol mientras le dirigía una mirada de impotencia—. Lo siento, Wren. Pero te prometo que no tuve otra alternativa.

—Siempre existe una alternativa, Dyami —replicó ella—. Confié en ti. Me importabas. Pensé que éramos amigos.

—Lo éramos —afirmó él, acercándose un poco más a la jaula—. Es decir, lo somos.

—¿En serio? —repuso ella—. Y, entonces ¿qué hago aquí?

Dyami se sentó en el banco de trabajo, cogió un palo y se puso a garabatear en el suelo polvoriento, a sus pies.

—No lo entiendes. Dahlia no siempre fue así. Es una buena persona. Lo que pasa es que la han… cambiado.

Wren soltó un bufido.

—Por favor, no intentes defenderla delante de mí. ¡Es malvada, Dyami!

—No siempre. Recuerdo cómo era cuando yo era pequeño. No sería mucho mayor de lo que eres tú ahora. La gente en la que confiaba le hizo daño. La traicionaron sus amigos, sus vecinos e incluso su familia. —Se encogió de hombros—. Eso la endureció. Empezó a experimentar con cosas, algunas muy peligrosas. Con las sombras.

—Magia negra. Sortilegios. Maldiciones… —recitó Wren—. ¿Todo para cobrarse una venganza insensata? Pues qué bien. Pero ¿qué le hemos hecho mi madre y yo?

—No es eso —dijo él, y sus palabras sonaron honestas e inocentes.

—¿Vas a sacarme de aquí o no? Si no piensas ayudarme, puedes irte —le planteó Wren.

A Wren le bastó observar la expresión del muchacho para saber todo lo que necesitaba. La respuesta era no.

Le dio la espalda.

—Olvídate de mí.

—Dahlia se parecía mucho a ti, Wren —afirmó él—. Mucho.

—Vete —le exigió Wren mientras se restregaba el sudor y las lágrimas de la cara.

—Solo te pido que escuches lo que tengo que decir, luego me marcharé.

Wren, sentada en silencio en su jaula, de espaldas a Dyami, no tenía otra elección que escucharlo.

—Él se la llevó al bosque una noche —empezó el muchacho— y la ató a un enorme tocón donde solían jugar los niños.

—¿Él? ¿Quién? —preguntó Wren a regañadientes.

Ante esta sencilla pregunta, Dyami empezó a tartamudear y a parpadear rápidamente, al mismo tiempo que se frotaba ligeramente las manos; un tic que Wren no había visto en él hasta ese momento. Lo que fuera que intentaba decir le provocaba un gran estrés y parecía estar enterrado en lo más profundo de su alma.

—Mi padre.

Aunque en realidad no quería saberlo, Wren tuvo la sensación de que debía preguntar, no tanto con el fin de entender mejor los motivos de Dahlia, sino más bien para obtener quizá de esa forma alguna pista sobre su propio destino final.

—¿Qué pasó en el bosque?

El rostro del muchacho palideció por completo, como si en lugar de recordar un horrible suceso lo estuviera reviviendo. Como si estuviera siendo testigo de él en ese mismo instante. Se había quedado mudo. Una lágrima solitaria rodó por su mejilla.

Wren se replegó, arropándose todavía más con sus alas. Hasta que el chico, finalmente, habló:

—Esto no tiene nada que ver con el lago ni con tu abuelo. Ni siquiera con tu madre.

—Ya. Tiene que ver conmigo.

—Ni siquiera contigo, Wren.

La frustración con él y con la situación en la que encontraba alcanzó ahora su punto álgido.

—Entonces ¡¿de qué va todo esto, Dyami?! ¿Qué quiere ella de mí?

Dyami hizo una pausa. Wren se volvió y lo miró atentamente, buscando la respuesta. Ya fuera de manera intencionada o no, los ojos del muchacho se dirigieron hacia el espacio encima de la puerta. Tragó saliva, incapaz de ocultar su nerviosismo.

—Quiere tus alas.

32
ZARPAS Y GARRAS

—¿Mis alas?

Wren pudo sentir cómo se le ralentizaba la sangre en las venas; la revelación de Dyami la había dejado helada.

—Esas de ahí… —empezó Dyami, señalando las alas despeluchadas colgadas por encima del vano de la puerta— fueron suyas en otro tiempo.

Antes de que Wren pudiera reaccionar, el muchacho se giró en redondo hacia la puerta del granero, frenético, en respuesta al sonido quedo de unos pasos que se acercaban haciendo crujir las ramas rotas y las hojas muertas.

—¿Qué pasa? —le preguntó Wren.

—Calla —insistió Dyami, llevándose un dedo a los labios.

Dahlia cruzó el umbral; su larga y colorida túnica se hinchó levemente al entrar, a pesar de que en el granero no corría la más mínima brisa. Al dirigir sus pasos hacia la jaula, pareció que fuera una aparición que flotara. La sacerdotisa entornó los ojos y los miró con suspicacia. No hacía falta ser una sacerdotisa vudú para detectar la palabra «culpabilidad» escrita con toda claridad en el rostro de Dyami.

—Sacerdotisa —dijo el muchacho, inclinando la cabeza en un gesto de deferencia—. Solo he venido a darle un poco de comida.

El corazón de Wren se rompió en pedazos al verle tartamudear de aquella manera, arrugando la bolsa de papel marrón, disculpándose, inclinándose y sometiéndose a la bruja de los pantanos.

—Todo un detalle por tu parte, Dyami —dijo Dahlia con recelo, acariciando con suavidad los rizos oscuros de la cabeza de Dyami—. Gracias. Y ahora que ya has hecho entrega de ella, puedes marcharte.

—Pero la chica no ha comido, sacerdotisa.

El tono de voz de la mujer se endureció. Puede que Dyami estuviera intentando conseguirle a Wren algo de tiempo, pero estaba claro que Dahlia era demasiado astuta para dejarse engañar.

—Que coma o deje de comer no es de tu incumbencia, querido —dijo Dahlia—. Vamos, vete. Ya me aseguraré yo de que se alimenta.

Dyami retrocedió lentamente hacia la puerta, sin apartar sus ojos de los de Wren.

—¡No, por favor! ¡No te vayas! —gritó Wren—. No me dejes a solas con ella.

El muchacho vaciló. Sin quererlo, miró de reojo hacia un rincón, donde se encontraban las afiladas herramientas de cortar: navajas, podaderas, un hacha y, finalmente, la guadaña. Cualquiera de ellas podía poner fin a aquella terrible injusticia, pero resultaba evidente que el dominio que la sacerdotisa ejercía sobre él era enorme.

Dahlia le sonrió.

—Oh, por favor, no me mires así. No soy tan horrible.

La puerta se cerró de golpe y Wren sintió que sus pulmones se vaciaban de aire. La humedad sofocante y el miedo no la dejaban respirar. Hizo lo posible para que la sacerdotisa no se percatase de lo asustada que estaba, pero el silencioso temblor que sacudía su cuerpo agitó la jaula, delatándola.

Dahlia pasó el cerrojo en la puerta y se dirigió al rincón donde se encontraban las herramientas que Dyami había estado mirando de reojo. Cogió la curvada guadaña y cruzó con ella el granero hacia Wren.

Rodeó la jaula, estudiando a la muchacha, casi como si la estuviera escaneando para crear alguna clase de modelo de 3D. Wren podía percibir la intensidad de su mirada taladrándola. «¿Será así como se sienten los pavos momentos antes de ser sacrificados?»

—¿Por qué estoy aquí? —preguntó Wren.

—Seguro que ya lo sabes —contestó Dahlia—. Somos muy parecidas, tú y yo.

—Yo no me parezco en nada a ti —espetó Wren.

—¿Estás segura? —repuso Dahlia con un tono inquietante—. Pero bueno, puesto que preguntas por qué estás aquí, te lo diré.

—Adelante, no pienso marcharme a ningún lado —bufó Wren, cerrando las manos en torno a los barrotes de su jaula—. De eso ya te has asegurado tú muy bien.

—Las historias como la que te voy a contar suelen empezar con eso de *Érase una vez* —arrancó Dahlia—. Salvo que estas cosas no tuvieron lugar hace mucho tiempo en una tierra lejana. Sucedieron muy cerca de aquí. Y me pasaron a mí.

Mientras hablaba, su expresión se dulcificó bajo el efecto relajante de los recuerdos. Por un instante pareció resquebrajadiza, frágil. Las palabras de la sacerdotisa sonaron tan potentes y sinceras que el temor y la animosidad de Wren fueron sustituidas por una curiosidad genuina.

—Mi madre murió al darme a luz y yo fui abandonada; al principio me dejaron al cuidado de unos familiares, luego fui pasando de una familia de acogida a otra —prosiguió Dahlia—. Las intenciones de aquellas personas siempre fueron buenas, pero ninguna consiguió llenar el vacío del amor materno. Es una forma de vivir y de sentirse muy solitarias. ¿Entiendes lo que quiero decir?

—Sí —dijo Wren con un susurro—. Gracias a ti.

Dahlia siguió dando vueltas por la estancia, lenta pero decididamente, narrando su historia como una araña tejiendo su intricada tela.

—Para ser justa con quienes cuidaron de mí, reconozco que nunca fui una niña fácil. Era muy testaruda y rebelde. Orgullosa en extremo, puede que para escapar de la vergüenza que me producía ser una huérfana. Allá donde fuera, siempre tenía la sensación de no pertenecer a aquellos lugares, lo que es bastante lógico, puesto que realmente no pertenecía. Pero era más que eso. En torno a mí circulaban rumores constantemente y cuando estos se extendían me despachaban al siguiente hogar.

—¿Rumores?

—Inquietudes —terció la sacerdotisa a modo de aclaración—. La preocupación por que pudiera exhibir ciertos rasgos un tanto perturbadores —gruñó con desagrado— que yo había heredado.

—¿Y cuánto duró aquello?

—Toda mi infancia, hasta que un día, cuando tenía más o menos tu edad, me colocaron con una familia maravillosa, en un barrio seguro. Es probable que no muy diferente al lugar en el que tú te criaste.

Wren sintió un acceso repentino de culpabilidad por las muchas ocasiones en las que se había quejado de su vida, de su familia, de su pueblo… Las cosas, concluyó, podrían haber sido mucho peores.

—Pero eso es bueno, ¿no?

—Me creí la niña más afortunada del mundo, es verdad. —Dahlia cerró los ojos y echó la cabeza hacia atrás, agitando la melena y su túnica con regocijo. Wren incluso llegó a sentir un poco de compasión por su captora.

—¿Y qué cambió? —preguntó Wren.

—Yo cambié —dijo la sacerdotisa—. Mi cuerpo cambió. Un verano, casi de la noche a la mañana, los dolores de crecimiento que venía padeciendo hacía tiempo y que me decían que eran completamente normales a mi edad, demostraron no tener nada que ver con la pubertad, sino con algo muy pero que muy distinto de lo que les sucedía a las otras chicas. ¿Te suena de algo?

Wren asintió con la cabeza. Sabía de sobra a lo que se refería.

—Al principio intentaron ocultarlas, vendándomelas al cuerpo, plegándolas como una figura de origami. Colocándome fajas y, encima, capas y más capas de ropa gruesa. Pero en un clima como el de aquí, llamaba la atención, y no en el buen sentido precisamente.

»A mí no me avergonzaban, y eso que había quienes pensaban que sí deberían hacerlo. Me dijeron que me tapara, pero yo me negué. Y en cuestión de pocos días ya andaba yo correteando por el bosque, agitando mis alas. Celebrándome a mí misma. Al contrario de lo que uno podría haber pensado, los otros niños no se asustaron. Estaban asombrados.

Wren la escuchaba incapaz de articular palabra.

—Era la primera vez que me sentía unida a mi madre, a mi herencia. La primera que me veía completa. Especial. Verdaderamente yo misma. —Dahlia sonrió y, al punto, adquirió un tono melancólico—. Hasta que llegó aquel día.

El ánimo de la sacerdotisa se ensombreció entonces, al igual que el granero, como si las nubes pasajeras que habían ocultado el sol del mediodía hubiesen empañado además sus recuerdos. Aunque con reticencia, Wren creyó necesario preguntar:

—¿Qué pasó? Has dicho que los demás niños no te tenían miedo, ¿no?

Para Wren, la pregunta no obedecía solo a la curiosidad. Al igual que la costumbre que pueda tener un anciano de repasar las esquelas a diario, se trataba de una indagación. Una manera de descubrir, quizá, cómo reaccionarían los demás ante ella cuando regresara a casa, si es que volvía a hacerlo alguna vez.

—No fueron los niños. Fueron sus padres —contestó Dahlia—. Los rumores que me habían perseguido durante toda mi vida se volvieron tan insistentes que fue imposible ignorarlos. Me gritaban «¡Aberración!», «¡Monstruo!», «¡Demonio!» desde cada ventana y cada porche. Un hombre que vivía muy cerca de mi casa vino a buscarme una noche, me sacó a rastras del patio trasero y me llevó hasta el bosque.

Wren soltó un grito ahogado y empezó a temblar solo de pensar en aquello, olvidando casi por completo su propia y más que comprometida situación. La sacerdotisa estaba vomitando todo su drama y no había motivo para dudar de sus palabras. Era todo demasiado real.

—Debías de estar muy asustada…

—Debería haberlo estado, sí. Tal vez eso hubiera cambiado las cosas. Pero yo era joven e ingenua. Pensé que se les pasaría. Después de todo eran mis vecinos. Yo jugaba con sus hijos. Era una más. Ellos jamás me harían daño.

—Pero… él sí lo hizo —aventuró Wren.

—Lo más curioso es que nunca imaginé lo que iba a ocurrir hasta que fue demasiado tarde. Recuerdo haber estado muy preocupada por que pudieran regañarme por ensuciarme la ropa mientras él me arrastraba por las hojas y el barro y me ataba al enorme tocón de un árbol que había en un claro donde todos jugábamos al escondite. Grité pidiendo ayuda, pero no acudió nadie —narró la sacerdotisa—. Extendió mis alas sobre la superficie del tocón, levantó la guadaña y la abatió, cercenándolas de un solo golpe, amputándolas de mi cuerpo. Sucedió todo muy rápido. Entré en estado de choque. No paraba de sangrar y el dolor era insoportable. Me pitaban los oídos. «¿Por qué? ¿Por qué me has hecho esto?», le grité. «¡No soy diferente de los demás!» Él dejó caer la guadaña y me dijo que tratara de mantenerme lo más calmada posible. «Ahora sí que eres igual que los demás.»

—Te mutiló —dijo Wren sollozando, mientras se imaginaba a sí misma en aquel lugar—. Fue una carnicería.

Wren se llevó las manos a la cara y cubrió sus ojos anegados en lágrimas. La jaula se balanceó, aunque en esta ocasión no fue porque intentara escapar, sino por la agitación de su llanto. La actitud de Dahlia, sin embargo, era de un estoicismo absoluto; durante todo el relato había permanecido impasible.

—¿Lloras por mí o por ti? —preguntó.

Wren se restregó los ojos y la nariz y se aclaró la garganta, serenada por la pregunta.

—Por ti —contestó dócilmente; sin saber muy bien cuál era la respuesta adecuada.

—Pues no lo hagas —espetó Dahlia con voz cortante—. No quiero tu compasión. Ese hombre de la guadaña me hizo un favor.

—¿Qué?

Wren estaba perpleja.

—Me ayudó —dijo Dahlia—. Quién sabe dónde podría haber terminado… ¿En un espectáculo cutre del Barrio Latino? ¿Como una de las curiosidades de la tienda de Marie Laveau, anunciada a bombo y platillo en sus folletos o expuesta en su escaparate? Todo muy digno.

—Entonces ¿por qué quieres mis alas?

Dahlia esbozó una triste sonrisa.

—Porque he intentado superarlo. Olvidar la injusticia que sufrí. Vivir en el mundo, entre la gente. Trabajar. Ser como ellos. Y, ahora, lo soy.

Se hizo el silencio. Los ojos de Dahlia buscaron los de Wren.

—Pero, claro, seguro que tú sabes lo que es —continuó la sacerdotisa—. Por fuerza tienes que sentirlo. El impulso de volar, aun cuando no puedas, ¿sí? Yo he tenido esa sensación todos y cada uno de los días de mi vida. A ti te detiene el miedo. A mí las circunstancias. Las alas no son el único rasgo que hacen de ti quien eres. Yo nací para surcar el cielo.

Wren comprendió. Esa era la razón por la que batía las manos. Por la que siempre se lo imaginaba todo a vista de pájaro. Sí, tenía miedo, pero se dio cuenta de que le resultaría todavía más aterrador afrontar una vida pegada al suelo. Sin poder volar. Encadenada.

—Lo siento tanto. Pero… yo no puedo…

La sacerdotisa negó con la cabeza.

—Sí puedes. Eres la única que puede salvarme. La única, me temo, capaz de saciar este deseo que llevo dentro.

Wren estiró los brazos entre los barrotes para intentar agarrar a la mujer, que se encontraba tentadoramente cerca, aunque no lo suficiente. La viga principal del tejado empezó a crujir bajo el peso de su prisión colgante.

—¡No puedes quitarme las alas! —bramó Wren, haciendo acopio de toda su resistencia.

—Lo siento, querida. Sé que esto va a resultarte penoso, pero van a ser mías —declaró la sacerdotisa con tono tajante—. Debo hacerlas mías.

Wren retrocedió en la jaula, pegándose a los barrotes a su espalda, y enterró los dedos entre sus plumas, con un gesto protector.

—Mi único deseo todos estos años ha sido volver a sentirme completa —explicó Dahlia—. Y, gracias a ti, ese sueño pronto se hará realidad.

La sacerdotisa clavó entonces su mirada en la guadaña, y a Wren se le revolvió el estómago conforme el plan de esta tomaba forma en su cabeza. «Esta mujer me va a masacrar.»

—¿Por qué no te apoderaste de las alas de mi madre? —preguntó Wren.

—Lo intenté —dijo Dahlia—. Pero ella era más mayor y se resistió a mi magia. Resulta que necesito unas alas nuevas, maleables; unas alas de niña, que no hayan volado, para hacerlas mías.

—Así que me arrebataste a mi madre, la convertiste en una estatua, ¿solo para atraerme hasta aquí? —conjeturó Wren—. Y a todas esas otras especies de aves las petrificaste para llamar la atención de mi madre. ¿Cómo has podido? ¿Cómo es posible que vayas a someterme a esta crueldad después de lo que te hicieron a ti?

—Yo no soy cruel, querida, ¿es que no lo entiendes? Te estoy ofreciendo un trato justo. Yo tengo algo que tú quieres, y tú tienes algo que yo necesito.

Wren la miró atónita.

—¿Mi madre a cambio de mis alas?

—Yo no tuve elección —dijo Dahlia—. Tú al menos puedes decidir con cuál te quedas.

Una lágrima rodó por la mejilla de Wren, que sacudió la cabeza apesadumbrada.

—Ya conoces la respuesta. Pero ¿de verdad es esto lo que quieres?

La sacerdotisa se dirigió hacia la puerta, dejando claro que daba la conversación por terminada.

—Todos queremos algo —zanjó la sacerdotisa—. Yo quiero volar.

33
ORÁCULO

Wren estaba acurrucada en un rincón de la jaula observando a Dahlia. La sacerdotisa, ignorándola, estudiaba ensimismada las pilas de libros viejos y polvorientos que abarrotaban su mesa. Se encontraba rodeada de velas de cera de abeja que ardían en antiguas palmatorias fabricadas con distintos tipos de patas reales de pájaros. Goteaban sobre todas las superficies, creando intricados dibujos en los libros, los alféizares, la mesa y el suelo.

La muchacha reconoció muchos de los volúmenes, ya que estos no eran truculentos manuales de hechizos donde figuraran ingredientes estrambóticos ni tampoco oscuros encantamientos. Al contrario, eran copias de los libros de Hen, iguales que los que su padre tenía en el despacho.

«¿Qué hace con ellos? ¿Sabrá acaso que fue mi abuelo quien los escribió?», se preguntó Wren.

—Mi abuelo me encontrará —le dijo a la mujer con tono amenazador.

—Puede ser. Espero que lo haga. Vas a necesitar que alguien se ocupe de ti y te cure las heridas.

Dahlia se retiró la túnica por los hombros y la prenda se deslizó hasta su cintura, revelando su torso casi desnudo. Wren no pudo evitar fijarse en su cuerpo perfectamente proporcionado, en lo atlético y delgado de su contorno, en lo tersa y perfecta que parecía su piel. No mostraba signos de ser una persona que hubiese vivido la mayor parte del tiempo a la intemperie, en un territorio salvaje, alejado de tierra firme, durante años. Al menos hasta que se dio la vuelta y le dio la espalda. Allí, sobre cada uno de sus omóplatos, lucía una horrible cicatriz. Eran profundas, abultadas e irregulares, y en ellas la piel aparecía descolorida. La clase de cicatrices deformes que uno puede encontrar en un animal que ha sufrido una tortura inhumana, o en los heridos de guerra.

Wren ahogó un grito e intentó apartar la vista, pero no fue capaz. De repente sintió una punzada en la espalda.

—¿Qué es eso que dicen del pavo real? ¿Que sus hermosas plumas le sirven para ocultar sus feas patas? —dijo Dahlia, volviendo a colocarse la túnica en su sitio—. No me digas que desde que te salieron las alas no has deseado con todas tus ganas ser como todos los demás.

Wren guardó silencio.

—Yo oculto estas cicatrices igual que en otro tiempo solía esconder mis alas. Tú también has escondido las tuyas, ¿verdad?

—Sí, pero…

—Entonces ¿no te estoy haciendo un favor?

—Apropiarte de algo que no es tuyo no va a sanar esas cicatrices —repuso Wren—. A eso se le llama robar.

La expresión de la sacerdotisa se ensombreció una vez más. Acabó de colocarse la túnica y soltó un suspiro.

—A mí me gustaban mis alas. La gente lo sabía. Pero no querían que yo fuera feliz. Que volara. No se puede confiar en nadie. Dyami estaba allí aquel día. Se quedó sentado, mirando, mientras su padre cercenaba las alas de mi cuerpo. Él me robó mi identidad brutalmente. Mi dignidad. Mi yo.

—Dyami era solo un niño —protestó Wren, poniéndose de pie y aferrándose a los barrotes dorados de su jaula—. Estaba asustado.

Su padre le había dado una paliza a él también. ¿Qué otra cosa podía haber hecho?

—Siento un gran aprecio por Dyami. Puede que no confíe en él, pero le quiero. Y soy como una madre para él. Es un buen chico, o por lo menos intenta serlo.

El terror latente que se respiraba en el granero se intensificó de forma exponencial cuando Dahlia hizo ademán de marcharse.

—¡No tienes que hacer esto! —gritó Wren.

La sacerdotisa se detuvo delante de la puerta y la miró; tenía los ojos brillantes de lágrimas.

—Claro que sí. Es más, no hay nada en este mundo que deba hacer con mayor apremio. He vivido para esto todos estos años —dijo—. Lo siento, Wren. Pareces una muchacha encantadora. Creo que, en otra vida, hasta podríamos haber sido amigas.

Wren se dejó caer sobre el suelo de la jaula. No había nada más que decir. La sacerdotisa se había resignado a cometer aquel acto de brutalidad extrema. La chica enterró el rostro entre las manos y empezó a llorar.

—¿Me prometes que no me dolerá? —preguntó Wren entre sollozos.

—Eso no te lo puedo prometer —contestó Dahlia mientras alcanzaba el pomo de la puerta—. Haré cuanto esté en mi mano para anestesiarte la espalda, pero...

Traspasó el umbral sin acabar la frase, y Wren lo comprendió.

«Una persona puede hacer daño de mil maneras», pensó.

34
ENTERRAMIENTO CELESTIAL

A través de los listones de madera podrida de las paredes del granero, Wren podía ver cómo la luna llena de otoño alcanzaba su cenit. Brillaba como un reflector contra su jaula dorada, donde ella permanecía colgada, oculta en la noche, como una princesa cobijada en el torreón de un castillo. Sentada en el borde, con las piernas colgando por fuera de los barrotes bruñidos, pensaba en lo que estaba por venir. Y conforme lo hacía, iba recorriendo con sus dedos el plumón de sus alas, una y otra vez, maravillada por que pudiera existir algo tan suave.

Un escalofrío recorrió su cuerpo y, al mismo tiempo, sus alas dieron un respingo.

Las sentía distintas ahora, fortalecidas.

Recordó lo que la sacerdotisa le había dicho. Sí, ella había ocultado sus alas. Y, sí, le habría gustado no tenerlas. Más de una vez había deseado ser como los demás.

Pero ahora, mientras estaba allí sentada aguardando a que se las desgajaran del cuerpo, se le antojaban tan valiosas y queridas como sus demás extremidades. Puede que antes hubiese deseado todas aquellas cosas, pero ¿y ahora? Ahora no quería volver a ocultar sus alas nunca más.

El sonido de unos pasos la sacó de sus pensamientos. La puerta del granero se abrió de par en par, y la sacerdotisa efectuó su entrada triunfal, como la gran estrella de un espectáculo, dispuesta a saludar a su público cautivo.

Dahlia se deslizó al interior con el rostro endurecido y una actitud de absoluta entrega a la tarea que la aguardaba. Llevaba puesto un arnés dorado de cuero remachado con centenares de garras de animales cruzándole el pecho y también un peto confeccionado con plumas y los huesos de sus propias alas. De cintura para abajo vestía una vaporosa falda nupcial de color marfil que le llegaba hasta sus pies desnudos y que le confería el aspecto de una suerte de diosa ancestral de los bosques.

Wren empezó a temblar mientras se ponía de pie y se retiraba hacia el fondo de la jaula, en un intento de poner la máxima distancia posible entre ella y su captora. Los barrotes, bastamente pulidos, le abrieron cortes en la piel cuando se pegó con fuerza contra ellos, buscando un punto débil por el que poder escapar. Las llamas de las velas arrojaban sombras siniestras en todas las direcciones, añadiendo una dosis de terror al miedo que ya sentía. Las hojas afiladas de las herramientas de la sacerdotisa destellaron listas para la faena cuando la luz de la luna las iluminó.

—Es la hora —anunció Dahlia.

—¡Dyami! —gritó Wren con todas sus fuerzas, por si así podía sacarlo de su estupor.

Dahlia se limitó a responder al gesto desesperado de la muchacha negando con la cabeza.

—No te preocupes, querida. Será rápido.

—No tienes que hacer esto —dijo Wren con la voz quebrada—. Tienes otra elección.

—Bueno, he aprendido que la vida se construye no solo con las cosas que elegimos, sino también con las que rechazamos —repuso Dahlia, que se acercó a la mesa, cogió el mortero y vertió unos polvos sobre la palma de su mano. Era una dosis cuidadosamente calculada. Contempló fijamente la mezcla durante un momento, se diría que activándola con una oración y, luego, extendiendo el brazo delante de sí, con la palma hacia arriba, se aproximó a la jaula muy despacio.

Wren se abalanzó hacia delante, sacó un brazo entre los barrotes y, estirándolo cuanto daba de sí, empezó a dar manotazos con la esperanza de alcanzar la mano de Dahlia y que esta dejase caer lo que en ella transportaba. La sacerdotisa no se inmutó. Se apartó de su alcance y lanzó una mirada triste a la muchacha alada.

—Resistirse solo empeora las cosas. Créeme, lo sé —susurró Dahlia—. No quiero hacerte sufrir. El efecto de estos polvos es temporal, pero mitigará el dolor… Hasta cierto punto.

—Solo el tiempo suficiente para que puedas mutilarme, ¿no es así?

Dahlia no contestó. Acercó su mano con los polvos a escasos centímetros de la nariz de Wren y de un único y fuerte soplido se los echó a la cara. Esta reculó, tosiendo y frotándose como una loca los ojos y la nariz. A los pocos segundos, la voluntad de lucha la abandonó y sintió una gran pesadez en los ojos. El corazón latía con fuerza en sus oídos. Perdió el equilibrio y se hincó de rodillas, sin poder mover las piernas. El tiempo pareció ralentizarse mientras caía, como si el aire mismo fuera una capa de barro espeso y todo a su alrededor se moviera a cámara lenta.

Dahlia soltó el cabo de la cuerda que mantenía la jaula suspendida e hizo que esta descendiera poco a poco hasta el suelo, sobre el que se posó con suavidad. Abrió la portezuela, pasó al interior y, con un gesto casi maternal, le apartó a Wren el pelo de la cara. Lo máximo que pudo hacer la muchacha, paralizada, fue levantar la mirada hacia ella.

La sacerdotisa se quedó unos momentos admirando las alas de Wren. Las acarició, recorriendo los dedos entre las plumas sedosas, y aunque Wren tenía el cuerpo medio anestesiado, pudo sentir el tacto de su mano en cada milímetro de sus alas.

Entonces, de los ojos de Dahlia se desprendió una lágrima solitaria, que fue a caer sobre la rodilla de Wren.

La sacerdotisa se pasó un dedo por el ojo antes de incorporarse.

—Así me gustas mucho más —susurró.

Wren no pudo sino mirarla y emitir un débil gemido de protesta.

La mujer la ayudó a ponerse de pie y, sujetándola para que pudiera caminar a pesar de la flojera de sus piernas adormiladas, la acompañó hacia la puerta del granero. Cogió la vieja guadaña que estaba apoyada en la pared mientras cruzaban el umbral y cerró la puerta detrás de ellas. Desde el porche de madera, Wren extendió su mirada vidriosa sobre el campamento, que estaba adornado con velas y pieles de animales y envuelto en humo. Los fríos rayos blancos de la luna atravesaban la bruma espesa y cargante, arrancando destellos de los pájaros que flotaban sobre el Larme, antes de desvanecerse en la negrura de sus turbias aguas.

Dahlia condujo a Wren hasta el tocón de un árbol situado en mitad de la pequeña explanada, muy cerca de la orilla. Entonces la soltó, y la muchacha cayó al suelo de rodillas, pues no era capaz de sostenerse de pie por sí misma. La sacerdotisa arrastró a Wren los pocos pasos que las separaban del tocón y la ató firmemente a él. Acto seguido, le levantó las alas, las apoyó contra la superficie plana de madera y las desplegó, obteniendo así una visión clara de los dos protuberantes húmeros que brotaban de la espalda. Wren forcejeaba, pero estaba muy débil debido al efecto de la misteriosa droga.

—La misma magia que sirvió para embrujar este lago y traerte hasta aquí será ahora la encargada de restituirme —anunció Dahlia.

Cerniéndose sobre Wren como un verdugo, con la guadaña en la mano, la sacerdotisa miró a la muchacha, calculando el golpe.

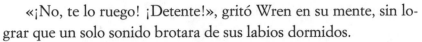
«¡No, te lo ruego! ¡Detente!», gritó Wren en su mente, sin lograr que un solo sonido brotara de sus labios dormidos.

—Todo va a salir bien —la tranquilizó Dahlia con voz arrulladora.

Las palabras de la sacerdotisa llegaron a los oídos de Wren como si las hubiese pronunciado bajo el agua.

De pronto, Dahlia se quedó inmóvil y levantó ligeramente la cabeza como para escuchar. Un susurro de hojas en el bosque que lindaba con el campamento le arrancó una sonrisa de satisfacción de los labios.

—Ah, perfecto —dijo—. Ya han llegado nuestros invitados.

35

AVE DE PRESA

Hen surgió del bosque, seguido de Dyami.

—Llegáis justo a tiempo, amigos —dijo Dahlia.

—Wren —murmuró Hen, que echó a correr hacia ella.

Dahlia alzó una mano.

—Quédate donde estás.

El dolor que instantes antes había impregnado su voz se tornó rápidamente en indignación cuando se dirigió a la captora de su nieta.

—¿Qué es lo que pretendes, haciéndole esto a una niña?

—Eso mismo me pregunté yo cuando me lo hicieron a mí —contestó Dahlia—. Salvo que en esa ocasión no hubo ceremonia con velas, ni nadie que se preocupara de atenuar mi dolor.

—Déjala marchar, Dahlia; si sigues adelante con esto no serás mejor persona que el que te lo hizo a ti.

La sacerdotisa se quedó callada y le lanzó una mirada furibunda por toda respuesta.

Arrancó la guadaña del tocón, donde la había clavado junto a Wren, y se la tendió a Dyami. Luego, se dirigió a una hoguera que ardía allí cerca y arrojó al fuego un puñado de hierbas secas machacadas que, al entrar en contacto con las llamas, estallaron en una colorida y fragante humarada.

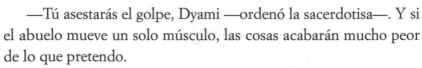

—Tú asestarás el golpe, Dyami —ordenó la sacerdotisa—. Y si el abuelo mueve un solo músculo, las cosas acabarán mucho peor de lo que pretendo.

El muchacho miró la herramienta.

—¿Yo? ¿Por qué yo?

Dahlia le sonrió.

—Creo que es lo menos que puedes hacer, después de lo que tu padre me hizo a mí, ¿no te parece?

Wren contempló horrorizada cómo Dyami tragaba saliva y, haciendo un gesto de asentimiento con la cabeza, cerraba las manos en torno al mango de la guadaña.

—Y ahora daré comienzo a la ceremonia —anunció Dahlia.

Un silencio estremecedor se abatió sobre el campamento cuando la sacerdotisa levantó sus brazos al cielo. Incluso los animales callaron de repente, aunque Wren no habría podido asegurar si lo hacían por respeto o por puro terror. La luz de la luna pareció que ganaba intensidad mientras sus rayos se colaban entre las frondosas copas de los árboles que rodeaban a Wren y al tocón al que se hallaba atada, iluminándolos a ambos; en el lago, los pájaros encostrados de sal brillaban como adornos navideños de cristal e irradiaban la blanca luz en todas las direcciones.

Dahlia fue hasta un saco de arpillera que reposaba sobre un altar decorado con flores y extrajo de su interior varios puñados de harina de maíz y de café molido, que mezcló y empleó para trazar la silueta de un par de alas sobre el suelo, delante de Wren. A continuación, sacó una paloma de otro saco, cogió la guadaña y la degolló, derramando parte de la sangre sobre las alas de harina y café. El resto la vertió en el interior de un cuenco que había en el altar, donde elaboró una poción lenta, pausada, casi sacramentalmente, antes de ofrecerla al cielo con una bendición. Hecho esto, se llevó el cuenco a los labios y bebió un largo trago.

—Bebe —dijo.

Wren se negó y retiró la cara.

—¿Es que no crees en la magia, niña? —continuó Dahlia.

La muchacha consiguió negar con la cabeza a duras penas.

Conforme el ritual se iba desarrollando, la brisa de aire fresco que agitaba las hojas de las copas de los árboles, por encima de sus cabezas, fue ganando fuerza de manera gradual. Su suave silbido se elevó hasta casi un aullido. Algo completamente inusual en un paraje de clima estancado y bochornoso como aquel, donde esa clase de fenómenos solo se daban inmediatamente antes de la llegada de una tormenta destructiva y repentina.

«Una invocación», pensó Wren a pesar del abotargamiento y la confusión. «La naturaleza al completo se está plegando a los deseos de esta bruja.»

En ese momento, para rematar su atuendo compuesto por un peto de huesos, arnés y falda bordada con las plumas desprendidas de las que fueran sus alas, Dahlia se coronó con un casco de cuernos chapado en oro, símbolo del genio alado de Asiria.

—Eleva la cuchilla —ordenó.

Dyami obedeció examinando a la muchacha con detenimiento y concentrándose en el punto exacto donde debía abatir la guadaña para seccionarle las alas.

Ella adoptó una postura firme y erguida, tiesa como un palo. Con los ojos en blanco, levantó los brazos y la barbilla hacia el firmamento.

Desde las ancestrales cavernas hasta los más gloriosos sepulcros,
hemos estado aquí.

Desde el genio alado de los palacios de Babilonia hasta las
arpías griegas,
hemos estado aquí.

Desde la Vanth de Etruria hasta el Garuda de la India,
hemos estado aquí.

Desde las valkirias del Valhalla hasta los serafines celestiales,
hemos estado aquí

¡Niké! ¡Victoria! ¡Oyá!
¡Doncellas cisne!
Yo os invoco en este día.
Aquí estoy,
hermanas aladas.
¡Escuchadme!
¡Acudid en mi ayuda!

¡Restituidme! ¡Restituidme! ¡Restituidme!

El eco de la plegaria de Dahlia resonó en medio del bosque, sobre el lago y más allá, llevado por los vientos que azotaban el campamento y la negra superficie del Larme. Pareció que un tornado hubiese descendido directamente sobre ellos, como un efecto especial de película generado artificialmente por alguna suerte de ventilador enorme situado fuera de cámara, dejando la zona circundante intacta. Retumbaban y restallaban truenos y rayos. La guadaña empezó a sacudirse entre las manos de Dyami. El pelo de Wren, apelmazado de sudor y lágrimas, empezó a revolotear libremente al viento, y la muchacha pudo sentir cómo sus alas se elevaban ligeramente. Para lo bueno y para lo malo, el vendaval la había liberado por completo del hechizo de Dahlia.

La sacerdotisa se hincó de rodillas, en trance. Comenzó a contonearse con una especie de inercia serpenteante al ritmo de los tambores que sonaban en su cabeza. Se le pusieron los ojos en blanco y, entonces, comenzaron a brotar de ellos unas lágrimas negras que llenaron sus mejillas de rastros de color carbonilla.

Sobre sus cabezas, una visión —una proyección, al parecer, de la mente de la sacerdotisa— apareció en la niebla. Una corte flotante de mujeres aladas venidas de tiempos ancestrales se materializó ante ellos, contestando a la invocación y el conjuro de Dahlia, para ser testigos de la reparación de un daño antiguo. Dahlia, poseída, se comunicó con los espíritus.

—Yo soy vuestro canal —dijo Dahlia—. Que se haga vuestra voluntad.

Los vientos arreciaron, despejando la bruma del Larme. Solo quedaron como testigos los animales hechizados del lago, cuya silenciosa presencia lo decía todo. Un jurado de piedra incapaz de emitir un veredicto acerca de la monstruosa injusticia que, ante ellos, estaba teniendo lugar.

—¡Córtaselas! —ordenó Dahlia.

Dyami bajó la mirada hacia Wren. Vaciló un instante.

—¡No! —gritó la muchacha.

La hoja de la guadaña osciló sobre la cabeza del muchacho, que recolocó sus manos sobre el mango.

—¡Ahora! —gritó Dahlia bajo la lluvia que había empezado a caer.

Dyami abatió la guadaña con decisión y Wren soltó un chillido de terror.

Un silencio de muerte cayó sobre el lago y sus orillas.

Wren abrió los ojos muy despacio, aturdida y conmocionada, preparándose para aullar con un pesar y una agonía inconmensurables. Pero no eran sus alas las que le habían cortado, sino las cuerdas que la inmovilizaban. Sintió cómo se aflojaban y, al punto, estaba libre. Durante un fugaz instante, alcanzó a ver a Dyami, con la guadaña todavía en su mano temblorosa y una pequeña sonrisa triunfal iluminando su rostro.

Dahlia contemplaba la escena paralizada de estupefacción. El control que ejercía tanto sobre el muchacho como sobre Wren había desaparecido.

—¿Qué has hecho? —preguntó la sacerdotisa fuera de sí.

—¿Qué he hecho? —repitió Dyami—. He hecho lo correcto.

Dyami bajó la mirada hacia la mujer y levantó la guadaña una vez más, esta vez sobre la cabeza de ella. Al ver a su nieta fuera de peligro, Hen, que hasta ese momento había presenciado la escena petrificado, reaccionó y se lanzó contra la sacerdotisa.

—¡Corre, Wren! —gritó mientras inmovilizaba a Dahlia con un abrazo de oso—. ¡Sal de aquí!

—¡No! ¡No te abandonaré! —bramó Wren.

Superada la conmoción pasajera, Dahlia pareció recuperar la conciencia, aunque solo para desplomarse como un guiñapo en el suelo, donde dejó escapar un enorme suspiro de agotamiento. Fue como si las criaturas a las que había conjurado en su visión la hubiesen castigado por su fracaso.

—Vuela —le ordenó Dyami a Wren, mientras Dahlia, enfurecida, trataba de quitarse de encima a Hen—. ¡Vuela!

—¡Vuela, Wren! —chilló Hen, mientras intentaba sujetar a Dahlia, que se retorcía entre sus brazos como una serpiente resbaladiza tratando de escapar.

Wren levantó la vista hacia la tormenta que se desencadenaba en lo alto, furiosa y premonitoria. En sus oídos resonó el eco de las palabras que había escuchado en su sueño: «Qué desperdicio de alas». Si no había sido capaz de volar con buen tiempo, ¿cómo iba a hacerlo ahora?

—No puedo, abuelo —gimoteó en medio de aquel tornado tan particular—. No sé volar.

—¡Claro que sí! —gritó Hen—. Siempre has sabido hacerlo. No son las alas, eres tú.

Wren dio media vuelta y echó a correr tan rápido como pudo hacia el lago, con la vista fija en su madre y el viento soplando a su espalda.

Al aproximarse a la orilla del Larme notó que su cuerpo se separaba del suelo un poco con cada paso que daba, una sensación semejante a la que experimentaba en sus sueños, cuando sobrevolaba los imponentes bosques y la costa rocosa de Maine en plena noche. No obstante, se sentía insegura, y no había suficiente distancia entre donde se encontraba y el borde del lago, no la bastante para despegar.

«No lo conseguiré», pensó de manera fugaz.

Y, entonces, el viento aulló, y en lugar de la voz de Dahlia, oyó a su madre que le decía, alto y claro: «Vuela, Wren. Las alas no son una carga a no ser que tú quieras que lo sean».

Wren clavó la mirada en la figura de Margot, cerró los ojos y corrió directa hacia ella; valiéndose del poco impulso que llevaba, consiguió elevarse lo suficiente para evitar justo a tiempo la superficie del lago; durante unos instantes se ladeó a derecha e izquierda hasta que cogió una suave corriente de aire frío y emprendió el ascenso.

Inspiró con ganas la primera bocanada de aire fresco desde su llegada a Nueva Orleans mientras observaba cómo el suelo se precipitaba hacia abajo, cada vez más lejos de ella. Lanzó un chillido de regocijo, sintiéndose como si aquello fuera algo que hubiese hecho toda su vida. Como si por fin hubiese alcanzado la paz consigo misma y activado unos instintos que no sabía que tenía. Y todo mientras iba dejando la tierra más y más abajo.

—Estoy volando —se dijo conforme ganaba altitud, dirigiéndose hacia las nubes.

36
EL DUELO ES ESA COSA CON ALAS

Voló.

Se elevó hasta donde el aire estaba más frío y ligero, el sol más brillante, el cielo más azul y las nubes filamentosas más apacibles. Se sintió envuelta por el vacío. Segura en su vastedad.

Libre.

Batiéndolas con fuerza, sus alas la transportaron muy por encima de los vientos de Dahlia, que seguían girando en remolino cerca del suelo. Bajó la mirada hacia el campamento y lo vio todo, hasta el último detalle, con la misma nitidez y cercanía como si estuviese observándolo a través de un telescopio. Todos sus sentidos se habían vuelto al instante más agudos, muy finos. Durante solo un segundo se puso en la piel del fugitivo que huye de casa, separada de todo y, sin embargo, parte aún de todo lo de allá abajo.

Desde lo alto miró a su abuelo y a Dyami, que seguían forcejeando con Dahlia. En ese instante, apareció el cuervo blanco, que empezó a darles picotazos con el fin de liberar a su ama. Wren descendió en picado para ayudarlos, pero antes de que pudiera alcanzarlos, el cuervo blanco se apercibió de su presencia y, arremetiendo contra ella, la sacó bruscamente de su trayectoria haciendo que Wren empezara a caer sin control hacia las hechizadas aguas del Larme. Con el cuervo en su cola. Dos pájaros en un combate cuerpo a cuerpo.

—¡No te preocupes por nosotros! —le gritó Dyami—. ¡Y mantente lejos del lago!

Wren consiguió recuperar la estabilidad justo antes de tocar la superficie y voló a ras de las aguas lo más rápido que pudo, tratando de dejar atrás al cuervo. Pero este no se dio por vencido y la siguió arriba y abajo, entre los árboles y a través de las nubes. Wren no se lo podía quitar de encima. En una última y desesperada maniobra, la muchacha comenzó un ascenso en línea recta hacia lo alto, tratando de alcanzar la mayor altitud posible, pero el cuervo emergió inesperadamente del tupido interior de una nube con las garras y el pico abiertos. La alcanzó como un misil y Wren entró en barrena como un avión sin control y fue a estrellarse contra el suelo, en la orilla del Larme. El golpe le había cortado la respiración y estaba desorientada, demasiado lejos de Dyami o Hen para que estos pudieran ayudarla.

Dahlia entró a matar.

Agarró a Wren de las alas, la balanceó como si fuera una muñeca y la lanzó hacia el lago. Wren aterrizó a escasos metros del agua, con las alas y el torso cubiertos del pegajoso limo que cubría las orillas del Larme. A pesar de sus denodados esfuerzos por levantarse, no lo conseguía. Sus pies no hallaban agarre y se resbalaban en el lodo, así que no tuvo tiempo de ponerse de pie, ni mucho menos de emprender el vuelo, antes de que Dahlia se le echara encima.

Le plantó un pie en el cuello y, cerniéndose sobre ella, la miró con la expresión de un ave de presa hambrienta. Metió la mano en su saquito y espolvoreó un pellizco de la mezcla paralizante sobre el rostro de Wren. Pero para su sorpresa —y la de Wren— no surtió efecto alguno.

—Necesito tus alas —vociferó Dahlia llevada por la frustración—. ¡Si no puedo volar, moriré!

La sacerdotisa arrastró a Wren por el barro hasta el borde mismo del agua, se agachó y rodeó con sus manos el cuello de la muchacha, como si estuviera a punto de estrangular a un pollo a modo de sacrificio. Pero Wren no iba a darse por vencida sin luchar. Reunió cuantas fuerzas le quedaban y, a pesar del dolor, se encaró a ella.

—¡Estas alas son mías! ¡ME PERTENECEN! —gritó enfurecida.

Wren extendió los brazos y, a tientas, buscó el cuello de Dahlia. Apretó las manos en torno a su garganta, y se desató una lucha en la que una trataba de asfixiar a la otra. La sacerdotisa tiraba de Wren hacia el agua, mientras que la muchacha se revolvía, empujando en la dirección opuesta. Rodaron junto a la orilla en una pelea a vida o muerte, donde cada una intentaba arrojar a su adversaria a las aguas malditas.

—¿No decías que necesitabas a tu madre? —graznó Dahlia—. Pues ya es hora de que le hagas una visita.

Wren luchaba por apartar las manos de la mujer de su cuello, pero no lo lograba. No podía hablar ni gritar.

Cuando ya empezaba a verlo todo borroso, alguien, un ángel armado con una guadaña, se abalanzó sobre Dahlia y le colocó la afilada hoja contra la garganta.

—Suéltala o te mato —dijo el hombre.

La muchacha reconoció la voz. La sacerdotisa le soltó el cuello y se apartó.

Wren miró hacia arriba y lo vio, su silueta recortándose contra la luz de la luna. Rompió a llorar.

—Papá —susurró.

37
LA ÚLTIMA COLECCIÓN DE FIERAS

Mientras Miles mantenía a la sacerdotisa a raya valiéndose de la guadaña, le pasó a Wren una cuerda que llevaba encima. Ella nunca lo había visto tan concentrado en una faena, aparte de cuando se sumía en sus lecturas, claro.

—Azoca el cabo —ordenó.

Wren reconoció la orden del capitán. Pasó varias vueltas de cuerda alrededor de la sacerdotisa y le ató los extremos con un nudo de marinero en torno a su muñeca. Por primera vez, Dahlia parecía vulnerable. Humana.

—Quiero que me devuelvas a mi madre —declaró Wren con voz tajante, señalando al Larme—. Tienes que romper la maldición.

Miles buscó con la vista al amor de su vida, allí en el lago, congelada en el tiempo.

—No —se negó Dahlia, que no apartaba los ojos de las alas de Wren—. Ese no era el trato.

—No estás en posición de negarte —le recordó Miles.

—Adelante, matadme —gritó Dahlia—. Por favor. No creo que la muerte sea mucho peor que la vida.

Dyami se quedó mirando a su torturadora.

—Ella no se merece eso —dijo con un hilo de voz.

—¿Quién eres tú? —preguntó Miles con suspicacia y apuntando ahora la hoja de la guadaña hacia el muchacho para indicarle que no se acercase—. Ella me arrebató a mi mujer y a punto ha estado de matar a mi hija. Perdona si no me muestro demasiado compasivo.

—Es mi amigo, Dyami —explicó Wren—. Me ha salvado la vida, papá.

Miles volvió a fijar su atención en la mujer.

—No podemos dejarla aquí, sin más.

Wren no lo pensó dos veces.

—Dyami, desátala.

—¿Qué?

Miles frunció el ceño.

—Wren, esta mujer es la causante de mucho daño y mucho dolor. Supongo que no necesitas que te lo recuerde.

Wren se acercó a la sacerdotisa.

—Lo digo en serio. Corta la cuerda y déjala libre —insistió, mientras miraba a la bruja de los pantanos directamente a los ojos.

—Dijiste que querías volar.

Dyami y Hen liberaron a la mujer de sus ataduras. Wren agarró a la sacerdotisa por los brazos e hizo que esta los extendiera a lo largo de los suyos. Luego desplegó las alas.

—¿Estás lista? —le preguntó Wren.

Dahlia, perpleja, la miró con desconcierto.

Hasta que alzaron el vuelo.

Las dos se elevaron hacia lo alto, muy por encima del Larme. Contemplaron las imponentes vistas en silencio, planeando como águilas sobre el bosque y entre los árboles, descendiendo en picado para volar a ras de los altos pastizales, rozando con la elegancia de un cisne la superficie de los grandes tributarios que desaguaban en el golfo desde el bayou.

—Estoy volando —dijo la sacerdotisa sin dar crédito.

Wren vislumbró fugazmente el reflejo de las dos sobre las turbias aguas del lago mientras su híbrida sombra surcaba la superficie.

—¿Es esto lo que querías, sacerdotisa?

—Oh, sí.

Las alas de Wren las transportó a más y mayor altitud, generando en ellas una sensación que trascendía las palabras. Volaron en círculo de regreso al campamento y, al alcanzar la orilla del Larme, las lágrimas que ahora llenaban los ojos de Dahlia se derramaron y mezclaron con las aguas del lago, allí abajo. Pero estas ya no eran las lágrimas de pesar de las que el lago tomaba su nombre, sino lágrimas de felicidad infinita con las que iba a agostarse toda la amargura que la sacerdotisa llevaba en su interior.

Wren miró desde lo alto hacia el lugar donde reposaba Margot y percibió que esta empezaba a sufrir un cambio.

Sus tórtolas plañideras, aquellas que le habían dejado el anillo en el alféizar de su ventana en Maine, se unieron a Wren y Dahlia en formación, escoltándolas mientras se preparaban para posarse en tierra.

—Seguro que las cadenas abren hoy los informativos con extravagantes noticias acerca del avistamiento de una bestia bicéfala sobrevolando el bayou —bromeó Miles—. Qué pena que no esté en mi despacho.

La sacerdotisa se volvió hacia Wren, la miró a los ojos y la cogió de las manos en un gesto de hermanas.

—Tus alas no están desperdiciadas —dijo sin más, y pareció que hubiese arrancado las palabras del subconsciente de Wren.

—Yo jamás habría hecho lo que tú hiciste, pero creo que puedo llegar a entenderlo —reconoció Wren—. El rechazo y la soledad son forjadores de monstruos.

Dahlia pareció emocionarse.

—Me has dado lo que más deseaba en el mundo —dijo Dahlia—. Permíteme que haga lo mismo por ti.

Dicho esto, se dirigió hacia la orilla, pero antes se detuvo un momento delante del altar y se reclinó ante él. Tras una breve meditación, apagó de un soplido las velas que allí seguían ardiendo y borró las alas que había dibujado con la mezcla de harina de maíz y café en el suelo.

Entonces dio media vuelta y miró Wren una última vez.

—Ningún pájaro vuela demasiado alto si lo hace con sus propias alas —declaró Dahlia antes de volverse hacia el Larme.

—William Blake —susurró Hen en voz alta, reconociendo la cita y añadiendo los siguientes versos del poeta:

Ven, volaremos con alas jubilosas
hasta donde mi alcoba enramada reposa en lo alto.
Ven, y encuentra sosegado retiro
entre verdes hojas y dulces brotes en flor.

Dahlia dirigió sus pasos hacia el lago sin echar la vista atrás, se introdujo en él y lo empezó a cruzar. Las aguas del Larme habían perdido su turbiedad y se veían ahora de un color azul cristalino mientras ella seguía quebrando su superficie, donde se reflejaba el cielo abierto desprovisto de nubes que Dahlia y Wren acababan de surcar. A cada paso que daba, las ondas se volvían más pequeñas, casi imperceptibles, y sus movimientos se hacían notablemente más lentos.

—¿Qué está haciendo? —preguntó Dyami.

Hen reparó en la creciente rigidez de Dahlia conforme atravesaba el lago, con medio cuerpo fuera y el otro sumergido, como el glorioso mascarón tallado en la proa barroca de un intrépido galeón que surcase los siete mares.

—Se está convirtiendo en piedra —anunció Hen.

Dahlia arribó a la orilla del boscoso islote donde estaba Margot y se volvió hacia Wren. Sonrió, se acercó a la figura híbrida y dándole un pequeño empujón la envió flotando por las aguas en dirección a tierra firme, hacia la muchacha. Cuanto más se acercaba, más animada, más «viva» se volvía. Lo que al principio solo fueron unos leves espasmos que resquebrajaron y fueron desmoronando la cenicienta y pétrea costra que la cubría dieron paso, en cuestión de pocos segundos, a un estallido de movimiento. La figura levantó la cabeza y batió las alas, rociando el aire húmedo de agua y plumas. Con esta vuelta a la vida se inició una transformación, y donde antes había una efigie, apareció ahora una mujer.

Wren contemplaba la escena con el mismo asombro y admiración con el que antaño, siendo ella una niña, había observado a su madre mientras se vestía para la gala de fin de curso en la universidad. Estaba hechizada por su belleza sin igual, por su exquisita elegancia y pensó en lo orgullosa que estaba de que Margot fuera su madre. Siempre había deseado ser como ella, desesperadamente, y ahora saltaba a la luz que lo era. Cualquier cosa que hubiese tenido que soportar para llegar a ese lugar, a ese momento, había merecido la pena.

Miles pasó un brazo sobre los hombros de Wren y la estrechó contra sí, expectante, conforme Margot se aproximaba.

—Margot —sollozó—. Oh, Margot.

Caminó como en un sueño hacia el borde del lago, con los brazos extendidos hacia ella, y Wren tuvo que sujetarlo, por temor al efecto que las aguas pudieran ejercer sobre él, hasta que Margot emergió del agua. Como una diosa. Concentró toda su atención en sus alas, y las batió con todas sus ganas. Al principio estas apenas se movieron. Margot bajó la cabeza. Pero siguió intentándolo, y cuanto más lo hacía mejor respondían aquellas. Muy pronto, las estaba agitando con tanta fuerza que Wren pudo sentir en su rostro los golpes de aire que levantaban. Al verla allí plantada, como una especie de diosa de la mitología, rodeada por todas las aves que habían permanecido petrificadas junto a ella todo aquel tiempo —murciélagos, buitres, garzas, reinitas, espátulas, cigüeñas, garcetas, halcones y búhos— y que ahora se desprendían también de sus sarcófagos de calcio, Wren se dio cuenta de que aquella era la primera vez que veía a su verdadera madre.

El lago de las Lágrimas despertó con una nueva vida, vibrante, estentórea y hermosa.

La maldición se había roto.

38
EL REY DE LAS CHICAS

Miles corrió hasta el lago y se adentró en el agua, incapaz de esperar un segundo más.

—Margot —dijo, alcanzándola—. Margot, estoy aquí.

La tomó de su brazo delgado y pálido y la ayudó a mantener el equilibrio mientras caminaban hacia la orilla. Wren se apresuró a salir a su encuentro, medio corriendo, medio volando, y se abalanzó a los brazos de su madre.

—¡Mamá! —lloró.

Margot acarició las alas de Wren con ternura y le apartó el pelo de los ojos. Conservaba aún la mirada ligeramente vidriosa de quien acaba de despertar repentinamente de un largo sueño.

—Mi preciosa niña, ¡qué mayor! —exclamó Margot con orgullo.

—Estás aquí —declaró Wren, levantando la vista hacia ella.

—Gracias a ti —contestó Margot.

—Tengo tantas preguntas… —confesó Wren—. Pero ahora tenemos tiempo.

—¿Cuánto tiempo ha pasado? —preguntó su madre.

—Mucho —respondió la muchacha, apoyando la cabeza contra el pecho de su madre—. Demasiado.

—¿Por qué habéis tardado tanto? —le planteó Margot a Miles bromeando—. Pensaba que no llegaríais nunca.

—A punto he estado de no hacerlo —contestó Miles—. Si estamos aquí es gracias a Wren.

Margot levantó la vista hacia el campamento y divisó a su padre, que esperaba pacientemente el momento adecuado para saludarla. Ella le hizo un gesto con la mano, indicándole que se acercara. Hen se aproximó cojeando despacio, y su más que aparente fragilidad delataba los largos meses y terribles momentos que había tenido que soportar en su lucha para recuperar a Margot.

El anciano abrazó a su hija con lágrimas de felicidad en los ojos.

—Soy digna hija de mi padre —dijo Margot, tranquilizándolo.

—Vaya que sí —respondió Hen orgulloso.

—¿Cómo ha sido? —preguntó Wren.

—Como estar encerrada en una prisión sin muros —explicó Margot—. ¿Y Dahlia? ¿Dónde está?

—Allí —contestó Wren, señalando hacia el islote.

Margot extendió la vista sobre el Larme hacia la figura solitaria que había ocupado su lugar. Allí estaba Dahlia, convertida en estatua ahora ella también; los brazos extendidos congelados en el espacio y en el tiempo, la mirada melancólica fija e indiferente en algún punto por encima de las aguas; en parte lápida, en parte monumento. Por su aspecto, podría llevar allí unos segundos o un millón de años, como el vestigio antiguo de un tiempo pretérito. Margot todavía podía sentir en sus huesos la quietud y la soledad de ese estado pétreo.

—Vine a hablar con ella aquella noche para demostrarle que la comprendía; pensé que si me mostraba ante ella tal cual era quizá me escuchase —contó Margot—. Pero ella tenía otros planes. Por desgracia, preparó una trampa y, al final, ella misma ha caído en sus redes.

—No podía pasar página —admitió Wren con tristeza.

—Todos anhelamos encontrar esa parte de nosotros que nos falta —afirmó Margot—. En el fondo, creo que todos buscamos algo.

—Yo lo buscaba —corroboró Wren—, y te encontré a ti.

—No, te encontraste a ti misma —puntualizó Margot, pellizcándole el costado.

En ese momento, el cuervo blanco se acercó revoloteando y se posó sobre el hombro de la muchacha. Sostenía en el pico la fotografía que le había robado: aquella en la que aparecían Hen y Margot, esta última con el anillo. El cuervo la dejó caer a los pies de Wren, alzó el vuelo y fue a posarse sobre Dahlia, donde quedó petrificado al instante.

La muchacha recogió la fotografía y se la entregó a su madre. A su lado, Miles hablaba con Hen.

—Lo siento —se disculpó Miles, tendiéndole la mano a Hen como si estuviese entregándole una ramita de olivo.

—Yo también —dijo Hen, aceptando y apretando la mano de su yerno.

—Me equivoqué —añadió Miles—. Tendría que haber tenido más fe en lo que decías.

—Lo hiciste por amor a tu mujer y a tu hija —replicó Hen—, y eso es algo de lo que no debes arrepentirte jamás.

—¿Crees que podremos convencerles para que te devuelvan tu puesto en la universidad?

Hen se quedó callado, meditando las palabras de Miles.

—Pues lo he estado pensando y la verdad es que creo que mi lugar está aquí —expuso—. Hay muchísimas especies de aves más que me gustaría estudiar.

Miles rodeó a Hen con el brazo y le dio unos golpecitos en el hombro.

—Si tu idea es quedarte, me ocuparé de que la universidad te conceda una beca para que puedas hacerlo.

Hen soltó una risita.

—Te deseo buena suerte.

—Esta vez estarás solo —dijo Margot, y lo besó en la mejilla—. Ten cuidado, papá.

Wren se volvió a mirar la estatua de Dahlia en el lago con aire distraído y empezó a caminar hacia el agua, mientras hacía girar el anillo de ojo de pájaro en su dedo.

Todas las aves que habían permanecido allí aprisionadas se reunieron de repente junto a la orilla y, agradecidas por la libertad recobrada, regaron a Wren con una lluvia de pétalos de colores y piedras preciosas recogidas en el Larme. Maluros violetas y camachuelos rosados le hicieron entrega de perlas de agua dulce; cisnes, garzas, cigüeñas y garcetas traían ópalos en sus picos; y halcones, buitres y pigargos dejaron caer ágatas desde las alturas, engarzando de joyas las alas de Wren y adornando su pelo como una corona. La muchacha inclinó la cabeza en un gesto de gratitud y reconocimiento.

Luego echó a correr hacia el granero.

—¿Adónde vas? —preguntó Margot.

—Vuelvo enseguida —contestó Wren sin aliento—. Tengo que hacer una cosa.

Regresó a los pocos segundos. En sus manos sostenía las pequeñas alas despeluchadas de Dahlia. Las depositó con suavidad sobre una pequeña balsa de cañas y la colocó junto a la orilla, de forma que las negras aguas lamieran los bordes. En el cielo, aves de todas las especies comenzaron a volar en círculos sobre su cabeza, respetuosamente, como uniéndose a la ceremonia.

—Papá, ¿tienes una cerilla? —preguntó.

Su padre se acercó y encendió un fósforo.

Wren prendió el extremo de un palo de salvia, lo apagó y con su humo purificó las alas. A continuación, depositó la balsa en el agua e inclinó la cabeza con reverencia. En el último momento, cogió la faja que Dyami le había confeccionado y la encajó debajo de las alas. «A ti ya no te voy a necesitar más», pensó.

Prendió las alas y empujó la balsa aguas adentro. «Un funeral vikingo digno de una reina», pensó. «Una especie rara.»

Wren se frotó las lágrimas de los ojos mientras las llamas de aquel pequeño fuego se avivaban. Levantó las manos al mismo tiempo que desplegaba las alas. Comenzó a batirlas. Por primera vez, sintió que se movían de manera natural. Sin esfuerzo. Estables y fuertes. Ahora eran, de verdad, una parte más de ella.

Extendió los brazos muy por encima de su cabeza, hasta que un ala tocó a la otra, y se impulsó con las puntas de los pies, como un saltador de trampolín, batiendo las alas con todas sus fuerzas. Dejó atrás a su familia y se elevó muy por encima de la pira funeraria.

Las tórtolas que le habían entregado el anillo y la habían seguido en su viaje, salieron revoloteando de entre los árboles que rodeaban a Dahlia y fueron a posarse sobre sus brazos, donde se pusieron a aletear y entonar su melancólico canto.

Una bandada de pájaros se colocó en formación detrás de Wren y la siguió mientras volaba en círculos sobre el fuego flotante antes de descender en picado para echarle un último vistazo de cerca. Las alas de Dahlia, ahora compuestas no por plumas sino confeccionadas de llamas y humo, habían encontrado ellas también el lugar al que pertenecían. Estaban allí afuera, en algún lugar. Y Wren también estaba en su sitio, allí, muy por encima de la tierra, haciendo lo que desde siempre estaba escrito que debía hacer.

Volar.

EPÍLOGO
BIENVENIDA SEA
EL AGUA

El rostro de Wren era una mezcla de felicidad y de tristeza mientras se disponían a regresar a Maine. Después de todo, el Larme había dejado de ser un lugar temible y de mal agüero, y ella disfrutaba surcando el cielo, volando con los otros pájaros, sabiéndose completamente libre.

A lo lejos se oyó una voz que los llamaba:

—Vuestro carruaje os espera —gritó Dyami.

Wren, Margot y Miles caminaron hasta la orilla, donde los esperaba el muchacho, y al mirar hacia el lago, vieron el viejo patín con forma de cisne que Wren y Dyami habían utilizado para llegar hasta el Larme. Estaba adornado con decenas de violetas, rosas y lirios frescos. Los pétalos que se desprendían de las flores caían flotando hasta el agua, convirtiendo la antaño lúgubre superficie del Larme en un cuadro impresionista. Una barca digna de una reina.

—Es curioso cómo algunas cosas acaban siendo arrastradas hasta los lugares más insospechados.

Dyami sonrió. Se miraron el uno al otro con timidez, sin saber qué decir. Ella detestaba las despedidas y sabía que esta iba a ser la más dura de todas.

—No sé cómo darte las gracias —dijo Wren, con un nudo de emoción en la garganta—. Lo que hiciste por mí fue muy valiente.

—Ojalá hubiese podido hacer las cosas de otro modo desde el principio —se lamentó Dyami, encogiéndose de hombros y hundiendo las manos en los bolsillos—. Eso sí que habría sido valiente. Solo puedo decirte que lo siento.

—Pues yo no —bromeó Wren buscando su mano—. Porque si no nunca nos habríamos conocido.

En los labios de Dyami se dibujó una sonrisa que le iluminó el rostro.

Se miraron en silencio, sonriéndose, y luego bajaron incómodos los ojos a los pies.

—¿Qué vas a hacer ahora? —preguntó Wren.

—Me quedaré aquí algún tiempo, para vigilar al viejo —respondió el muchacho riéndose—. Puede que hasta le deje enseñarme un par de cosas sobre los pájaros y, ¿quién sabe?, a lo mejor hasta acabo haciéndome ornitólogo forense. De momento, lo que sí sé es que conozco el lago, y que la cabaña de Dahlia es confortable. Además, este es mi hogar, mi único y verdadero hogar.

—Estoy segura de que el abuelo también puede aprender unas cuantas cosas de ti —añadió Wren—. Eres muy afortunado de poder tenerlo a tu lado.

—Y a ti te proporciona una excelente excusa para venir de vez en cuando a hacernos una visita —dijo Dyami con tono esperanzado—. No queremos que te conviertas en una extraña.

—Eso está hecho —aseveró Wren, acercándose a él—. Eres bueno, Dyami. No lo olvides jamás.

—A quien no voy a olvidar jamás es a ti, Wren.

Wren miró hacia donde estaban Hen y sus padres y, al verlos distraídos, lo besó en la mejilla.

—Me ocuparé de que no lo hagas.

—Wren, tenemos que irnos —la llamó Miles.

—¡Ya voy, papá!

Hen le dio un largo y sentido abrazo a Margot y le guiñó un ojo a Miles.

—¡Saluda a mis enemigos de mi parte! —bromeó.

Miles y Margot se echaron a reír.

—Venga, pongamos a prueba esta embarcación —dijo Miles.

—Christmas Cove nos espera —exclamó Margot—. Es maravilloso estar de regreso.

—De regreso a casa —puntualizó Miles con un tono de alivio en la voz.

«Vuelvo a casa», pensó Wren. Y, al hacerlo, no pudo evitar acordarse de sus compañeras del colegio. «Si al menos pudieran ver lo feliz que soy —deseó—, si al menos pudieran ver a Dyami y lo guapo que es… Ojalá, ojalá pudieran verme ahora, tal como soy, completa por fin.»

Margot colocó sus manos sobre los hombros de Wren.

—Sabes que las cosas no van a ser distintas cuando regreses a casa, ¿verdad? —le planteó Margot con solemnidad—. Las chicas esas seguirán allí.

—Sí, pero yo seré otra. Una persona diferente —repuso Wren, despertando una sonrisa en el rostro de sus padres.

«Diferente para bien —pensó—, por primera vez en mi vida.»

Y entonces Wren se dio cuenta de que nada de aquello importaba ya. Lo que pensaran, lo que dijeran, no tenía importancia. Al menos, no para ella. Por fin se había liberado de esa jaula también. Wren se detuvo, desplegó sus alas y los rayos del sol hicieron destellar las piedras de colores que las decoraban. Sintió cada milímetro de la rara y maravillosa especie que Hen decía que era. Levantó la vista hacia la bóveda de hojas que formaban los árboles sobre su cabeza y escuchó su llamada, susurrada con el viento. Luego miró a sus padres.

—Vamos, Wren, sube a bordo —dijo Miles, mientras ayudaba a Margot a sentarse en el cisne y saltaba también él al interior—. Tu madre está cansada y deberíamos llevarla a casa lo antes posible.

—No te preocupes por mí, papá —respondió Wren.

Margot y Miles se miraron perplejos el uno al otro. Wren extendió sus alas enjoyadas hacia el cielo.

—Creo que iré volando.

AGRADECIMIENTOS

Quiero dar las gracias y expresar mi cariño a todos lo que han hecho posible este libro: Oscar Martin —mi corazón—, Tracy Hurley Martin, Michael Pagnotta, Vincent Martin, Heidi Holmes Hudson, Deborah Bilitiski, Tamara Pajic Lang, Parker Posey, Clementina Filosa Morton, Mary Nemchik, Lauren Nemchik-Schum, Tom Hurley, Chloe Martin, Jill Grinberg, Sam Farkas, Denise Page, Ellen Goldsmith-Vein, Kacie Anderson, Candace y Kay Scialli, Cecilia Barragan, Elizabeth Rosales Gallardo, Erika Dania Mejia, Rita Lopez y a todo el equipo de Penguin Random House España y México.

Gracias especialmente a Paul Sweet, el *Cuidador de aves* del Museo Americano de Historia Natural; a la señorita Bowler, mi profesora de quinto curso en la Escuela de Primaria de Hatfield por despertar mi amor eterno hacia los pájaros; a mi vecino de la infancia que nunca se mostró tan ocupado como para no pararse a observar un pájaro conmigo, el señor Jacob Moore; a Divya Anantharaman, conservacionista y taxidermista, y a Eva Aridjis.

Mi inmenso agradecimiento a la National Audubon Society por su valioso trabajo en el estudio y protección de las aves en todo el mundo. Desde aquí quisiera romper una lanza a su favor y animar a los lectores a considerar la posibilidad de hacer un donativo o prestarse para colaboraciones de voluntariado. Los pájaros desempeñan un papel esencial en ecosistemas que nos proveen de alimentos, medicamentos e importantes nuevas materias primas. Su supervivencia es crucial para nuestras vidas y para el planeta.

En memoria de mis queridísimos abuelos, Martha y Anthony Kolencik. Gracias por enseñarme a volar.

ALFAGUARA CLÁSICOS

CLÁSICOS INOLVIDABLES PARA DEJAR VOLAR LA IMAGINACIÓN

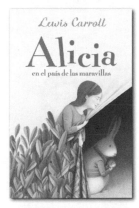

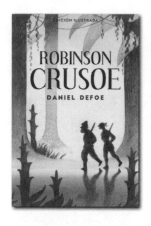

ROBINSON CRUSOE

EDICIÓN ILUSTRADA

DANIEL DEFOE

La isla del tesoro

Edición íntegra ilustrada

Robert Louis Stevenson

JULES VERNE

VIAJE AL CENTRO DE LA TIERRA

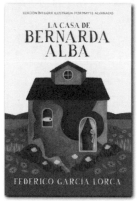

EDICIÓN ÍNTEGRA ILUSTRADA POR MAYTE ALVARADO

LA CASA DE BERNARDA ALBA

FEDERICO GARCÍA LORCA

JANE AUSTEN

ORGULLO y PREJUICIO

ILUSTRADO POR MARÍA HESSE

CUENTOS DE

EDGAR ALLAN POE

Edición ilustrada por MERITXELL RIBAS

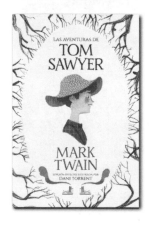

LAS AVENTURAS DE

TOM SAWYER

MARK TWAIN

EDICIÓN ÍNTEGRA ILUSTRADA POR DANI TORRENT

Peter Pan

EDICIÓN ÍNTEGRA ILUSTRADA POR FERNANDO VICENTE

J.M. BARRIE

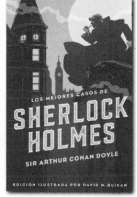

LOS MEJORES CASOS DE

SHERLOCK HOLMES

SIR ARTHUR CONAN DOYLE

EDICIÓN ILUSTRADA POR DAVID M. BUISÁN

ESTE LIBRO SE TERMINÓ DE IMPRIMIR
EN EL MES DE ABRIL DE 2021.